KB267907

뜬살이

뜬살이

박혜범 지음

한국학술정보㈜

| 작가의 말

　"뜬살이"는 1992년 10월 산속에서 풀뿌리나 나뭇잎과 열매 따위를 먹고 사는 오염되지 않은 순수한 자연인이라는 의미를 가진 "미사리"라는 이름으로 출간했던 것을, 다시 정리하여 살려낸 것이며, 순수한 우리말로 사전적 의미는 물에 떠서 사는 미생물, 뜬살이 동물과 뜬살이 식물로 물고기들의 먹이가 되는 부유생물(浮遊生物)을 말한다.

　당시 원고(原稿) 속에서 언급된 실재했던 민감한 정치적 사건들에 대한 가위질이 있었고, 설상가상으로 개인적인 뜻하지 않은 일들로 인하여, 교정도 보지 못하고 세상에 나온 미사리는 이미 생명이 아니었다.

　아쉽고 참담한 마음에 접어두었던 것을, 이번에 용기를 내어 뜬살이로 다시 살려낸 것은, 우리 시대가 거부할 수 없었던 1980년대의 소용돌이에 휩쓸리며 살아온 주인공들을 통하여, 우리 시대의 유토피아를 찾으려 했었던 사람들의 역사가 있었음을 증명하기 위함이다.

　휘어지고 문드러진 나무들이 산을 지키고, 바람에 날리는 민들레의 씨앗이 죽지 않고 자신의 영토에서 다시 태어나는 것처럼, 뜬살이는 온갖 가식과 물욕을 다 버리고 참된 자유와 사랑만을 추구하는 주인공들을 통하여 정토를 찾고 싶은 내 마음의 소망이기도 하다.

2011년 2월 4일

봄이 오는 동악산(動樂山)에서 박혜범 씀

차 례

제1부
뜬살이

대학시절 도운은 누구보다도 더 정의감이 불타는 학생이었고, 용감한 투사였다.

그날도 대학교 정문 안팎에서 무거운 시위 진압복을 입고 방패를 든 전투경찰들과 밀고 밀리는 힘겨루기를 하면서 하루해를 보냈다.

온몸에 스미는 최루가스 속에서 목청이 찢어져라 바락바락 악을 쓰면서, 던져댄 돌팔매질에 파김치가 되어 버렸지만, 친구들과 학교 앞 대폿집에 앉아서, 그날의 무용담을 늘어놓는 건, 매우 신나는 일이었다.

콩이야, 팥이야, 술을 마실 때면 으레 술안주 대용으로 상 위에 올라온 특정 인물들이, 그들의 혀끝에서 사지가 찢겨 나갔다.

때로는 싸잡아 도매금으로 난도질을 해 놓고, 회를 쳐 초장을 발라 버리기도 했다.

이슈는 별들의 숫자만치나 많았다. 국민들이 새록새록 잠들어야 할 밤하늘에, 이무기들이 나타나 깐죽거린 것이 죄였다.

아침저녁으로 매스컴에서 근사하게 폼을 잡는 대통령과 정부 요직에 있는 인사들의 모습이, 그들의 술상 위에서는 세상을 어지럽히는 망나니들일 뿐, 세상은 난세이고 자신들은 정의의 사도이며, 돌팔매질은 성스러운 전투였다.

"착각하지 마라, 너희가 말하는 역사라는 것은 강이고, 민중이라는 것은 그 강을 흘러가는 물이며, 이 정권도 나도 그 강물을 떠다니며 사는 뜬살이일 뿐이다. 뜬살이가 그 강에 사는 물고기들의 밥이 되듯, 너희들 또한 너희를 먹이로 삼는 물고기들의 밥일 뿐이다."

아버지는 밤늦게 집으로 들어온 도운을 서재로 불러 데모에 가담하지 말라고 타이르며 말했다.

청와대 고급관료인 아버지는 5·18광주사태는 평양에서 동학란을 원용한 민중봉기 전략으로 남파된 공작원들에 의해 조종된 사건이라고 말했다.

한마디로 5·18은 동네 불한당이 이른 봄 병해충을 없애기 위한 논두렁 쥐불로 가장하여 저지른 방화 살인이라는 것이다.

5·18 민중반란에 실패한 북한은, 제갈공명의 천하삼분지계(天下三分之計)를 남한에 적용, 김대중, 김영삼, 김종필, 이들 3김으로 하여금 끊임없이 패권을 다투도록 유도 조종하여, 하나로 결집 나날이 발전하는 남한 국민들을 이간 서로를 불신하고 증오케 하면서, 국론을 극단으로 양분시켜 국가와 사회를 혼란에 빠트리고 대북전력을 약화시켜 궁극적으로는 남한에 친북정권을 만들어, 남한적화를 기도하는 통일전략을 구사할 것이라는 것이, 아버지가 보는 시국이며 미래였다.

그러나 순수한 젊음의 외침이 부도덕한 정치와 혹세무민하고 있는 이무기들에게 또 다른 핑곗거리를 제공하는 죄악을 범하고 있다고, 데모의 실상을 나열하며 기회가 있을 때마다 자신을 설득하려 했었던, 아버지의 말을 도운은 믿지 않았다.

"강을 바꾸고 물을 제어하여 조종하겠다는 너희들의 주장은 젊은 이로서 가질 수 있는 한때의 치기로 봐줄 수는 있지만, 그것만이 전부라고 한다면 그것은 역사와 민중을 모르는 만용이며 범죄일 뿐이다. 나는 네가 그 강을 조용히 관찰하는 강태공이 되라는 것이다. 큰 판을 보라는 말이다."

최소한 도운이 알고 있는 아버지는 한 사람의 고급관료였지만, 부정한 관료는 결코 아니었다.

때로는 자신이 생각해도 답답하리만큼 고지식한 오리지널이었다.

도운의 말대로 나라가 잘못되었다면, 어떤 이유이든 그것은 공무원인 자신의 잘못이며 책임이라는 것이, 한결같은 아버지의 소신이었다.

국 맛이 없는 것은 된장이 잘못이라는 원리 원칙의 신봉자였지만, 고리타분한 훈장은 아니었다.

언제나 민주적이며 개방적이었고, 덕과 관용을 제일로 내세우는 아버지는 주변의 사람들로부터 존경을 받았다.

그러나 그날 밤 아버지와 도운의 단독 회담은 결렬이었다.

도운은 대화를 통하여, 타협을 하자는 아버지의 말이 구차한 시대를 살아온 세대들의 변명으로 들렸다.

"치밀한 북한의 대남전략에 의해 끊임없이 호도되고, 부화뇌동한 3김에 의해 이미 왜곡되어 버린 민심을 당장 되돌리고 바로잡을 방법은 없다. 그것은 반드시 역사가 해결할 것이며, 나는 그러리라 믿는

다. 그러나 내가 걱정하는 것은 불행하게도 너희들 세대는 한평생을 3
김의 장단에 휘둘리며 살다가는 꼭두각시로 인생을 망친다는 것이다.”

아버지는 정치라는 사기꾼들의 감언이설에 휘둘리며 살지 말고,
학문에 전념하여 흔들리지 않는 것이, 진정한 민중의 힘을 배양하는
일이며, 자아의 완성이라고 말했지만 도운은 승복할 수 없었다.

흑은 언제나 검은 것이고 백은 언제나 흰 것이라며, 그것만이 진실
이라고 아버지를 몰아붙이던 도운은 며칠 뒤 과격한 시위의 주모자
로 경찰에 체포 구속되었다.

청와대의 압력이 있었는지 알 수는 없지만, 아버지는 수신제가를
하지 못한 자신의 허물을 부끄러워한다면서 사표를 냈다.

정원의 풀잎들도 기를 펴지 못하고, 주인의 눈치만 살피는 암울한
공기가 온 집안의 화목을 깨뜨려 버렸다.

아버지의 영향력인지 분명하지는 않아도, 의외로 쉽게 석방된 도운
이 집으로 돌아온 날, 저녁상을 물린 아버지는 가족회의를 소집했다.

어머니는 물론 형, 누나, 동생들, 그 누구도 아버지의 가족회의 단
독 소집을 부당하다고 주장하거나, 거부권을 행사하지 못했다.

후에 안 일이지만, 그때 이미 아버지는 스스로 모종의 중대한 결정
을 지어 놓고, 그것을 가족회의라는 대의명분으로 추인 확정하는 요
식행위였다.

그날의 아버지는 무서운 독재자였다.

의제의 토론이 있을 수 없었고, 찬반이라는 비밀 투표도 용납되지
않았다.

아무도 끽소리 하나 내지 못했다.

아버지는 내 뱃속으로 난 자식 하나 변변히 가르치지 못한 자신은

가장으로서의 자격 상실이라고 담담하게 말을 꺼냈다.

"제멋에 겨운 사람은 제멋에 살아야겠지……?"

아버지는 어머니와 자식들에게 물었다.

회의는 두려움도 있었지만, 묘한 아버지의 화술에 말려들어 버렸다.

"다 제 팔자대로 살아야겠지요."

당연히 그래야 한다는 어머니의 답변에 나머지 가족들은 고개를 끄덕이었다.

기권 표 하나 없는 만장일치였다.

물론 도운 자신도 태어난 생명은 태어난 대로 살 수밖에 없다고 생각했다.

떡 벌어진 체격에 비하여 목이 타는 듯 아버지는 이따금 앞에 놓인 찻잔을 입으로 가져갔다.

아버지는 도운을 지명했다.

도운은 긴장했다.

막연히 알 수 없는 무엇이 자신에게 다가옴을 느낄 수 있었다.

두려웠다.

"사실 너와 나는 아버지와 아들이면서도, 어떤 땐 네가 타인처럼 느껴지는 이유가 무엇인지, 이해하려고 내 딴에는 많은 노력을 했지만, 결론은 내가 부족했다는 것뿐이다."

핵심을 끄집어내기가 무척이나 힘이 든지, 아버지는 긴 담배 연기를 허공으로 뿜어댔다.

반백의 머리카락이 담배연기 속에서 더욱 바라지는 것 같았다.

도운은 그런 아버지의 모습이 왠지 쓸쓸하게 보였다.

언젠가 영화에서 본 허수아비처럼 무척이나 외롭게 느껴졌다.

“그런 나를 너는 한 번도 이해하려는 노력조차 않았었지……?”

“…….”

도운은 대답하지 못했다.

아무도 대답하지 않는 천정을 바라보던 아버지는 느린 톤으로 천천히 말했다.

“그래서 결심한 건데 차마 부자지간에 못 할 말이다마는, 나의 결론은 서로를 이해할 수 없는 너와 부자지간의 인연을 끊어야겠다는 것이다.”

누구도 상상하지 못한 아버지의 결단이 가족이라는 천륜을 끊어내는 형벌로 떨어지자, 가족들은 몸뚱이가 지진으로 갈라져 버린 땅처럼 사색이 되어 버렸다.

도운은 자신에게 내려진 가혹한 형벌이 믿어지지 않았다.

“설마……?”

짧은 순간이지만, 자신의 귀를 의심하고 아버지를 의심했다.

아버지는 부당한 심판이라고 항의하는 도운의 눈을 무거운 빛으로 일축하며 말했다.

“여긴 한평생 내가 내 가족들을 위해 마련한 내 집이다. 지금 당장 나는 네가 내 집에서 떠나 주기를 바란다. 물론 각오하고 있겠지만, 내가 너에게 줄 것도 네가 내 집에서 가지고 나갈 것도, 우린 피차 아무것도 주고받을 것이 없는 사람들이다. 그쯤 알고 떠나거라.”

아버지가 도운을 가족이라는 천륜에서 끊어낸 이유는 간단했다.

첫째, 도운이 외치는 민주화 운동은 하나로 결집하여 무서운 속도로 발전하는 국민의 힘을 분산시켜, 자유대한민국을 전복하려는 북한의 대남적화통일의 전략이며, 동시에 권력에 눈먼 3김이 대권을 쟁취하기 위해 부추기는 불쏘시개 도구라는 것이다.

민주화는 6·25동족상잔이라는 혹독한 대가를 치른 위정자들이, 국민들이 굶주려 죽어 가는 당장의 민생고를 해결하고, 남북대결 구도에서 승리, 전쟁의 위협에서 벗어나기 위한 최우선 정책에서 밀려 있는 것일 뿐, 아무도 거부할 수 없는 시대의 흐름이며, 정부도 그런 방향으로 가고 있다는 것이 아버지의 시국관이었다.

둘째, 국민들을 이간하여 서로를 증오케 하면서, 적으로 삼아 대적게 하는 망국적인 3김의 지역주의 패거리정치는 북한의 대남전략에서 나온 것으로, 항차 못 가도 반세기는 지속될 것이며, 대한민국의 발전을 가로막고 부패공화국으로 만들어 말아먹는 패거리 정치의 시작이며 폐단이라는 것이다.

대권을 잡기 위해 국민을 적으로 삼는 3김의 지역주의 패거리 정치는, 이합집산을 거듭하며 미래 국가를 이끌어 갈 젊은이들을 공허한 정치판의 폐인으로 만들어 국론을 분열시키고, 간신이 일으켜 세운 대한민국을 부패공화국으로 만들어 말아먹을 것이라는 것이, 아버지가 보는 3김의 정치였다.

셋째, 아버지가 보는 도운은 항차 못 가도 반세기는 지속될 3김의 지역주의 패거리정치에 휘둘리며 살아가는 폐인으로 평생을 떠돌면서, 종내는 자신의 영혼까지 다치는 것은 물론 집안 모두를 망치게 하는 화근이라는 것이다.

위 세 가지 가운데 세 번째의 것은, 아버지를 가장 가슴 아프게 하면서, 사랑하는 아들 도운을 가족이라는 끈에서 잘라내게 한 결정적인 원인이었다.

아버지가 많은 고민 끝에 도운을 가족이라는 울타리에서 내보낸 것은, 공허한 정치판의 폐인으로 살아갈 도운으로 하여금, 자신의 행위에 대한 책임을 지라는 것이며, 동시에 그런 도운으로부터 나머지 가족들을 지키고 보호하려는 가장의 본능이며 결단이었다.

1945년 해방된 이후 1948년 제주도 4·3폭동에 이어 이해 10월 좌익계 군인들이 일으킨 여수순천반란과 1950년 6월에 발발한 6·25동족상잔의 전쟁, 53년의 휴전과 이어진 자유당의 독재와 부정부패, 그리고 1960년 4월 실패한 미완의 혁명 4·19와 1961년 5월 분단국가의 혼란과 위기를 해소하고 국가재건을 위한 5·16혁명과 유신의 끝에서 1979년 10월에 일어난 10·26 대통령 암살과 1980년 5월의 광주를 피로 물들인 광주사태를 거쳐 날마다 서울 도심의 거리를 최루가스로 채우고 있는 지금의 시국까지 삶을 예측할 수 없는 전쟁과 격변의 시대를 온 몸으로 부딪치며 숨 가쁘게 살아온 아버지가 가족들을 보호하기 위해, 내릴 수밖에 없는 결정이었다.

도운은 천둥처럼 들려오는 아버지의 목소리를 붙들고, 살려 달라고 애원하고 싶지는 않았다.

어머니가 잘못했다고 다시는 그러지 않겠다고, 아버지에게 용서를 빌라고 권했지만, 도운은 오히려 잘된 일이라고 생각했다.

"마지막 부자의 정으로 너에게 바란다면, 너는 민중의 잠을 깨운다고, 민중을 개혁 선도한다고 말하지만 역사 이래 너희가 말하는 민중은 한 번도 잠들어 있던 적이 없었으며, 너나 너희가 개혁해야 할 대상도 아니다. 민중은 그 자체로가 언제나 완성된 생명이며 판이다. 다만 네가 어리석어 그것을 보지 못할 뿐이다. 아버지는 세월이 흐른 뒤에라도, 네가 네 손바닥을 보듯이, 세상을 보는 혜안이 너에게 있기를 간절히 바랄 뿐이다."

도운은 이별의 악수를 하자며, 자신 앞에 내밀어진 아버지의 손을 뿌리치지 않았다.

무엇이 어찌 됐건, 아버지라는 기성세대에게 지고 싶지는 않았다.

오히려 자신이 먼저 이런 결정을 내리지 못한 것이 후회스러웠다.

도운은 투사처럼 당당하게 일어서서, 자신 앞에 내밀어진 아버지의 손을 잡았다.

"건투를 빈다."

"아버님도 건강하십시오."

돌이킬 수 없는 아버지와 아들의 결단에, 머리가 어지럽다면 쓰러져 병원으로 실려 가는 어머니의 파리한 모습을 보면서, 도운은 거리로 나섰다.

집을 나온 도운은 무엇 하나 걸릴 것이 없는 자유로운 투사였다.

특히 고급관료이며, 기성세대인 아버지와 당당하게 맞선 도운의 영웅담은 선후배 학생들에게 전설이 되었다.

도운은 역시 투사다운 훌륭한 결정이었다고, 환영하는 동지들과 함께 거리의 투사가 되어, 공안당국을 상대로 다양한 전략과 전술을 구사하면서, 때로는 전국을 떠돌기도 하고, 안기부 대공분실과 경찰서 유치장을 뻔질나게 드나들면서 전국적인 스타가 되었다.

그러나 아버지의 말이 옳았다는 것을 깨닫기엔, 그리 오랜 세월이 필요하지 않았다.

무엇보다도 도운이 분노하고 좌절한 것은, 독재정권에 항거한다는 미명하에 절제되지 않은 감정으로, 동지들이 저지르는 반이성적이고, 반문명적인 범죄들이었다.

열렬한 투사가 되어 조직의 심장 속으로 들어가 직접 자신의 눈으로 확인한 조직의 내부는, 폭력과 절도, 강간과 혼음(混淫)은 다반사였고, 테러와 살인까지 서슴지 않는 반사회적인 범죄조직일 뿐, 사회정의를 구현하려는 신성한 학생단체가 아니었다.

폭력과 강간은 배신자를 협박하고 응징하는 수단이었고, 절도는 주요 간부들의 도피자금을 조달할 목적으로 정당화됐고, 집단 혼숙과 혼음은 동지들과의 결속을 다지는 동맹의식이었다.

민주화 정의구현이라는 가장 신성한 가치로 싸워야 할 학생단체가 정의를 배반하고, 국민을 기만하는 악이었고, 자신은 그들의 꼭두각시 소모품이라는 것을 깨달았을 땐, 이미 돌이킬 수 없고 되돌아 갈 수도 없는 현실이라는 거대한 그물에 사로잡힌 포로가 되어 버렸다.

그물에 걸린 투사는 더 이상 투사일 수 없었다.

마지막 투사라는 이름으로 민주화를 위한다는 거창한 구호를 외치며, 군중들의 분노를 일으키는 불쏘시개로 장렬하게 재가 되든지, 배신자 변절자로 매장될 뿐이었다.

* * *　　　　* * *

그날도 며칠째 대학 옥상을 점거하고, 경찰과 극단적인 대치를 하고 있었다.

언제나 그렇듯이 학생들의 점거농성 시위는 말 그대로 시위일 뿐, 공권력을 이길 수는 없었다.

철수하는 과정에서 핵심 지도부가 체포되지 않고, 현장을 빠져나갈 수 있도록, 시위에 참여한 일반 학생들 가운데 선발된 몇 명은 경찰들이 깔아 놓은 안전매트 위로 투신하고, 한 명은 분신자살을 하는 척 위협하여, 경찰들이 포위망을 풀도록 협박하는 한편, 경찰들의 시선을 유도하여 그 틈에 지도부가 탈출할 계획을 세웠다.

안전매트 위로 투신할 학생들을 선발한 뒤, 위험한 분신자살을 연극할 후보는 도운을 비롯한 핵심간부 몇 명이 제비뽑기로 뽑았는데 후배가 뽑혔다.

사전에 모의된 작전대로 영웅심에 빛나는 투신조들은, 어린 시절 벼랑에서 강물로 다이빙하며 물놀이하듯, 안전매트 위로 뛰어내리며 경찰들을 협박했고, 후배는 계획한 대로 몸에 시너를 뿌리며, 금방이라도 분신자살을 할 것처럼 연극을 했다.

그러나 경찰들은 물러설 기미조차 없었고, 시선 유도에도 실패하여 바라던 지도부의 탈출구가 보이지 않았다.

당황한 지도부는 긴급회의 끝에, 분신자살을 연극하고 있는 후배에게 불을 붙여 투신자살을 시키라고 하였으며, 불을 붙이는 적임자로 도운을 지목했다.

처음 약속과 다를뿐더러, 아무것도 모르는 후배를 그런 방식으로 살해할 수 없다며 도운은 거부했다.

도운이 지도부가 모두 체포될지언정, 살인은 안 된다며 강력하게 반발하자, 동료들이 도운을 붙들고 실랑이를 하는 동안, 일행 중 한 명이 아무것도 모르는 채 분신자살을 연극하고 있는 후배의 등 뒤에서 불을 붙여 버렸고, 후배는 꽃다운 청춘을 피워 보지도 못한 채 그렇게 살아 있는 화염병으로 살해되고 말았다.

후배를 분신자살로 위장 살해하고 간부들은 탈출했지만, 작전을 거부한 도운은 배신자 변절자로 낙인찍혀 운동권에서 추방되었다.

도운은 승복할 수 없었다.

함께 싸우던 동지들은 다시 싸울 수 있는 칼을 줄 것이라고 믿었다.

그러나 그것은 도운의 착각이었다.

자금을 대주고 함께 싸우던 동지들은 명령을 거부한 도운을 용서하지 않았다.

오히려 도운이 알고 있는 조직에 대한 모든 사실들에 대하여, 침묵하라는 강요와 협박을 받았다.

잠을 이룰 수 없는 분노에 마셔대는 소주병의 숫자만 늘어 갔다.

이제껏 무엇을 위해 누구를 위해 부자지간의 천륜까지 끊어 가면서, 죽기 아니면 살기로 최루탄과 싸웠는지 젊음이 후회스러웠다.

생각할수록 억울하고 분해서 견딜 수가 없었다.

도운은 아버지가 부자의 인연을 끊으면서까지, 그토록 우려했던 것이 무엇인지…… 뜬살이 소모품일 뿐이라는 아버지의 말이 옳았다는 것을 깨달았지만, 이미 돌아갈 수 없는 거리의 낙오자였다.

허비해 버린 젊음이 아까웠고, 암울한 배신과 외로움에 몸서리를 치던 도운은 다 털어 버리고, 투사이며 동지였던 미숙이와 방배동 산비탈 월세방에서 동거에 들어갔다.

동료들에 대한 좌절과 분노를 가슴에 묻고, 미숙이의 품속에서 새로운 꿈을 꾸었다.

한 달이 지나고 일 년이 화들짝 지나갔다.

그러나 외로움은 미숙이와 서로의 몸을 맞대고 살을 섞는 것으로 메울 수 있었지만, 육신의 배고픔은 어쩔 수가 없었다.

몇 번인가 취직을 했지만, 그때마다 투사라는 붉은 딱지가 훈장처럼 따라다녔고, 끝내는 노동판을 기웃거리며 하루의 먹이를 찾아다니는 슬픈 짐승이 되었다.

언제나 호주머니가 썰렁했다.

도무지 사는 것을 실감할 수가 없었다.

버스 토큰 하나를 아끼기 위해 한강을 걸어 넘나든 적이 한두 번이 아니었다.

미숙이의 말대로 집으로 돌아갈까 생각도 했었지만, 아버지는 완강했고 도운 역시 자신의 주장을 굽히지 않았기에, 아무런 도움도 되지 못했다.

그날도 밀린 월세를 마련하기 위하여, 희망찬 새해의 시작이라며 희색이 만연한 서울거리를 도운은 우거지상으로 쏘다녔다.

갈 만한 데는 얼굴을 내밀어 보았지만 헛수고였다.

하루 종일 헛돌아 다닌 발걸음이 피곤했다.

굶주린 창자에 소주라도 한잔 부어 넣으면 시원할 것 같았지만, 걱정하며 기다릴 미숙이의 얼굴이 떠올라 집으로 발길을 돌렸다.

언제나처럼 풀 죽은 어깨를 작업복 속으로 감추며, 힘없이 집으로 들어선 도운에게 미숙이는 한잔하자면서, 찌개에 소주 몇 병을 내왔다.

웬일이냐고 묻는 도운의 물음에 그냥 한잔하고 싶었다며, 대답을 피하던 미숙이가 취기를 빌려 말했다.

"사실은 나, 오늘 공항동 집에 다녀왔어."

"그래. 뭐 좋은 일이라도 있었나 보지……?"

미숙이는 대답하지 않았다.

주거니 받거니 마신 술에 조금 취하기는 했지만, 무엇인가 하고 싶은 말을 무척 망설이는 표정이었다.

"왜? 집에 무슨 일이라도 있었나? 어머니께서 또 뭐라고 하셔?"

심각한 미숙이의 표정이 우스웠다.

한동안 술잔을 만지작거리며 망설이던 미숙이는 장난 섞인 웃음을 쿡쿡거리는 도운을 외면하며 말했다.

"그동안 혼자서 고민을 많이 했는데, 아무래도 나 결혼을 해야겠어."

"너도 참 그렇다. 우리가 지금 이런 처지에 어떻게 결혼식을 올리나? 약속했잖아. 전셋집이라도 마련한 다음에 하자고……."

도운은 미숙의 말을 웃음으로 받아넘겼지만, 항상 그녀에게 죄스러웠고 그럴수록 자신이 서글펐다.

도운은 비워진 잔에 술을 따랐다.

그냥 모처럼 미숙이가 차려 준 술 한잔을 기쁘게 마시고 일찍 쉬고 싶었다.

"착각하지 마. 내 결혼 상대는 자기가 아니니까."

술잔을 단숨에 비우며 간단하게 끊어 버리는 미숙의 말에, 어리둥절하던 도운은 농담이려니, 자신들의 이야기가 아닐 거라고 생각했다.

"대체 밑도 끝도 없이 누가 누구랑 결혼을 한다고 그러는 거니? 무슨 말이야?"

"사실은 그냥 낮에 가려다가 괜히 자기가 오해하면 일이 시끄럽고, 복잡해질 것 같아서 기다리고 있었어."

이미 내려져 있는 결정이었다.

갑자기 눈앞에 앉아 있는 미숙이의 얼굴에서 한강을 건너온 싸늘한 찬바람이 한꺼번에 몰아치는 것 같은 한기가 느껴졌다.

무서웠다. 꿈이기를 바랐다.

"난 뭐가 뭔 소린지 통 모르겠다."

미숙이의 말을 들은 순간 가슴속은 부글부글 끓었지만, 도운은 차분하게 말했다.

어차피 미숙이라는 파랑새는 이미 도운이라는 낡은 둥지에서 벗어난 것이 확실한 이상, 자신으로 하여금 그 파랑새를 다시는 붙잡을 수 없음을 인정하지 않을 수 없었다.

자기를 버리는 여자에게 사랑과 인생을 구걸하고 싶지는 않았다.

도운은 분노와 슬픔을 애써 감춰 버렸다.

"설마 상대가 나 같은 놈은 아니겠지?"

"그래, 사업하는 남자야. 그렇게만 알고 있어."

"잘됐군."

"그렇게 비아냥거리지 마. 이렇게 가는 나도 가슴이 아프니까."

"야! 아프단 사람은 이렇게 떠나는 거냐?"

"미안해. 할 말이 없어. 하지만 맹세코 난 자기를 사랑했어. 물론 앞으로도 변함이 없을 거야. 그러나 자기의 무능력과 가난까진 사랑할 자신이 없어."

"애당초 너라는 여자는 영화배우가 되었으면 좋았을 걸 그랬나 보다."

"무어라 해도 좋지만 비웃지는 마. 비웃음은 여자의 자존심이 허락하지 않으니까."

도운은 어처구니가 없었다.

"너는 진실을 이야기한다면서, 왜 타인의 말은 진실이라고 믿지 못하나? 솔직히 난 그런 네가 더 우습다."

"자기는 여자를 몰라."

"옳은 말이다. 난 여자를 모른다. 그러나 그 여자에게 필요한 것이 무엇인지, 그것마저 모른다고 말하진 마라."

"자기는 몰라도 난 이미 끝났어. 피곤해 그만해. 갈게, 잘 있어."

미숙이는 짧은 인사를 아무렇게나 던져 놓고, 낮에 꾸려 놓은 작은 가방 하나를 챙겨들고 일어섰다.

"그래, 가는 것이 너의 소원이고 행복이라면 잘 가야지……."

방문을 나서던 미숙이는 말없이 술잔을 비우고 있는 도운을 돌아보며 말했다.

"쩨쩨하게 날 이렇게 보낼 거야?"

도운은 그런 미숙이 밉다 곱다 이전에 어이가 없었다.

가장 비참한 순간 비참하게 남자를 차 버리고 가는 여자에게 어떤 대가를 지불해야 하는지 알 수가 없었다.

"아닌 밤중에 홍두깨도 유분수지, 날더러 무엇을 어쩌라는 말이냐? 네 스스로 이 방을 들어와 네 스스로 나가면서, 내게 무엇을 원하는지 난 모르겠다."

"말해 봐라. 내 간이 붉은지 검은지 보고 싶다면 꺼내서 보여 줄 테니까."

미숙이는 돌아서서 소주잔을 쉬지 않고 비워대는 도운의 가슴에 얼굴을 묻으며 울음을 훌쩍거렸다.

도운은 모든 것이 악몽인 것만 같았다.

출렁이는 미숙이의 물결 속에 자신을 맡겨 버렸다.

"사랑해. 미안해. 자기를 못 잊을 거야."

소주잔 대신 미숙이의 입술이 다가오고, 그녀의 허물이 벗겨져 내려도, 도운은 장승처럼 가만히 있었다.

계란형의 얼굴에 커다란 눈망울, 두 손바닥을 펴고 움켜쥐어도 뭉실뭉실 넘치던 젖무덤이 60촉 백열등 아래서 꿈틀거리며 살아 다가왔다.

갑자기 알 수 없는 분노가 솟구쳤다.

도운은 활화산 같은 미숙이의 살점에서 흘러내리는 색정을 입술로 닦아 주었다.

"그래, 넌 내 거야. 처음부터 내 것이었어. 사슴 같은 눈, 난꽃 같은 콧날, 영산홍 꽃잎보다 붉은 입술, 상아처럼 하얀 치아, 언제나 풍요롭고 따스한 체온으로 내 영혼을 잠재우던 젖가슴, 인형 같은 허리, 너의 영혼, 너의 모든 것이 내 것이었어."

비록 결혼식을 올리지는 못했지만, 미숙이의 존재는 도저히 경멸할 수 없는 진정으로 사랑하는 여자였으며, 그 누구에게도 빼앗기고 싶지 않는 소중한 아내였다.

거센 바람에 윙윙거리는 전선줄처럼 전신을 떨어대며, 신음인지 말인지 알아들을 수 없는 소리를 응얼거리는 미숙이의 입술을 도운은 자신의 뜨거운 입김으로 막아 놓고, 마지막 던져진 그녀의 보드라운 맨살을 머리끝에서 발끝까지 자신의 것이라고 확인하는 도장을 찍듯 입술로 샅샅이 훑어 내렸다.

미워해서 미워질 수 있는 여자라면 애초에 사랑하지 않았으며, 지금의 행위 자체가 아무런 감정도 유발시키지 못하는 단순한 행위이겠지만, 아무리 미워하려고 애를 써도, 끝끝내 미워할 수가 없는 존재였기에, 분노보다 슬픔이 앞섰고, 미움보다 사랑이 훨씬 더 컸다.

도운은 미숙이가 자기의 곁을 떠나는 것은, 악령이 그녀에게 덫을 씌운 까닭이며, 그 씌워진 악령의 덫을 자신이 벗겨 주어야 한다고 생각했다.

입술로 미숙이의 살가죽을 씻고 또 씻어 내렸다.

신병훈련소 훈병들이 각개전투를 하듯, 격렬한 입술과 억센 손으로 자신의 알몸을 오르내리는 도운의 힘에 짓눌린 미숙이는 숨이 막히는 듯 헐떡거렸다.

　도운은 가녀린 그녀의 허리를 움켜쥐고, 그녀의 속살 깊숙이 뜨거운 체온을 삽질했다.

　미숙이는 전신의 **뼈**마디가 녹아 없어지는 것 같은 두려움과 환희의 기쁨에 온몸의 신경을 기타 줄처럼 떨었다.

　"떠나기 싫어. 차라리 날 죽여 줘."

　오색의 구름 위에서 절정의 그네를 타는 미숙이의 신음 속에서, 떠나기 싫다며 죽여 달라는 말이 튀어나왔다.

　도운은 다이너마이트에 터지는 채석장의 바위처럼, 아찔한 현기증이 머리를 부수는 것 같았다.

　땅속 깊숙이 파들어 가던 삽이 부러졌다.

　아려오는 가슴이 쓰라리고 상처에서 피가 흘렀다.

　황홀한 음률에 흠씬 취해 가던 미숙이는 석고처럼 굳어 버린 도운을 아쉬움과 의혹이 뒤섞인 눈으로 쳐다보았다

　"왜……? 왜 그래……?"

　"참으로 잔인한 것이 여자인 듯싶다."

　하고 싶은 말이 자꾸만 목에서 걸렸다.

　미숙이의 앞에서는 언제나 그랬다.

　그녀에게 좀 더 나은 삶을 선물하지 못한 안타까움이었고 죄책감이었다.

　"사랑한다. 떠나야 한다. 죽여 달라. 도대체 어느 것이 너의 진실이냐?"

　"지금 내가 그런 말을 했었나……?"

　미숙이는 고개를 돌려 도운을 외면했다.

　"믿지 않아도 상관없지만, 한마디만 기억해 둬. 사랑하기 때문에 떠난다는 사실을……."

떠나도 사랑하는 마음은 변하지 않을 거라고 미숙이는 말했다.

도운은 사랑하기 때문에 떠난다는 것은 허울 좋은 말이며, 비열한 기만일 뿐 있을 수 없는 일이라고 생각했다.

미숙의 얼굴이 가증스러웠다.

자신도 모르게 그녀의 목울대를 움켜쥔 손아귀에 힘을 주었다.

소원대로 죽여 주고 싶었다.

참새 같은 여자의 입술을 영원히 잠재워 버리고 싶었다.

떠나느니 차라리 사랑하는 사람의 손에 죽는 것이 소원이라면 의당 기쁘게 죽어야 할 미숙이는 커다란 눈망울을 희번덕거리며, 두려운 공포에 금방이라도 질식해 죽을 것 같은 표정이었다.

미숙이는 살기 위해 컥컥거리며 몸부림을 쳐댔다.

"죽어! 차라리 내 손에 기쁘게 죽으란 말이야!"

도운은 기쁘게 죽으라고 악을 쓰듯 소리쳤다.

그러나 숨을 쉬기 위하여, 벌겋게 충혈된 얼굴로 캑캑거리며 버둥거리는 미숙이의 모습은 영 실망스러웠다.

가슴속 깊은 곳에서 진한 설움이 심장을 가르며 복받쳐 올랐다.

미숙이의 숨통을 조이던 손가락들이 물에 젖은 종잇장처럼 풀어져 버렸다.

하얀 미숙이의 맨살 위에서 간신히 버티고 있던 도운은 힘없이 굴러 떨어졌다.

추락하면서 튕겨진 도운의 영혼이 방 안 가득 흩어진 미숙이의 옷가지에 스며들었다.

도운은 한 움큼씩 떨어져 나간 자신의 살점들이 서러웠다.

죽는 그날 그 순간까지도 속물일 수밖에 없는 것이 여자인 것 같았다.

어쩌면 여자들이란 태어나는 순간부터 남자들의 하나뿐인 간덩이를 주식으로 삼는 불여우 구미호일지도 모른다는 생각이 들었다.

도운은 한껏 흐트러졌던 감정을 챙겨 황급히 방을 나서는 미숙이를 불렀다.

미숙이는 여전히 두려운 낯빛이었다.

"왜……?"

돌아서서 반문하는 목소리는 두려움에 떨리고 있었다.

"그런 눈으로 날 보지 마."

"나를 그냥 이대로 보내 줘. 부탁이야……."

두려움에 애원하는 미숙이의 목소리는 울음이 절반이었다.

도운은 그런 미숙이의 모습이 한없이 가엾게만 느껴졌다.

안아 주고 싶었다.

여전히 두려움에 떨고 있는 미숙이의 어깨를 안았다.

"너를 편하게 보내 주고 싶었는데……. 미안하다 놀라게 해서……."

미숙이는 떠나는 자신을 증오하여 달라고 말했다.

사랑하다 헤어지면 증오해야 하는 것이 정해진 공식인지는 모르지만, 그런 용기라도 있었으면 좋겠다고 도운은 생각했다.

"자학할 필요는 없어. 이 세상에서 너를 증오할 사람은 아무도 없으니까."

빨아내는 싸구려 담배연기 속에 모든 것들이 남김없이 재가 되는 것 같았다.

도운은 이별, 아픔, 고통 그것들은 타인들의 이야기일 뿐, 자신들의 것이 아니라고 믿으며 살아왔었다.

지나간 날들은 이렇게 헤어질 수 없다고, 옷깃에 매달리며 버둥거렸다.

도운은 눈이 하나둘 내리는 어두운 창문을 바라보며, 소리 없이 솟구치는 눈물을 감추었다.

"다만 내가 슬픈 것은…… 여자의 사랑, 그것이 얼마나 낯 두꺼운 위선이며 거짓인가를, 내가 나의 모든 것을 다해 처음 사랑한 여자로부터 확인해야 한다는 절망이다."

"정말 미안해."

미숙이는 꼼지락거리는 발등을 바라보며 말했다.

"이 참담한 가슴속 절망을 가는 네가 이해할 수 있겠니……?"

도운은 미안하다는 미숙이의 말에 허망한 생각이 들었다.

짧은 이별 앞에서 때로는 외로웠고 때로는 가슴 아팠어도 참고 견디며 사랑했던 날들의 대가가 너무나 허무했다.

이 허망하고 짧은 이별을 위하여, 그렇게 뜨겁게 한 여자를 사랑하지는 않았다.

그러기에는 너무나 소중했던 나날들이었다.

"어차피 떠나가는 여자야, 미련 두지 마. 피차 괴로우니까."

고통스러운 말이었다.

용서하여 달라며 울고 불며 떠나기를 바라지는 않았지만, 끝까지 싸늘한 미숙이에게 도운은 고함이라도 쳐 주고 싶었다.

뒤돌아서면 모두가 그립고 아픈 상처로 영원히 지워지지 않을 날들을 어떻게 잊으라고 하는지……. 너무나 잔인하다고 소리치고 싶었지만 꾹 참았다.

굳이 괜찮다면서 사양하는 미숙이를 바래다주기 위해, 어두운 방배동 산등성이 골목길을 내려가면서, 일방적인 이별에 몇 번인가 터지려는 울음을 삼켰다.

사랑하고 미워하는 것이 여자의 전유물이라면, 그것을 이해하고 용서하는 것은, 남자만이 가질 수 있는 특권이라고 생각하면서 마음을 달랬다.

내가 용서하자. 너는 나를 사랑하기 때문에 떠나지만, 나는 너를 사랑하기 때문에, 네가 내 가슴에 뜨겁게 부어 준 사랑만을 기억하면서, 너의 행복만을 빌어 주마고 도운은 다짐을 했다.

도운은 떠나는 미숙이에게 무엇인가 주고 싶었다.

걸치고 나온 주머니 밑바닥에서 딸랑거리는 동전 몇 개가 만져질 뿐 아무것도 없었다.

"이게 뭐야?"

"네 버스비."

"괜찮아."

"너에게는 동전 몇 개일는지는 몰라도 내겐 전부야. 내 전부를 너에게 주고 싶다. 모른 척 받아 줘라."

"가는 여자 맘 약하게 하지 마."

"미안해. 그럴 의도는 아니었어."

"나도 알아."

"알았음 됐어. 고맙다."

"우리들의 만남은 좋은 추억이 될 거야."

"글쎄, 그럴 수 있다면…… 그런 날이 빨리 왔으면 좋겠다."

참 편리한 사고방식인 것 같았다.

자신도 언제인가 오늘의 고통을 즐거운 추억으로 회상할 날이 있기를 바랐다.

그날이 지금 당장이라면 미숙이를 웃으면서 보낼 수가 있을 것 같았다.

삭막한 겨울밤, 진눈깨비라도 뿌려 주는 하늘이 무척이나 고마웠다.

엉금엉금 방배동 고갯길을 기어 올라온 버스가 멈추어 섰다.

차문이 열리고 하나의 장면이 단계별로 바뀌는 순간들이 무척이나 아쉬웠지만, 그 시간은 눈 깜짝하는 순간이었다.

성에 낀 차창으로 흔드는 미숙이의 작은 손이 보이고, 그때까지 감추기만 했었던 도운의 눈물이 진눈깨비에 묻어 내렸다.

* * *　　　　* * *

도운은 미숙이와 헤어진 뒤, 그동안 마음속에 품고만 있었던 새로운 가치, 정의가 살아 있는 인간정신 구현 민중을 미개한 집단으로 규정 선도하려는 오만한 투사가 아니라 진실로 민중을 위한 봉사자가 되기 위해 K공단에 있는 공장 기능공으로 취업을 했다.

배신자라는 오명을 벗고 명예를 되찾거나 정치적 야망을 이루려는 위선이 아니었다.

그것은 엘리트 의식으로 자신들만을 위한 가식적인 정권투쟁이 아니라 천민자본과 열악한 노동환경에 혹사, 착취당하고 있는 노동자들의 권리를 찾아 주기 위한 봉사였다.

열악한 노동환경을 개선시키고 노동자의 권리를 찾아 주는 일이 인간을 인간답게 만드는 가치 있는 일이라고 믿는 만큼, 신념을 위해 정열적으로 노력했지만, 그것은 날개 잃은 참새의 버둥거림에 불과했다.

공안당국의 블랙리스트에 올라 있는 도운이 할 수 있는 일은 아무것도 없었다.

무엇보다도 도운을 절망케 한 것은, 노조 자체가 어용 아니면 엘리트를 자청하는 소수 지식인들의 정치적 투쟁의 도구로 변질되어 버렸다는 것이었다.

날마다 극단적인 대립과 갈등을 증폭시키며 노동자들을 죽음으로 내몰고, 죽을 수밖에 없도록 조장하는 노사문화는 인간정신을 포기한 잔혹한 폭력이었다.

서로 존중하고 화합하는 따뜻한 인간의 존엄성을 바탕으로 노동자를 위한 순수한 노동환경 개선 운동을 실천하려는 도운이 넘을 수 있는 벽이 아니었다.

학생운동이 엘리트를 자청하는 소수 지식인들의 정치적 입지를 세우기 위한 도구였듯이 현장에서 본 노동운동 역시 학생운동과 다를 바 없는 권력을 가지려는 소수 식자들의 희생물이었다.

노조와 사측에서 벌이는 대립 속에서, 가장 소중한 가치인 노동자의 권리, 노동자의 행복은 없었다.

노동자는 노조와 사측의 권력다툼을 위한 도구였으며 월급 인상이라는 빵조각 몇 점으로 길들여지고 있는 짐승들일 뿐이었다.

절망적인 악순환이었다.

참담한 세월을 헤매던 어느 날, 도운의 만류에도 불구하고 노동자가 즐겁고 행복해지는 세상이 오기를 바란다는 유서를 남기고, 끝내 투신자살한 선배의 천도제(薦度祭)를 지내기 위해, 동료들과 함께 죽은 선배가 생전에 인연이 깊었던 성모산(聖母山) 연화사(蓮花寺)를 찾았다.

연화사 큰스님은 생전에 속가 제자의 인연을 맺었던 선배를 위해 안타까운 법문을 설했다.

법상에 앉아 선배를 위한 법문을 끝낸 큰스님이 법당에 꿇어앉은 일행들을 향해 질문을 던졌다.

"백 가지의 꽃들이 만발한 꽃밭에 주인이 누구냐? 꽃이냐, 나비냐? 만일 꽃이라 한다면 어느 꽃이 주인이냐?"

"그야 당연히 나비지요."

큰스님의 물음에 아무도 대답하지 못하고 있는데, 함께 온 동료 하나가 용감하게 나비가 주인이라고 대답했다.

"틀렸다. 꽃들이 주인이다. 벌과 나비는 꽃들이 종을 번식 발전하기 위해 향기와 빛깔로 유혹한 도구, 소모품일 뿐이다."

중생들을 가엾게 생각하는 마음은 갸륵하지만 진실로 무엇이 중생들을 위하는 일인지는 각각의 사람들이 각각의 자리에서 생각해 보아야 할 것이라며 큰스님은 말했다.

"명심해라. 실체가 없는 것은 시간만이 아니다. 나타난 현상 또한 허상일 뿐 실체가 아니다. 그러므로 지금 너희들이 주장하는 너라는 실체도 허상이다. 너라는 존재가 허상이면 너희들이 주장하는 논쟁은 물론 너희들이 싸우고 있는, 또는 싸우려는 상대 또한 허상이다. 그러므로 너희들은 허깨비들이 허깨비들을 붙들고 싸우고 있는, 어리석은 허깨비들일 뿐이다. 알겠느냐?"

죽은 선배를 위한 아픔이 배여 있는 법문이며, 슬픈 세태를 살아가야 하는 젊은이들에게 베푸는 가르침이었다.

도운은 큰스님의 법문 속에서 "강물을 떠다니며 사는 뜬살이"라는 아버지의 말이 떠올랐다.

큰스님의 일갈은 깜깜한 밤길을 헤매는 도운에게 길을 밝혀 주는 가로등이었다.

도운은 "세월이 흐른 뒤에라도 깨달아 주기를 바란다"는 아버지의 말이 옳았다는 것을 큰스님의 법문으로 다시 한 번 확인한 순간, 마치 잃어버린 보물이라도 찾은 듯이 기뻤다.

악순환을 거듭하는 속세라는 뜬살이 생활을 버리고, 보다 더 큰 자유를 찾기 위하여 도운은 그 자리에서 제자로 거두어 달라고 청했다.

갑자기 입산을 허락하여 달라는 도운에게 큰스님은 말했다.

"스님이 되려면 부처의 씨가 있어야 하는데, 너에게 부처의 씨가 있느냐?"

"개에게도 부처의 씨가 있다 했는데, 하물며 사람인 저에게 부처의 씨가 없겠습니까?"

"허! 이놈 봐라. 그럼 네가 개보다 낫다는 것이냐?"

"어찌 저를 개보다 못하다 하시는 겁니까?"

"부처의 세계는 차별이 없는데, 네가 무엇으로 개보다 낫다는 것이냐?"

"큰스님께서 아무리 그 씨를 재목으로 가꿀 방도를 일러 주어도, 개는 그 씨를 그 어떤 것으로도 가꾸지 못하지만 저는 제 마음대로 가꿀 수 있다는 것이 다릅니다."

도운은 지금은 비록 쓸모없는 가시덤불과 자갈뿐인 마음 밭이지만, 큰스님이 방도를 일러 주면 열심히 가꾸어 보겠다고 말했다.

"오냐, 네가 개보다는 낫다는 것을 인정하마."

그러나 그것으로 도운이 당장은 개의 신세를 면했지만, 이제부턴 정말로 열심히 공부해서 개가 아니라는 것을, 세 치 혀가 아닌 행동으로 보여 주기 바란다며, 큰스님은 입산을 허락하였다.

그날 이후 각고의 행자 생활을 끝마친 도운은 맑은 이슬에 세수하고, 구구거리는 산비둘기들이 뜬구름 같은 이 세상 아무런 미련 없음을 노래 부르는 연화사 큰스님으로부터 도운(道雲)이라는 법명을 받고 승려가 되었다.

끝없이 솟구치는 구도의 열망으로 갈증 난 사람들이, 낡고 초라한 걸망을 궁둥이 끝에 달랑거리며 모여들어, 번뇌 망상이라는 삶의 백팔염주를 손에 들고, 때 절은 속세의 허물들을 애써 벗겨 내고 있는, 대승전 승방에 도운은 머리 파란 승려가 되어 바리때를 폈다.

솔밭 위에 뜬 달이 기울어 가듯, 숱한 청춘들이 또르르 문드러지는 대승전 빛바랜 기와골마다 세월이 쌓이고, 종소리는 붉은 여명으로 다가왔다.

도운은 참선하는 하얀 벽 끝이 없는 공간 속에서, 나고 죽음이 없는 물결을 따라, 흘러가는 자신의 몸뚱이를 발견했다.

아우성치는 소리가 들렸다.

흙탕물에 탱탱 불어 터진 자신의 살덩이를 보았다.

비는 쉼 없이 내리고 강물은 홍수로 넘쳤다.

한 무리 파란 나뭇잎들이 뜰에 어지러이 널브러져 있었다.

산다는 것은 참으로 무서운 일이라고 도운은 생각했다.

법당 뒤 늙은 고목나무는 그런 도운을 여전히 비웃고 있었다.

껄끄러운 가시였다.

잠을 이룰 수가 없었다.

삶과 죽음이라는 운명성에 고립되어, 고통스러운 비명을 지르며, 구명을 타전하고 있는 생을 구하려 날마다 밤을 지새웠다.

무엇이 이렇게 나를 살아 있게 하는가?

무엇이 이렇게 나를 슬프게 하는가?

도대체 나는 무엇인가?

날마다 태어나 날마다 변하고, 날마다 죽어 가는 무수한 생각들이, 초상집의 막걸리 사발처럼 윤회의 쳇바퀴를 돌았다.

죽었는가 하면 살아나고, 살았는가 하면 까무러치면서 다시 죽고, 어정쩡한 세월을 버들처럼 휘어잡고, 끝없는 실랑이를 되풀이했다.

차라리 획 돌아 버린 정신병자가 되고 싶었다.

미치기도 어려웠다.

팔자에 없는 일이라고 생각했다.

푸르른 나무들이 배시시 부끄러운 미소를 지으며, 알몸을 드러내는 가을 어느 날, 찻잔에 떨어지는 낙엽을 바라보며, 숙명처럼 아려 오는 생의 고뇌를 안고, 덜퍽 쓰러진 도운은 일어설 줄을 몰랐다.

아무도 슬퍼하지 않았다.

좀 어디가 모자라는 짓이라고, 고만고만한 도토리들이 가랑잎 위에 앉아 수군거렸다.

외로웠다. 쿨럭이는 기침소리만큼 외로웠다.

숲 속을 불어 온 가을바람만 야금야금 문틈으로 들어올 뿐, 텅 빈 방 안에 홀로 누워 있는 도운의 머리맡에, 큰스님을 시봉하고 있는 원종이 미음을 들고 왔다.

껄끄러운 혓바닥에 부어진 미음은 소태를 씹는 맛이었다.

수저의 무게가 천 근도 넘는 것 같았다.

수저를 놓아 버렸다.

그런 도운을 보며 원종이 말했다.

"잘 보시오. 이 바리때가 어느 분의 것인지……."

다시 본 바리때는 큰스님의 손때에 닳아 있었다.

무언가 잔뜩 심사가 틀어져 낯빛이 부어오른 원종은 짜증스러운 듯 말했다.

"스님이 미음을 다 비우지 않으면, 큰스님은 저더러 이 자리에서 늙어 죽으라 하셨습니다."

마치 도운이 미음을 다 먹지 않으면, 큰일이 난다는 투였다.

큰스님은 승려나 신도들이 숲 속에서 귀한 버섯이나 산삼 등을 캐 당신 드시라고 드리면, 몰래 챙겨 두었다가 공부하다 지친 승려들에게 약으로 끓여 주곤 하였지만, 자신의 상징인 바리때에 미음을 끓여 보내지는 않았다.

큰스님이 자신의 바리때에 미음을 끓여 보낸 것은, 그만큼 도운을 아낀다는 증거였다.

도운은 감격했다.

큰스님의 자비로운 은혜가 뼛골에 사무쳤다.

울먹이며 수저를 들었다.

숟가락을 움직일 힘도 없었지만, 천천히 바리때의 미음을 깨끗이 비웠다.

적잖은 시간이 흘렀다.

"내가 미음을 다 비웠으니, 원종스님은 이제 늙어 죽을 염려가 없어서 참 좋겠소."

도운은 미안한 마음에 지루한 얼굴로 앉아 있는 원종과 자신의 어색한 공간을 농담으로 메우려 했다.

원종은 쓸쓸한 미소를 지었다.

"늙어서 죽지 않으면 젊어서 죽으란 말이오?"

도운은 원종의 볼멘소리에 말없이 바리때를 챙겨 내밀었다.

바리때를 비우면 금방이라도 일어설 것 같았던 원종은 가지 않았다.

한동안 매우 긴요한 뭔가를 생각하듯, 찬찬히 도운을 훑어보던 원종은 갑자기 비밀스러운 얘기를 하듯, 목소리를 낮추며 말했다.

"대중들은 스님이 미망에 빠졌다고들 하는데……. 부처님 전 참회하면서, 자비로운 가피가 있기를 바라지 않고, 왜 자꾸만 엉뚱한 고생을 사서 하시오."

은밀한 원종의 염려를 모르지는 않았지만, 도운은 복을 구하려고 입산하지 않았다.

나고 죽는 생(生)과 사(死)의 바다에서 해방되는 자유의 문제였다.

그것만이 사람이 해결해야 할 가장 큰 일이라고 생각했다.

나고 죽는 고통스러운 생사의 바다에서 벗어나 근본적인 영혼의 자유 안락을 얻고 싶었다.

속세의 일들이란 하찮은 티끌이었으며 허명이었다.

그것을 위하여, 단 한 번 일회전뿐인 생명을 소모할 수는 없었다.

보장된 부귀영화를 어린아이들이 아무렇게나 뱉어 버리는 껌처럼 미련 없이 버렸다.

그러나 속세라는 가마솥 안에서 숙열된 인연들은 때 없이 밀려와 논바닥의 말거머리처럼 달라붙어 애써 모아 놓은 가슴을 흩뜨려 버리곤 하였다.

오기밖에 남는 것이 없었다.

이를 악물고 밤낮으로 공을 들였다.

그러나 짓고 보면 그것은 언제나 백여덟 개의 번뇌 망상 모래 탑이었다.

기가 막혔다.

결국은 백여덟 개의 모래알, 백팔번뇌와 씨름만 하다가 지쳐 나동 그라진 자신이었다.

"알고 있습니다. 하지만 내겐 중요한 문제요."

"글쎄요. 스님이 뭘 원하시는지는 모르겠지만, 그것을 위하여 생명까지 건다는 것은, 어리석은 망상이 아닐는지요?"

도운은 말없이 실 같은 미소를 지으며 도리질을 했다.

말이 끊어진 작은 방 안에 부처님 전 사시 공양을 드리는 종소리가 멀리 성모산 영봉을 되돌아 울려 왔다.

스스로를 영원히 구하신 부처님의 음성이었다.

"모르고 살다가 돌려주는 것이 인생이라고 사람들은 말하는데, 그것이 현명한 일인지 난 모르겠소만, 가끔은 스님이 답답하다는 생각이 드는 것은 나만의 느낌일까요?"

조용한 말 가운데 전해 오는 원종의 질책이 무엇을 뜻하는지, 도운은 알고 있었다.

그러나 그것은 나고 죽는 물결 따라 흘러가는 부초일 뿐, 오직 한 분 부처님이 깨닫고 가르친 참된 성품이 아니었다.

"미안하오."

마음속 안타까움과는 달리 원종에게 도운이 할 수 있는 대답은 이것뿐이었다.

한동안 그런 도운을 물끄러미 바라보던 원종은 큰스님의 바리때를 도운의 앞으로 내밀며, 뜻밖의 것을 요구했다.

"큰스님께서 하명하시기를, 스님이 버리려는 것이 있는데 그것을 이 바리때에 꼭 받아 오라고 하시었습니다. 그거나 얼른 주시겠소?"

"……?"

무슨 말인지 알아듣지 못하고 어리둥절하고 있는 도운을 향하여 원종은 재촉했다.

"그렇게 말하면 알 거라고 하시던데……."

"……?"

종잡을 수 없는 생각으로 안갯속을 헤매는 도운의 뇌리에서, 한순간 하늘을 쪼개는 천둥번개가 터졌다.

우르릉 꽝, 우르르 꽝, 꽝, 하늘을 쪼개는 천둥과 번갯불이 자신을 덮쳐 왔다.

무서운 일이었다.

말라비틀어진 북어새끼같이, 야윈 몸이 동짓날 긴 밤의 벌거숭이 나무처럼, 저절로 부들부들 떨렸다.

"아! 큰스님은 나를 알고 계셨구나!"

비명 같은 짧은 탄식을 토하던 도운은 병든 이부자리를 걷어차고, 벌떡 일어나 큰스님이 계시는 조사전을 향하여, 너부죽이 온몸을 던지며 삼배의 절을 올렸다.

후드득 산머루 같은 눈물들이, 도운의 얼굴에서 소낙비처럼 쏟아져 내렸다.

"뭐요? 뭔데? 왜 그래요?"

놀란 원종의 물음이 먼 산의 바람으로 스쳐 갔다.

"네가 버리려는 것을 이 바리때에 담아 보내라."

사지를 찢어발기고 오장육부를 태우는 백팔번뇌의 뱀 같은 불길을 버리려고, 여태껏 밥맛을 잃어 가며 애간장을 녹이던 자신의 어리석음이, 큰스님의 한마디에 간 곳이 없었다.

뼛골을 후벼 파던 아픔이 말끔하게 사라져 버렸다.

심장을 돌아 흐르는 핏줄기가 넘쳐 가는 옹달샘 맑은 물처럼 졸졸
거렸다.

도운은 기뻤다.

죄업이란 본래부터 없었다.

사람이 태어나고, 사람이 죽어 가는 것이 아니었다.

생이란 맑은 하늘에 한 조각의 구름이 일어나는 것이며, 죽음은 그
한 조각의 구름이 사라지는 것일 뿐, 죽고 사는 것이 아니었다.

그것은 생기는 것도 아니고, 없어지는 것도 아니고, 깨끗하거나 더
러운 것도 아니며, 줄거나 쌓이는 것도 아니었으며, 받거나 주는 것도
아닌 것이었다.

보고 듣고 부딪치며 맛보는 모든 경계와 인식의 영역까지도 없었다.

무명도 없고 무명이 다함도 없고, 늙고 죽음마저도 없었다.

기쁨과 슬픔, 괴로움과 번뇌, 선과 악, 그것은 언어의 유희일 뿐이
며, 지식이나 지혜도 없었다.

속속들이 파헤쳐 보면, 얻은 것이 없으니 버릴 것이 없었다.

그 어떤 것도 본래부터 없었으며, 그렇다고 없어지는 것도 아니었다.

여태껏 거울 앞에 서서, 그 거울에 비친 자신의 그림자를 잡으려고
애쓰는 몸짓이 보였다.

뇌성이 멎은 하늘에는 찬란한 햇빛이 아롱거렸다.

무지개 저편에서 큰스님의 음성이 들려왔다.

"도운아 알겠느냐? 과거와 현재의 모든 부처님들이 생사가 본래 없
음을 깨닫고, 모든 괴로움을 여의었느니라."

도운은 감격했다.

옛날 옛적에 할아버지의 품에 안겨 재잘거리던 것처럼, 큰스님께

달려가 어리광이라도 피워 보고 싶었다.

"큰스님, 어찌 제 마음이 본래 청정함을 알았겠습니까."

"어찌 제 마음이 본래 나고 죽지 않음을 알았겠습니까."

"어찌 제 마음이 능히 만법을 만듦을 알았겠습니까."

그토록 애태우며 목말라하던 것을 도운은 깨닫고 있었다.

자신으로서는 이해할 수 없는 몸짓을, 연속적인 동작으로 이어 가는 도운을 의아한 눈초리로 지켜보던 원종은 불안한 듯 헛기침을 쏟아 냈다.

한동안 환희의 기쁨 속에서 춤을 추던 도운은 모든 것을 정지시키고, 담담한 마음으로 원종을 바라보았다.

휘둥그레진 원종의 눈빛은 "도운 너는 미쳤다. 정신병자다"라고 말하고 있었다.

도운은 순간적이었지만, 깨달음이라는 기쁨에 빠져서 원종의 존재를 망각한 자신의 경솔함을 후회했다.

필요 이상으로 원종에게 놀라움을 주고 싶지는 않았다.

"원종스님은 야속한 임을 언제까지나 기다리려오? 이렇게 무작정 가 버린 첫사랑을 기다리다 청춘이 가고 늙어지면, 그땐 나머지 생을 누굴 의지하며 살려는가 말이오?"

진심 어린 가슴으로 차분히 말하는 도운의 깊은 뜻을 원종은 이해하지 못했다.

"실없는 소리 그만하고 큰스님이 말씀하신 거나 빨리 내주시오."

할 수 없는 일이었다.

언젠가는 자신의 오늘이 원종에게도 있기를 바랄 뿐이었다.

"가시어서 말씀을 올려 주십시오. 지금까지는 큰스님께서 나를 아셨지만, 이젠 내가 나를 알았으니 심려하지 마시라고……. 그리고 머리 숙여 감사드린다고, 나 대신 정중히 말씀을 드려 주십시오."

원종은 도운의 말을 듣는 둥 마는 둥 귓전으로 흘리며, 빈 바리때를 챙겨들고 황급히 방을 나갔다.

며칠 뒤 몸을 추스른 도운은 벽장 속에 넣어 두었던 걸망을 찾아 대강 짐을 꾸리기 시작했다.

도운의 예감은 적중했다.

그날 허둥대며 방을 나간 원종은 도운이 미쳤다고 사람들을 선동했다.

본시 원종의 사람됨이 표리부동하고 술수에 능란함을 많은 사람들이 경계하고 있었지만, 도운과 큰스님의 사이에서 무엇이 오고 갔는지, 아무것도 모르는 연화사 사람들은 원종의 말을 듣고 애석한 일이라고 수군거렸다.

그런 원종을 도운은 책망하지 않았다.

도운은 큰스님의 바리때에서 얻은 깨달음을 삶이라는 행을 통하여 확인하기 위해, 대승전 뜰에 그림자 하나를 남겨 놓고 아무도 모르는 성모산 깊은 숲 속으로 조용히 몸을 감춰 버렸다.

제2부
청춘영가

연화사 승방을 떠난 도운은 신선들이 살고 있다는 성모산(聖母山) 무태동천(無太洞天) 선주암(仙住巖) 바위 아래 인근의 나무를 베어다 조그만 산호(山戶, 화전민이 사는 집)를 짓고 살면서, 가끔 텐트 하나를 짊어지고 세상의 티끌을 거부하며 씻어 버린다는 세진령(洗塵嶺)을 찾았다.

사계절 언제나 아름다운 산이지만, 혹독한 삭풍이 몰아치는 겨울 밤, 둥근 달빛이 간간이 흩뿌리고 지나가는 하얀 눈 위에서, 파랗게 부서지는 순백의 성모산 세진령은 언제 보아도 환상적인 별세계였다.

때로는 온 산을 단숨에 날려 버릴 것 같은 폭풍이 몰아치고, 그러다가는 한 점의 바람마저 잠재워 버린 뒤, 하얀 목화송이 같은 함박눈이 내리는 세진령의 조용한 자태는 태고의 신비를 간직한 성스러운 성모의 몸짓이었다.

사람의 흔적을 찾아볼 수 없는 험준한 계곡, 산봉우리 하얀 눈 위로 간간히 들려오는 짐승들의 울음은 온몸을 전율케 하는 신의 음성이었고, 낮에 양지쪽 눈 속을 헤치고 캐다 놓은 칡뿌리와 몇 가지 약초들을 잘게 잘라 끓여 마시는 따끈한 한 잔의 차는 세상에 없는 별미였다.

손바닥에 감추어진 찻잔에서 모락모락 피어나는 김 너머로 보이는 성모산의 겨울밤은 무위자연의 도운에게 이상적인 벗이었다.

술 취한 듯 살다가 꿈인 듯 착각 속에서 죽어 가는, 속세의 뜬살이 같은 인생살이가 싫어, 산기슭 빛바랜 승방에 앉아서 수많은 논쟁과 언어의 칼을 물고 스스로의 도를 구하다, 그 모든 것들은 피고 지는 한 잎 낙엽만도 못한 공허한 것임을 깨닫고, 위대한 자연 앞에 깊은 침묵을 지키며, 성모산이 들려주는 이야기만을 겸허히 들으며 숲이 되어 살았다.

도운이 각운을 만난 것도, 폭풍설이 몰아치는 세진령의 겨울밤이었다.

그날도 혼자 세진령의 겨울밤을 만끽하던 도운은 살을 에는 폭풍설에 실려 오는 알 수 없는 소리에 자신의 귀를 의심했다.

도운은 의아했다.

두 귀를 세우고 들어 보아도, 비명인지 노랫소리인지, 알 수 없는 소리는 점점 가까이 다가오고 있었다.

등산객이라면 낮에도 어려운 길을 폭풍설이 몰아치는 이 밤중에 움직일 이유가 없었다.

만약 누군가 폭풍설이 몰아치고 있는 성모산 세진령을 걷는다면, 그것은 곧 죽음의 행위였다.

누구일까?

무슨 일일까?

거센 바람에 뒤섞여 분명하지는 않지만, 점점 가까이 들려오는 소리에 태평스럽게 앉아 있을 수가 없었다.

만약의 사태를 위하여 준비를 서둘렀다.

텐트를 열고 밖으로 나와 쌓인 눈을 조금씩 헤치며 소리를 찾아 나섰다.

조심스럽게 미끄러지면서 걸음을 재촉하던 도운은 자신의 눈을 의심했다.

저만치 백운암(白雲巖) 방향의 숲 속에서, 한 사람이 폭풍설이 휘몰아치고 있는 세진령으로 비틀거리면서 걸어오고 있었는데, 그가 바로 각운(覺雲)이었다.

도운은 무대 위의 배우를 보는 관객처럼, 각운의 모든 것을 확연하게 볼 수 있었다.

이상한 사람이라고 생각했다.

엎어지고 넘어지면서도 천천히 쉬지 않고 걸어오는 각운을 바라보며, 종잡을 수 없는 여러 갈래 생각에 골몰하는 동안 각운은 도운의 시야에 자신의 솜털까지 보이고 있었다.

낡은 벙거지를 아무렇게나 눌러쓴 것 이외에, 검은 물을 들인 낡은 야전점퍼를 걸치고, 양손에는 네 홉들이 소주 두 병을 들고 있었다.

각운은 때로는 흐느끼듯 절규하듯 악을 쓰면서, 가곡 봉선화 노래만을 반복하여 부르며 비틀비틀 걸어오고 있었다.

도운은 괜스레 슬퍼지려는 감정을 살며시 억누르며, 자신의 존재를 각운의 앞에 나타내야 할지, 아니면 이대로 보고만 있어야 할지 생각했지만, 쉽사리 결정할 수가 없었다.

위기에 처한 조난자라면 달려가 구하겠지만, 누가 보아도 각운은 조난자가 아니었다.

도운은 망설였다.

사람들에게 무서운 것이 무엇이냐고 물으면, 맹수다 귀신이다 많은 것을 이야기하지만 도운에게 이 세상에서 가장 무서운 것은 사람이었다.

특히 이런 부류의 사람들은 언제 무슨 짓을 할지 예측이 불가능했다.

더구나 아무도 없고 폭풍설이 몰아치는 겨울밤의 세진령에서, 섣불리 접근한다는 것은, 자칫 도운 자신까지 위험에 빠질 수 있는 상황이었다.

쉽게 접근해서 손을 내밀어 줄 수가 없었다.

좀 더 관망하며 지켜보기로 했다.

각운은 도운이 자신을 지켜보고 있다는 사실을 까맣게 모른 채 세진령의 길목으로 들어섰다.

엎어지고 넘어지면서도 바득바득 악을 쓰지만, 목소리는 쉬고 지쳐 있었다.

각운이 부르는 노랫소리가 왠지 횡한 바람구멍을 내면서, 가슴을 파고들었다.

"빌어먹을, 죽으려면 곱게나 죽지……."

세진령의 밤새마저 추위에 떠는지, 노랫소리가 슬퍼서 우는지, 꺼억거리는 소리에 도운은 투덜거렸다.

알 수 없는 일이었다.

각운은 허리춤을 예사로 푹푹 삼키는 눈 속을 비틀거리며 겨우겨우 발길을 옮기면서도, 연신 술병을 입으로 가져갔다.

술 한 병이 나동그라졌다.

남은 한 병의 술을 홀짝거렸다.

세진령 중간쯤에 이르러선 그마저 바닥이 나 버렸다.

각운은 둥그런 입을 벌리고 비워진 술병을 움켜쥐고 눈물을 뽑아 냈다.

진한 슬픔으로 흰 눈을 녹이는 모습을 바라보면서, 각운에게 다가서려던 도운은 발길을 멈추었다.

각운은 껍질을 벗듯 자신의 몸을 추위로부터 여태 감싸고 있던 옷들을 하나씩 벗어 내고 있었다.

얼마지 않아 각운은 알몸이 되었다.

실오라기 하나 걸치지 않은 각운의 허리에는 가는 끈으로 매어 놓은 듯 조그만 뭉치가 달랑거렸다.

각운은 눈 위에 뒹구는 옷가지들을 주워 모아 라이터를 켜고 불을 붙였다.

그러나 이미 눈과 땀으로 속옷까지 젖어 버린 옷가지들은 불이 붙지 않았다.

옷가지들을 불태우려다 실패한 각운은 라이터를 던져 버리고, 미친 듯이 옷가지들을 밟더니, 하나씩 눈보라 치는 성모산 숲으로 던져 버렸다.

"민정아, 잘 있어…… . 잘 살아야 해…… . 너는 꼭 잘 살아야 해…… ."

푸닥거리를 하는 무당이 사르는 소지처럼, 옷가지들을 눈 내리는 허공으로 던지며 간절히 외쳤다.

도운은 기괴한 각운의 모습을 보면서 많은 상념 속을 헤맸다.

취중이지만 각운의 동작과 발음은 정확했다.

아무리 생각해도 미친 것은 아니었다.

절규하듯 부르며 간구하는 민정이라는 이름을 들으면, 못 이룰 사랑 그 아픔이 이유인 것 같았다.

그러나 굳이 의도적으로 이렇게까지 해야 할 이유가 무엇인지, 이해하려고 애를 썼지만 그럴수록 머릿속만 혼란스러웠다.

짐승처럼 울부짖으며, 옷가지들을 사방으로 던져 버린 각운은 살풀이라도 하려는 듯, 춤을 추며 미친 듯이 눈 위를 뒹굴었다.

도운은 눈앞에서 벌어지고 있는 믿을 수 없는 광경에 머릿속이 갈퀴로 긁히는 것 같았다.

사냥꾼의 총알에 창자가 뚫린 맹수처럼, 눈 위를 뒹구는 각운의 모습이 언뜻언뜻 비치는 달빛에 드러나는 광경은 한 편의 초현실주의 연극이었다.

철저하게 자신을 자학하며 스스로 써 놓은 각본대로 죽음의 무대 위에 올라서서, 육신의 솜털 하나까지 진드기처럼 달라붙어 있는 생명을 죽이려고, 몸부림치는 한 사람의 배우를 도운은 관객으로 지켜보고 있었다.

마침내 몸으로 쓰는 각운의 유서가 살을 에는 혹독한 추위에 통째로 얼어 버렸다.

살아서 꿈틀거리는 자신의 몸을 얼음으로 만들어 가는 각운은 멋진 연기자였다.

각운의 몸속 세포들이 쩍쩍 얼어붙는 소리가 들리는 것 같았다.

"구하라."

각운을 살려야 한다고 한쪽 가슴은 소리쳤지만, 도운은 차가운 달빛처럼 지켜볼 뿐, 손가락 하나 꼼지락하지 않았다.

아직도 각운의 입에서 흥얼거리는 노랫소리가 그치고, 의식이 사라지기를 기다리면서 스스로 반문하여 보았다.

대체 사랑이 무엇이기에……?

목숨과 바꿀 만한 가치가 있는 것인가?

스스로 생각해도 우스운 우문을 던지던 도운은 문득 과거라는 지난날의 망각 속에 묻힌 미숙이를 떠올리며, 씁쓸한 미소를 지었다.

"나는 정말로 미숙이를 사랑했을까?"

사랑을 위해 스스로 죽어 가는 각운을 보면서, 잠시 자신의 옛 상처를 더듬던 도운은 저만치 깎아지른 바위 아래서, 눈 속에 묻히고 있는 벌거숭이 각운을 향하여 천천히 발길을 떼어 놓았다.

가물거리는 자신의 생명을 뼛속 깊이 파고드는 성모산의 혹독한 추위에 팔아넘기기 위하여, 알아들을 수 없는 작은 소리로 흥정하고 있는 각운은 애써 이룬 흥정을 깨 버리려는 훼방꾼이 자신의 머리맡에 서 있는 줄도 몰랐다.

도운은 죽어 가는 각운의 몸을 향하여, 툭툭 발끝으로 건드려 보았다.

각운에게 조금이라도 저항할 의식이 없음을 확인한 뒤, 그를 업고 텐트로 돌아왔다.

처음에는 각운의 영혼과 육신이 분리되기를 기도했지만, 이제는 분리된 그것들을 원래의 하나로 만들어야 했다.

어려운 작업이었다.

버너에 불을 당겨 놓고 고깃덩이처럼 언 살에 지압과 마사지를 하면서 밤을 새웠다.

아침 해가 뜨고 각운이 소생할 기미가 보일 때까지, 힘든 지압과 마사지를 계속했다.

이마엔 땀방울이 맺히고 손가락은 통증으로 부어올랐지만, 도운은 작업을 멈추지 않았다.

만약 깨어난 각운이 다시 또 죽기를 원한다면, 자신의 구조가 각운으로 하여금 생의 고통을 다시 한 번 더 겪게 하는 행위이기에, 소원대로 죽을 수 있도록 버려 둘 걸 하고, 후회하지 않기를 바랐다.

각운이 죽으려고 여기까지 온 것은 각운의 인연이지만, 우연히 각운을 발견하고 구한 자신 역시 인연이라고 생각했다.

살아 있음이 오죽이나 괴로웠으면 죽으려고 했을까만, 처음부터 살아 있는 자신 앞에서, 죽으려 했던 각운에게는 죽을 찬스가 없었다고 생각했다.

"왜 나를 살리었소?"

한나절이 거의 지나갈 무렵 각운이 깨어났다.

각운이 깨어나면 살아갈 뒷일을 챙기면서, 차를 달이고 있는 도운에게 탄식하듯 중얼거렸다.

"깨어나셨군요. 다행입니다."

환기를 시키기 위해 열어 놓은 텐트의 작은 공간 사이로 조용히 내리는 눈을 초점 잃은 표정으로 바라보는 각운의 눈가장자리에 촉촉한 물기가 어리었다.

"마땅히 구해 주신 분에게 감사해야 함이 도리이겠으나……. 미안합니다."

왜 살리었냐는 항의였다.

원망이 잔뜩 묻어 있는 소리였다.

도운은 개의치 않았다.

뜨거운 차를 작은 코펠에 따라 권하며 말했다.

"괜찮습니다. 어차피 당신을 살린 것은 내가 아니었으니까."

쾡한 각운의 눈동자가 흔들거렸다.

"죽는 것도 복을 타고나야 한다더니……."

도운은 격한 각운의 감정이 누그러지기를 바라면서, 조용히 이마 위의 물수건을 뜨거운 것으로 바꾸어 주었다.

"인연이었군요……?"

"그렇습니다. 인연이었지요."

따뜻한 차를 조금씩 마시는 각운의 목젖을 바라보며, 도운은 엷은 미소를 지었다.

도운은 여벌로 챙겨 간 자신의 옷을 각운에게 입히고, 기운을 차리기를 기다리며, 하루를 더 세진령에 머물다가 갈 곳이 없다는 그를 데리고 선주암 산호로 돌아왔다.

＊ ＊ ＊　　　＊ ＊ ＊

미치지 않고서는 한시도 살 수 없었던, 그 광란의 겨울이 지나가고 봄이 와도, 각운의 마음은 여전히 얼어붙어 있었다.

늘 각운의 영혼은 스스로의 몸을 불태워 가는 촛불이었으며 죽을 수 있는 기도, 그것만을 갈구했다.

각운은 처음 세진령의 인연으로 도운을 따라왔을 때부터 일상적인 말 이외엔 거의 침묵으로 지냈다.

도운은 그런 각운을 이해하려고 했을 뿐 탓하지 않았다.

각운에게 특별히 말을 건넬 이유나 필요성도 없었다.

어디 사는 누구인지 성도 이름도 나이도 묻지 않았으며, 왜 그렇게 죽으려고 했었는지 한마디도 묻지 않았지만, 함께 살아가는 데 그것이 불편하지는 않았다.

이유가 무엇인지 알 수는 없지만 스스로 자살을 기획할 정도로 죽어야 할 목적이 분명한 각운이 스스로의 생각을 바꾸지 않는 한, 그를 설득하여 생각을 바꾸거나 행동을 감시할 방법이 없었다.

그냥 말없이 무심으로 지켜보는 것이 도운으로서는 최선의 방법이었다.

모든 것을 흐르는 세월에 맡겨 두었다.

어느 날 저녁 아궁이 앞에서 군불을 지피고 있는 도운에게 각운이 불쑥 말을 건네 왔다.

"스님은 나라는 놈이 어떤 놈인지 궁금하지 않습니까?"

도운은 벌겋게 타들어 가는 장작개비를 뒤적거리며 말했다.

"글쎄요. 나는 스님의 현재를 믿을 뿐, 과거나 미래는 믿지 않으니까, 특별히 스님에게 궁금한 것은 없습니다마는……."

인간이 인간일 수 있는 것은 타인의 고통을 함께 나누어 가질 수 있다는 것이기에, 각운이 자신만의 응어리가 있다면 그걸 말해 주기를 바랐다.

혹 각운이 말하고 싶은 게 있다면 이야기를 해도 괜찮다고 말했다.

각운은 엉뚱한 질문을 던졌다.

"스님은 항상 평온한 모습인데, 특별한 비결이라도 있습니까?"

"나의 모습이 그렇게 보였다면 아마도 그 이유는 한 가지일 거요."

"그게 뭐지요?"

"세상 사람들은 수만 가지를 끌어모으기 위하여 고뇌하지만 나는 그 수만 가지를 버리기 위하여 고뇌했었지요. 그런데 어느 날 본래 아무것도 없음을 깨닫고 보니, 삶이 편안하더군요."

각운은 자신도 그렇게 할 수 있도록 도와 달라고 말했다.

도운은 지식이나 언어는 서로 주고받을 수 있지만, 지혜는 가슴속 깊은 이해와 수용에서만이 느낄 수 있는 것이라고 말해 주었다.

"저와 함께 살다 보면 저 달과 별과 산 그리고 숲으로부터 배우게 될 것이오."

그들에게 자신이 배웠듯이, 각운도 곧 배울 수 있을 것이라고 말했다.

"그럴 수 있을는지 모르겠군요."

도운은 그때 처음 각운의 신상에 관하여 조금 알게 되었다.

법명이 각운이고, 나이가 자신과 동갑인 32세라는 것 이외에 아무 것도 듣지는 못했지만, 그가 스스로의 아픔에서 벗어나려는 의욕을 갖고 있다는 것이 반가웠다.

"멀쩡한 밥버러지 하나를 먹여 살리려니 피곤하시죠?"

저녁밥을 숟갈질하던 각운이 미안하다는 투로 말했다.

"괜찮습니다. 산은 항상 스님의 몫을 내게 주니까."

"겸손하신 말씀이군요."

각운은 도운의 마음이 자비롭기 때문이라고 말했다.

"아니오. 사실은 나도 그 점을 아직도 이해하지 못하고 있소. 전에 혼자 살 적에는 산으로 먹을 것을 채취하러 가면, 언제나 내 몫밖엔 없었는데, 스님이 온 뒤론 항상 무엇을 뜯고 캐든지, 스님의 몫이 있더란 말이오."

둘은 처음으로 마주 보며 웃었다.

차츰 기운을 차린 각운은 도운을 따라서 숲 속을 오르내리며, 약초와 반찬거리를 마련하고 때때로 땔감나무를 준비했다.

각운에게 있어서 그것은 새로운 희망이었으며 배움이었다.

늘 빈 망태로 돌아오기 일쑤였지만, 도운보다 더 열심히 산을 오르내리며 노력했다.

약초를 찾아서 빽빽한 송림 숲을 종일토록 헤매기도 하였다.

때로는 영마루 바위에 걸터앉아서, 버리고 온 속세를 바라보기도 했지만, 그것은 이상한 나라 외계의 별 하나를 보는 느낌이었다.

가끔은 가슴속 깊이 느끼는 것들을, 한두 마디씩 도운에게 묻기도 했지만, 숲 속의 새소리 물소리 바람소리들이 합창하는 봄의 노래에, 방실거리는 꽃들을 쓰다듬어 줄 땐, 노닥노닥 기운 옷섶의 실오라기들도, 바람에 흔들리며 즐거워하였다.

그러나 각운의 깊은 상처는 쉽사리 아물지 못했다.

그날도 겨우내 움츠렸던 흙덩이를 들추고, 봄을 반기는 새싹들의 향긋한 풀 향기가 온 산에 가득한 숲 속으로, 망태기를 둘러메고 도운을 따라나섰다.

골짜기를 지나 이끼 낀 돌무더기로 흔적만을 남기고 있는, 어느 아득한 옛날에 허물어졌는지 모를 절터에서, 우거진 잡풀들을 헤치고 약초를 캐다가, 덜렁 목이 부러진 채 머리만 남아 알지 못할 미소를 짓고 있는 작은 돌부처를 두 손으로 받쳐 들고 웃고 있는 도운의 모습을 보면서, 각운은 착각에 빠졌다.

조용하면서도 헤아릴 수 없는 미소는 어찌 보면 한없는 자비로움인 것 같고, 또는 세상물정을 모르는 순진한 어린아이도 같고, 도대체가 목이 부러져 슬픈 건지, 무상한 사람의 마음을 조롱하는 것인지, 분간을 할 수가 없었다.

갑자기 수천수만 가지의 미소가 윙윙거리는 산울림이 되어 고막을 찢는 것만 같았다.

도운과 돌부처 둘의 미소가 서로 뒤엉켜 또 다른 미소를 끝없이 만들어 냈다.

사랑과 미움, 만남과 이별, 기쁨과 슬픔, 소유와 저항의 수레바퀴에서, 허덕이는 자신의 영혼을 머리털 하나까지 속속들이 알고 해부하는 것 같았다.

백 년인가? 천 년인가? 알 수 없는 긴 공간을 뛰어넘어, 자신의 앞에서 해죽이 웃고 있는 돌부처가 도운인지, 그것을 향하여 천진난만한 미소를 보내고 있는 도운이 돌부처인지, 종잡을 수가 없었다.

심지어 자신이 현재에 있는지, 아득한 과거 속에 살고 있는지, 하나를 더하면 둘이라는 시간의 존재마저 있는 것인지 없는 것인지, 심한 현기증이 뱀처럼 틀어 올랐다.

마술사의 최면에 걸린 것 같은 환상에 눈을 감아 버렸지만, 거기엔 열반에 이른 노스님의 평화로운 얼굴에 가득했던 미소가 한데 어우러져 오장육부를 들쑤시며, 신명나게 돌아가고 있었다.

"스님, 어찌하면 이 마음속 고통을 없앨 수 있겠습니까?"

"본래 마음이라는 것이 없는데, 고통이 어디서 일어난다는 것이냐?"

번뇌를 끊고 평온을 얻으려거든, 저 하늘 구름처럼 걸림 없이 살라며, 각운(覺雲)이라는 법명을 지어 주신 노스님이 살아서 웃고 있는 것 같았다.

도무지 뭐가 뭔지 갈피를 잡을 수 없는 환영들의 늪에서 빠져나오고 싶었다.

각운은 들고 있던 괭이를 있는 힘껏 냅다 바위에 후려쳤다.

차갑고 날카로운 소리가 들리고 정신을 차렸을 적엔, 도운은 졸졸거리며 흘러내리는 옹달샘 맑은 물에 흙 묻은 돌부처를 씻고 있었다.

또르르 돌부처의 얼굴에 묻은 흙을 씻어 내기 위하여, 도운이 물을 끼얹을 때마다, 시공을 초월한 그 미소가 물을 따라서 흘러가는 것 같았다.

각운은 한 손으로 살며시 물을 움켜쥐어 보았다.

마셔도 보았다.

아무것도 없었다.

그냥 평범한 물이었다.

조금 전과 같은 광란의 환영은 없었지만, 영겁의 미소는 여전히 물 위에 흘러가고 있었다.

물은 졸졸거리며 자신에게 무언가의 이야기를 하고 있지만, 자신이 어리석기 때문에 알아듣지 못한다고 생각했다.

가슴이 답답했다.

모든 생각 모든 행위들을 단념하고, 그냥 물을 따라서 한없이 흘러 보고 싶었다.

막연히 아쉬움을 어깨에 메고 토굴로 돌아왔지만, 눈을 뜬 산개구리처럼 잠을 이룰 수가 없었다.

낮에 약초를 캐다 숲 속에 두고 온 미소가 어두움 속에서 두 눈을 껌벅거리며 아른거렸다.

미칠 것만 같았다.

어디론가 떠나고 싶었다.

바람이라도 쐬어 보자고 도운에게 말했다.

다음 날 저녁 그동안 틈틈이 채취했던 약초들과 땅속에 묻어 두었

던 더덕을 두 개의 걸망에 가득 담아 놓고 나머지는 마대자루 두 개
에다 적당히 나누어 묶었다.

꽤 큰 부피였다.

작년 가을 시세로 따져도 많은 돈이 될 만했다.

"내일 장에 가서 이것들을 팔면 무얼 할까요?"

"스님 필요한 것 없어요?"

"나는 이 성모산만 있으면 족해요. 내가 원하고 필요한 것은 모두
다 있으니까요."

"나 역시 마찬가지입니다."

"그래요. 어차피 화전놀이 가는 건데, 맨송맨송 맨입에 무슨 풍월
을 읊겠소. 우리 장에 가서 이것들을 팔면, 겨울 내내 굶었던 막걸리
나 실컷 마셔 봅시다.

"그거 정말입니까? 아주 멋진 여행이 될 것 같군요. 기대가 됩니다."

"뭐, 보아하니 스님도 술을 들고는 못 가실 것 같은데…… 둘이서
장터 막걸리를 바닥을 내 버립시다."

둥근 보름달이 가는 둥 마는 둥 천천히 서쪽 하늘로 굴러가고 있는
새벽, 성모산 무태동천을 두 사람은 파안대소를 하면서 걸었다.

새벽안개는 어두움을 씻어 내리고, 신명나는 봄바람에 나물 캐러
가는 아이들처럼, 티 없는 두 사람의 웃음이 이슬을 머금은 꽃들 위
에 비쳤다.

성모산 무태동천이 간직하고 있는 즐거움을 만끽하며, 골짜기가
강을 만나는 산자락 끝에서, 닷새마다 한 번씩 북적거리는 장터에 도
착했을 땐, 한나절의 태양이 하늘에서 쨍쨍거리고 있었다.

"가던 날이 장날이라더니 때마침 장이 무르익었네요."

"오늘 우리 장사가 잘될 모양이오."

흥청거리는 장꾼들의 틈바구니에서, 짊어지고 온 약초와 더덕을 쏟아놓고 장사를 시작했다.

일찌감치 거나하게 취한 장꾼들이나, 꼬장꼬장한 노린재 같은 여인들이 엉터리 가격으로 후려치려 할 뿐, 별 재미가 없었다.

"이러다가는 해 지겠는 걸요⋯⋯?"

"글쎄 아무래도 살풀이를 해야 할 모양이오."

도운은 여행을 하기 위하여, 챙겨 온 바리때를 꺼내 들었다.

"이럴 게 아니라 굿판을 벌립시다. 나팔은 내가 불 테니, 스님은 앉아서 장단이나 맞추고 장사나 잘하시오."

각운은 도운의 말이 구체적으로 무엇을 뜻하는지 알 수는 없지만, 그러마고 대답했다.

도운은 장바닥에 널브러진 더덕뿌리 하나를 움켜쥐고, 바리때를 두들기며 노래를 불렀다.

각운은 신들린 듯 부르는 도운의 각설이타령에 신명이 절로 났다.

함께 어우러지며 춤을 추었다.

조금치의 가식이나 허물도 없었다.

꽁꽁 묶어 두었던 마음의 사슬을 풀어 놓고, 한 마당의 신명에 젖어 춤을 추었다.

수없이 꿰맨 자국들이 여기저기서 입을 벌리고 있는 낡은 승복에, 빗방울이라도 떨어지면 구멍이 날 것 같은 벙거지를 둘러쓴 두 사람의 희한한 굿판에 모여선 장꾼들이 흥을 돋웠다.

"스님 안녕하세요."

나이 지긋한 중년 부부가 앞가슴에 두 손을 모아 합장하며, 신명난

굿판으로 끼어들었다.

부부는 생긴 것만큼이나 입심이 좋았지만, 장사꾼답지 않게 인심도 후했다.

스님들의 피땀을 어찌 속된 중생들이 돈으로 환산하겠느냐. 갖도록 해 주면 정성껏 시주를 드리겠다는 장사꾼 부부에게, 소원이라면 가지라고 도운은 줘 버렸다.

부부는 가지고 다니는 조그마한 트럭에 약초와 더덕을 몽땅 쓸어 실어 놓고, 칼처럼 날이 선 만 원권 한 뭉치를 도운에게 건네줬다.

도운은 돈과 사람을 번갈아 쳐다보았다.

"시주님, 이건 너무 많소. 지나칠 정도로……."

무슨 기분 좋은 횡재라도 만난 듯, 생글거리며 트럭에 시동을 걸고 있는 남편 곁에 앉아 웃고 있는 여인이 손을 흔들며 말했다.

"나머진 저희 부부가 두 분 스님께 드리는 시주로 받아 주세요."

살다 보면 그럴 수도 있는 것이 인생이지만, 별난 곳에서 별난 시주를 받고 보니, 한껏 봄바람에 늘어진 햇살이 고와 보였다.

성모산에 눈이 내리고 처음 온 장을 도운과 각운은 술국집을 찾을 겸 장 구경 삼아 작은 장터를 한 바퀴 돌았다.

채소전, 싸전, 어물전, 옹기전, 대장간, 이어지는 사람과 사람들, 옳거니 그르거니 흥정하는 소리들, 모두가 싱싱한 봄의 모습이었다.

두어 평 남짓한 지붕으로 하늘을 감춘 땅 위에 커다란 가마솥을 걸어놓고, 걸쭉한 고깃국을 끓이고 있는 술집으로 도운과 각운은 들어갔다.

"아주머니, 여기 막걸리 한 말 주시오."

젊은 며느리와 함께 여기저기 나무 의자에 걸터앉아 취기를 돋우고 있는 술꾼들의 틈새에서, 안주를 내기 위해 바쁘게 손을 놀리던 늙은 주모가 자신의 귀를 의심하며 되물었다.

"아니, 스님 한 되가 아니고 한 말이오?"

"예."

"가져가시게요?"

"아니요, 여기서 뱃속에다 채우려고요."

앉아서 마시겠다는 도운의 말에, 주모는 웬 떡이냐며 휘둥그레진 눈가장자리에 부챗살 같은 주름을 펴고, 땟국이 좔좔 흐르는 치맛자락을 여미며, 함지박 같은 웃음을 술독에 빠뜨렸다.

재수가 좋으려니 별 이상한 사람들이 매상고를 올려 주는가 싶었는지, 싹싹한 수다를 피우며 술과 안주를 날랐다.

솥 안에서 끓는 선지피와 고깃살이 다닥다닥 붙은 뼈다귀가 양푼에 그들먹이 채워져 탁자 위에 올라오고, 한 말 술이 넘실거리는 항아리에 바가지가 띄워지고 술잔이 채워졌다.

말이 필요 없었다.

주거니 받거니 걸신들린 아귀축생도의 귀신들처럼, 두 사람은 먹어대고 마셔댔다.

안주가 바뀌어 올라오고, 바가지가 항아리의 바닥을 박박 긁었다.

두 사람은 자리에서 일어섰다.

자그마치 한 말 술을 앉은 자리에서 게 눈 감추듯이 치워 버리고 끄떡없는 걸 보면, 장래 성모산을 호령할 큰스님 재목감이라는 술꾼들의 이야기를, 빈 항아리 속에 담아 놓고 밖으로 나섰다.

"어디로 갈까요?"

"글쎄요……."

마땅히 갈 곳이 없었다.

파장으로 넘어가고 있는 장터를 지나 아무 데고 무작정 걸었다.

비릿한 생선 몇 마리를 신문지에 말아 들고, 거나하게 취해서 집으로 돌아가는 촌로들의 모습이 보이고, 팔다 남은 채소 몇 단을 추스르며, 투덜거리는 아낙네들의 목소리도 들렸다.

"스님, 저게 뭔 일이지요?"

장터를 지나 천천히 발걸음을 떼어 놓으며 정류장을 지나던 도운은 각운이 가리키는 손가락 끝을 따라가 보았다.

사내들의 억센 손아귀에서, 승복을 입고 있는 젊은 보살이 끌려가지 않으려고 발버둥치고 있었다.

둘러선 사람들은 멀뚱거리며 바라만 보고 있었다.

"뭔가 잘못된 것 같지 않소?"

"글쎄요? 그런 것 같은데……."

도운과 각운의 눈이 마주친 순간 누가 먼저랄 것도 없이 두 사람은 뛰었다.

성난 성모산의 짐승처럼 웅성거리는 구경꾼들을 헤치고 뛰어간 두 사람은 두 명의 사내들을 다짜고짜 엎어치기 한 방으로 길바닥에 패대기쳐 버렸다.

순식간의 일이었다.

험하기로 이름난 성모산 숲 속에서 살아온 도운과 각운이 두 명의 사내들을 상대하기는 대단히 쉬운 일이었다.

몇 번 덤비려는 모션을 취하던 사내들은 꽁무니를 사리며, 어디론가 사라져 버렸다.

"나쁜 놈들 같으니라고……."

공주님을 구한 돈키호테처럼 목에다 잔뜩 힘을 주며, 검은색 승용차 옆에서 수치심에 주저앉아 얼굴을 묻고 눈물을 감추고 있는 젊은 보살을 괜찮으냐며 돌려 세우던 각운은 불에 덴 아이처럼 비명을 질렀다.

"민정아! 너 민정이 맞지? 민정아!"

더부룩한 굴레 수염이 파르르 떨고 있는 각운의 얼굴을 보면서, 어리둥절하던 도운은 그와 처음 만났던 지난겨울의 세진령을 기억해 냈다.

얽히고설킨 숙명을 보는 것 같았다.

슬픈 만남이라고 생각했다.

만날 수 없어서 온몸으로 감추기만 했었던 응어리가 각운과 민정이의 입에서 한으로 터져 나왔다.

언젠가는 만나겠지, 어느 날 어디서 무엇이 될지언정 한번은 만나겠지, 늘 마음속에 염원하며 살았지만 이렇게 만나리라곤 상상하지 못했던 만남에, 한동안 두 손으로 자신의 입을 틀어막고 넋 나간 표정으로 각운을 바라보던 민정이는 힘없이 쓰러지며 울음을 터트렸다.

소낙비 같은 두 사람의 눈물이 봄볕 아래 살랑대는 바람을 고스란히 적셔 버렸다.

모여 있던 구경꾼들이 하나둘, 안타까운 표정을 지으며 떠나갔다.

햇빛에 반짝이는 눈물은 고통과 고뇌의 상징처럼 길바닥에 떨어져 나뒹굴었다.

이 세상 모든 사랑의 슬픔과 괴로움이 각운과 민정이의 가슴에 다 있는 것 같았다.

사람의 허물을 벗어 놓고, 벌레처럼 꿈틀거리는 각운과 민정이의 발부리에 도망쳤던 사내들이 경찰을 데리고 왔다.

그 깊은 사랑의 약속을 위하여, 뜨거운 가슴을 사르고 있는 각운과 민정이를 위하여 도운이 사내들을 가로막고 나섰다.

통하지 않았다.

"사정이야 어찌 됐든 신고가 들어왔으니, 일단 파출소까지 함께 갑시다."

순경은 단호했다.

각운은 증오와 분노의 눈빛으로 순경과 사내들을 쏘아보았다.

당장이라도 각운의 주먹이 그들에게 날아갈 폼이었다.

그러나 그뿐이었다.

순경과 사내들은 눈썹 하나 까딱하지 않았다.

오히려 건수 하나 올렸다는 표정이었다.

속수무책이었다.

힘없는 소걸음으로 끌려갈 뿐이었다.

도운과 각운 그리고 민정이 세 사람은 파출소 순경 앞에 앉았다.

오십은 족히 되었음 직한 세월이, 이마의 가느다란 주름으로 고여 있는 순경은 조서 용지를 만지작거리며 자초지종을 물었다.

"왜 그랬습니까?"

"……."

"이유가 뭐냔 말이오?"

"……."

아직도 꿈같은 만남에서 깨어나지 못한 채, 간간히 어깨를 들먹이고 있는 민정이를 다독거리기만 할 뿐, 각운은 순경의 질문에 대답하지 않았다.

도운은 그런 두 사람의 마음을 충분히 이해할 수 있었다.

하지만 두 사람만이 간직한 깊은 사연을, 지금의 자신으로서는 알 수가 없는 일이었다.

도운은 자신에게 고개를 돌리며 함께 있었으니 말해 보라는 순경의 심문에 선뜻 응할 수가 없었다.

어디서부터 무슨 말을 해야 순경이 이해할 수가 있을까? 잠시 고민해 보았지만, 신통한 수는 없었다.

그러나 궁색해도 변명은 하고 싶지 않았다.

어떻게든 가장 정확한 사실을 빠른 시간에 순경에게 인식시키는 방법이 필요했다.

망설이던 끝에 보살님을 욕보이는 것 같아서, 구하려고 했을 뿐이라고 말했다. 그것이 전부였고 사실이었다.

"이 사람의 여동생이라는데요?"

옆에 앉은 사내를 가리키며 순경이 다시 물었다.

도운은 금시초문이었다.

순경이 가리키는 사내를 쳐다보았다.

아무리 훑어보아도 이제 갓 서른이 됐음 직한 나이에 비하여 갖은 오만함이 묻어나고 있었다.

세상을 자신의 손아귀에 쥐고 있는 것 같은 만용이 머리털까지 기브스를 한 것처럼 뻣뻣한 모습이었다.

정나미가 떨어졌다.

이미 진실이라는 최소한의 양심이 통할 수 있는 지성은 아니었다.

사내들은 한겨울의 추위만을 믿고 처마 끝에서 날을 세운 고드름처럼 거들먹거렸다.

서글펐다.

무엇인가 손가락으로 끄집어낼 수 없는 아픔이 머릿속을 어지럽혔다.

이유가 무엇이든, 살려 달라고 도와 달라고 외치는 자신의 여동생을 구하려고 했던 사람들에게, 고마움을 표하기는커녕 이렇게까지 궁지에 몰아넣는 사내가 이해되지 않았다.

포기했다.

모든 것은 순경이 판단할 뿐이라고 말했다.

"우린 한 사람의 위급만 보았을 뿐 그런 사실은 전혀 알지 못했습니다."

만약 경찰관 당신이 그런 광경을 보았다면, 경찰이라는 직분 이전에, 한 사람의 양심으로 어떤 조치를 취했을 것이라고 말했다.

조서를 꾸미기 위해 만지작거리던 볼펜을 멈추고, 뭔가를 곰곰이 생각하던 순경은 막연하게 고개를 끄덕이었다.

"이 사람이 오빠입니까?"

자신의 앞에 있는 일행들을 바라보며, 뜸을 들이던 순경은 민정이에게 고개를 돌리며 물었다.

"아닙니다."

그때까지 손수건을 만지작거리며, 눈물을 찍어 내던 민정이는 오뚝이처럼 고개를 세우며 대답했다.

순경의 눈이 솔방울만 하게 커졌다.

"이 사람들의 말로는 당신이 가출한 자신의 여동생이라고 하던데, 사실이 아니란 말이오?"

아니라는 민정이의 답변에 순경은 꺼벙이처럼 눈만 껌벅거렸다.

민정이는 자신을 찾기 위해 아버지가 고용한 사람들이라고 말했다.

"잘 알겠습니다."

순경은 사내들에게 민정이의 말을 확인하고 조서를 받던 서류를 챙기며, 도운과 각운 그리고 민정이까지 세 사람을 방면시켜 주었다.

"이젠 가셔도 좋습니다."

당연한 귀결이었지만 도운은 이해를 하여 준 순경이 고마웠다.

"안 돼요. 누구 맘대로."

오뉴월 보리타작하는 도리깨에 얻어맞은 수탉처럼 벼슬을 세우며, 벌떡 일어선 사내가 떠나려는 일행들을 막으며, 순경에게 따지고 들었다.

"폭행죄가 확실한데 당신 맘대로 풀어 주어도 되는 거요!"

사내는 고슴도치처럼 온몸에 독기를 세우며 숫제 악을 썼다.

순경은 그런 사내를 어이없다는 표정으로 쳐다보았다.

사내는 한마디도 지지 않았다.

순경은 낯 뜨거운 줄 모르고 악을 쓰는 사내의 말에, 조서 받던 서류를 책상에 내던지며 화를 냈다.

사내는 자신의 고소대로 두 사람을 기어이 구속해야 한다고 오기를 부리며 버텼다.

사내들하고는 상대하기 싫다는 듯, 순경은 상처 난 곳이 어딘지는 모르겠으나 의사의 진단서를 발부받아 정식으로 고소장을 제출하라고 사내들에게 요구했다.

"좋아, 그게 소원이라면 잠깐만 기다리시오."

도운은 핏대를 세우며 밖으로 나가는 사내들의 뒷모습을 바라보면서 가슴 한구석에서 씁쓸한 찌꺼기가 울렁거렸다.

얼마 지나지 않아 다시 돌아온 사내들은 구태여 자신들의 이빨을 감추려 하지 않았다.

죄란 모르고 행하는 것이 아니라 알고서도 행하는 것인데, 진드기처럼 끝내 오기를 부리는 사내들이 도운은 불쌍하게 보였다.

빈손으로 들어온 사내들은 진단서와 고소장을 달라는 순경의 말을 미끈한 구둣발로 뭉개 버렸다.

"당신 모가지가 몇 개나 되는지 모르겠지만 잠깐 기다리시오."

순경은 분노했다.

그러나 목소리는 겨울 성모산 얼음만치나 차갑고 냉정했다.

"그래, 내 모가지는 파리 모가지다. 파리약에 죽고 파리채에 맞아 죽고, 손바닥에 맞아 죽는 파리 모가지다. 자르든지 비틀든지 니들 맘대로 해라."

갑자기 파출소 경비전화기가 순경의 슬픈 푸념을 중단시키고, 경기 든 어린애처럼 까무러치며 울렸다.

전화를 받은 순경은 힐끗 사내들을 쳐다본 뒤, 자신의 관등성명을 정확하게 수화기 속으로 들여보냈다.

알 수 없는 긴장과 두려움이 시골 장터의 파출소를 휩쓸었다.

사내들은 수화기에 매달려 솜털 하나까지 숨을 죽이고 병아리새끼마냥 발발 떨고 있는 순경을 바라보면서, 고소한 듯 야비한 웃음을 흘리고 있었다.

도운은 작고 힘없는 개구리 한 마리를 잡아 놓고, 한껏 으스대며 날름거리는 뱀보다 더 추악할 수 있는 것이, 사람의 웃음일 수 있다고 사내들을 보면서 생각했다.

어쩌면 그럴 수가 있을까?

눈을 감고 두 귀를 떼어내 버리고 싶었다.

“네, 네, 네, 네…… 잘 알겠습니다.”

찰깍 수화기를 힘없이 내려놓은 순경은 속이 타는 듯 담배를 꺼내 물었다.

놀란 가슴속 오장육부가 제자리에 박히고 달려 있는지 확인이라도 하는 것처럼, 담배 연기를 깊숙이 들이마셨다.

사내들은 그런 순경에게 더는 잔인한 강요를 못 하고 지켜만 보고 있었다.

손가락만 한 담배 한 개비가 다 탈 때까지 말이 없던 순경은 이빨에 씹히고 침으로 범벅이 된 꽁초를 파출소 바닥에 내동댕이치며 투덜거렸다.

“지미랄! 재수가 없으려니……. 이 짓을 관둬야 내 속이 편하지. 더러워서…… 내……참…….”

뱉어 낸 애꿎은 가래침만 파출소 시멘트 바닥에 머리를 깨고 죽어 갔다.

“당신들 원대로 해 줄 테니, 잠시 자리 좀 비켜 주시겠소?”

손발 하나 까딱하지 않고, 전화 한 통으로 자신들의 진가를 한껏 발휘한 사내들은 순경이라는 직업과 인간 자체를 무시하려고 들었다.

사내들은 계속 구렁이 같은 이유를 달았다.

“집어넣으려면 조서를 꾸며야 할 것이 아니요. 그래서 잠시 나가 달라는 말이오.”

사내들이 파출소 밖으로 나가자, 순경은 심각한 얼굴로 잔뜩 긴장하며 앉아 있는 도운과 각운 민정이 세 사람 가까이 다가앉으며 말했다.

“김민정 씨, 대검 김인철 검사가 오빠입니까?”

“저희 둘째 오빠입니다.”

“방금 경비전화가 그 양반한테서 온 것인데……. 두 스님은 폭행죄로 구속시키고, 김민정 씨는 무슨 일이 있어도, 저 사람들과 함께 집으로 보내라는 명령입니다.”

어처구니없는 만행이었다.

가장 공정하게 법을 지키고 집행해야 할 검사가 몰염치하고 부도덕한 행위를 일삼아도 괜찮은 것인지, 도운은 말문이 막혔다.

“죄송합니다. 스님들께서 이해하여 주셨으면 합니다.”

상식으로 이해될 수 없는 것을, 이해하여 달라고 말하는 순경이 도운은 밉지가 않았다.

처자식을 굶기지 않으려면 그도 할 수 없는 일이라고 생각했다.

이 불법적인 상황을 정상으로 되돌리려면, 대검 검사를 누를 수 있는, 또 다른 힘의 극점이 필요할 뿐 법은 소용이 없었다.

도운이 순경에게 말했다.

“그 사람보다 높은 양반이 아니고선 할 수 없다는 결론이군요?”

“정말 미안합니다.”

순경은 당장 사표를 던지지 못하는 자신의 비굴함을 감추며, 최대한의 선처를 약속했지만 도운은 개의치 않았다.

“그렇게 자조할 필요는 없소. 법이란 애초부터 힘없는 우리들의 것이 아니었으니까요.”

도운과 각운은 잘 훈련된 개처럼, 조서를 꾸미는 순경의 물음에 대답하여 주었다.

성명, 생년월일, 주민등록번호, 본적, 현주소를 묻는 대로 대답하고, 폭행의 이유는 순경이 원하는 대로 적당히 쓰라고 했다.

도운과 각운은 죄목이 작성된 조서용지에 열 손가락의 지문을 찍기 위해 일어섰다.

의자들이 드르륵거리며 뒤로 밀려갔다.

"잠깐만 기다려 주세요."

말없이 지켜보며 눈물만 찍어 내던 민정이가 제지하며 말했다.

"그 사람들을 불러 주세요. 제가 해결하겠습니다."

순경은 의문이란 듯 민정이에게 물었다.

"무슨 좋은 방도라도 있습니까?"

"아니요. 제가 뿌린 씨는 제가 거두려고요."

"좋습니다. 그렇게 하신다면 저도 좋지요."

순경은 지문을 찍기 위해 책상 위에 준비했던 검은색 잉크를 한쪽으로 밀쳐놓고 사내들을 불렀다.

고약한 웃음을 입가에 질퍽거리며 들어온 사내들과 민정이는 협상을 했다.

"이런다고 내가 순순히 돌아갈 것 같아요? 조건이 있어요. 수락한다면 집으로 간다고 약속하죠."

사내는 능구렁이였다.

조금치의 여유도 주지 않았다. 철저한 꾼이었다.

"뭐요? 말해 보시오."

민정이는 순경에게 이제까지 꾸민 조서용지를 달래서 사내 앞으로 내밀며 말했다.

"이것을 본인의 손으로 찢어 버리세요. 그리고 이 종이에다 오늘 있었던 일들은 본인의 잘못이라고 쓰세요. 아시다시피 두 분 스님은 아무런 잘못도 없으니까 마땅히 그래야지요."

이미 협상의 주도권을 쥐고 있는 사내가 들어줄 리 없는 조건이었다.

쉽게 이루어질 협상이 아니었다.

사내는 각운을 의식한 듯 도운에게만 취하를 하겠다고 선심을 쓰는 척했다.

"아니요. 두 분 다예요."

"그건 안 됩니다."

민정이는 두 사내를 자신을 납치하려던 납치범으로 고소하겠다고 말했다.

막다른 골목이었다.

여인의 한이었다.

경기장에서 선수들의 스파이크에 밝히는 잡초들의 저항이었다.

일이 묘하게 꼬이자, 답답하고 똥줄이 타는 것은 사내들이었다.

잘못하면 자신들이 납치범으로 구속될 판이었다.

잠깐 기다리라며, 밖으로 나가 검사 오빠와 전화를 하고 온 사내는 각서를 쓰고 엄지손가락으로 지장을 찍었다.

날아가는 새도 설설 기며 오금이 저린다는 검찰청 검사의 막강한 힘이 하찮은 볼펜 끝에서, 코 묻은 휴지가 되는 순간이었다.

승리가 확정되는 순간, 간신히 다시 만난 각운과 이별을 해야 하는 민정이는 소리 없는 눈물을 옷섶에 뿌렸다.

도운은 그런 민정이가 한없이 가엾었다.

파르르 참새 같은 어깨를 떨어대는 민정이를 다독거려 주었다.

아무리 고루한 사람들이라지만, 그래도 부모이며 피붙이인데, 생각할수록 안쓰러웠다.

사바세계가 고해임을 모르진 않았지만 가슴이 미어지는 것 같았다.

두 눈을 감아 버렸다.

들고 싶지 않은 쇠갈퀴 같은 사내의 악다구니가 귀청을 뚫고 들어
왔다.

사내는 가기 싫어 주춤거리는 민정이를 잡아끌며 파출소 밖으로
나갔다.

그때까지 가슴을 조이며 지켜보고 있던 순경의 입에서 다행이라는
듯, 안도의 한숨이 터져 나왔다.

인사 한마디 전하지 못한 채 끌려가는 민정이의 모습이 애처로웠다.

자꾸만 뒤돌아보는 민정이의 어깨 너머로 사랑과 미움의 온갖 것
들이 문드러지며 쏟아져 내렸다.

사랑하는 사람을 가지지 말라

미운 사람도 가지지 말라

사랑하는 사람은 못 만나 괴롭고

미운 사람은 만나서 괴롭나니

그러므로 사랑을 지어 가지지 마라

사랑은 미움의 근본이니

사랑도 미움도 없는 사람은

모든 구속과 걱정이 없느니라

일찍이 사랑과 미움의 괴로움을 갈파해 버린 부처의 노래가 슬픈
민정이의 울음으로 들려왔다.

자기 자신도 믿지를 못할 것임을 알면서도, 자꾸만 빠지며 믿고 싶
은 사랑은 영원한 마법의 향이라고 생각했다.

"스님, 두 분 스님 성불하십시오. 이 죄 많은 여자의 마지막 소원입

니다.”

애끓는 민정이의 절규에 장승마냥 넋을 잃고 있던 각운이 정신병자처럼, 고래고래 민정이를 부르며 뛰어갔다.

“민정아! 민정아!”

사내들은 뒤돌아서는 민정이를 정류장에서 본 검은색 승용차에 짐짝처럼 황급히 밀어 넣고, 도망치듯 차를 출발시켰다.

도운은 미친 듯이 뛰어가는 각운을 말리지 않았다.

바라만 보고 있었다.

요란한 엔진 소음을 내며 급하게 멀어져 가는 차 안에서, 유리창 너머로 뒤돌아보며 오열하는 민정이의 모습이 보이고, 정신없이 뛰어가는 각운의 초라한 누더기가 보였다.

제3부
생명의 강

노을빛에 희미한 그림자를 길게 늘어뜨린 미루나무 아래서, 무념의 돌처럼 서서, 사랑하는 민정이가 떠나간 길을 바라보고 있는 각운의 뒷모습은, 마치 세상을 구하려다 지친 신의 비통한 그림자 같은 신비로움마저 일으키고 있었다.

도운은 시작도 끝도 없는 인생길에서 지쳐 버린 각운을 위해, 가게에서 소주 몇 병과 안주거리를 사서 걸망에 챙겨 넣고, 그에게 다가가 어깨에 손을 얹으며 말했다.

"이제 그만 갑시다."

곧 어두워지면 밤 강에 고기를 잡으려는 어부들의 배질하는 소리를 들으며, 두 사람은 천천히 대대로 성스러운 성인이 태어나 살고 있다는 전설을 간직한 순자강(鶉子江) 물길을 거슬러 올라갔다.

간간히 완행버스가 지나갔지만, 두 사람은 산이 굽어지면 강물도 굽어지고, 강물이 굽어지면 산도 굽어지는 길을 따라 걸었다.

─가고 없는 날들을 잡으려 잡으려 빈 손짓에 슬퍼지면 차라리 보내야지 돌아서야지 그렇게 세월은 가는 거야─

끝없이 이어지는 길을 걸으며, 각운이 나직이 응얼거리듯 부르는 청춘이라는 노래가 가슴속 깊은 곳에 묻어 둔 절규처럼 들렸다.

도운은 각운의 괴롭고 슬픈 마음이 아름다운 산천으로부터 위로받기를 바랄 뿐이었다.

얼마쯤 걷다가 강물이 굽이치는 작은 벼랑 바위 위에 앉아, 잠시 쉬어 가려던 두 사람은 자신들보다 먼저 와서, 더 진하게 아름다운 봄 강의 저녁을 가져 버린 한 쌍의 연인을 위해 자리를 떠야 했다.

진달래꽃이 만발한 바위 아래 숲에서, 젊은 한 쌍의 남녀가 서로를 부둥켜안고 열렬한 사랑에 빠져 있었다.

꽃망울이 터지는 환희의 숨소리, 풀잎이 바스러지는 소리, 꿈틀거리는 하얀 비너스의 율동이 강변의 봄을 한껏 피워 내고 있었다.

사랑과 기쁨뿐인 연인들의 순수함이 보기 좋다고 도운은 생각했다.

"좋은 풍경화네요."

"……."

사랑에 빠진 연인들을 보면서, 도운이 농을 던졌지만 각운은 별 말이 없었다.

도운은 챙겨 온 소주를 꺼내 한잔하면서, 각운을 위로하고 싶었지만, 더는 머물 수가 없는 땅이었다.

사랑에 빠진 연인들의 방해꾼이 되고 싶진 않았다.

부지런히 길을 재촉하여 사랑에 빠진 연인들로부터 멀어져 갔다.

노을은 초저녁 어두움으로 밀리고, 어디선가 하나둘 이름 모를 밤

새들이 울기 시작했다.

"그게 뭐요?"

"그거라니, 뭘 말이오?"

갑작스러운 각운의 물음에 도운은 어리둥절한 표정이었다.

"아까 그 풍경화 그게 무엇인가 말이오?"

각운의 말뜻이 무얼 의미하는지 도운은 알고 있었다.

도운은 웃었다.

"아, 아까 본 그것 말이군요. 스님은 뭐라고 생각하시오?"

"글쎄요……."

"삶, 삶이 아니겠소?"

그들 남녀가 한 몸으로 얽혀 있는 것은 위대한 사랑의 만남이요, 그들의 속삼임은 신이 읊는 서사시이며, 숨소리는 그들의 영혼이 합창하는, 무상, 무념, 무아의 노래라고 도운은 말했다.

각운은 고개를 갸웃거렸다.

"그게 삶이라면 부처의 사랑은 무엇이오?"

도운은 흘깃 각운을 바라보며, 있는 그대로를 사랑하는 것이라고 말했다.

"지극히 평범한 것이군요."

"그러나 그것은 참으로 행하기 어려운 것이지요."

사람의 가슴은 사랑과 미움을 동시에 갖지만, 부처의 가슴은 사랑도, 미움도, 모두 떠나 버린 영원한 것이라고 도운은 말했다.

"모든 것이 삶이라면, 사랑과 미움 그 또한 삶의 한 부분이 아니오?"

"지당한 말이오. 그러나 태초에 사랑이 있었겠소. 미움이 있었겠소. 모든 것은 스스로의 인연작법 속에서, 스스로 사랑하고 미워하는 애중의 윤회지요."

어느덧 둥글게 솟은 달이 순자강 맑은 물에 얼굴을 씻고, 이름 모를 밤새들은 달빛 숲으로 날아들었다.

유유히 흘러가는 강물처럼, 각운의 가슴이 평화로워지기를 강물에 빌었다.

뜬구름이 흘러가는 강물에 제 모습을 비추어 보듯, 아름다운 자연 속에서 각운이 자신을 반추시켜 보기를 바랐다.

적어도 이제까지 지켜본 각운은 나타난 현상에 집착하고 언어에 빠지는 노예였다.

오늘밤도 자신의 언어 속에서, 스스로를 합리화시키려는 각운이 몹시도 안타까웠다.

논쟁은 지식의 교류는 될 수 있을지라도 공허한 것이기에, 침묵을 지키며 자신을 분별하여 주었으면 싶었다.

한때는 도운 자신도 논쟁을 함으로써, 닫힌 마음의 문이 열리고, 또 다른 체험을 쌓으며, 그 폭을 넓힌다고 착각했었던 시절이 있었다.

직접, 간접으로 자의든 타의든, 육체와 영혼에 닥치는 고통을 감수하면서, 집요하게 묵언의 패찰을 달고 있는 동료 승려들을 비웃었던 우를 범하기도 하였다.

그뿐이 아니었다.

"세상은 흑색도 백색도 엄연히 함께 존재하는데, 어이해 백색만을 인정하려 하느냐?"

있는 그대로 묵묵히 세파에 접하고. 고요히 바라보라는 노승의 가르침을, 콧방귀로 뭉개 버린 일이 한두 번이 아니었다.

영글지 못한 사고와 신념을 반복함으로써, 마음의 창을 더욱 어둡게 하고, 모순 속에 깊이 빠져들어, 자기라는 경직된 신념의 벽에 갇히고, 헤어 나올 수 없는 언어의 함정에서, 스스로 파멸할 뻔했었던 날들이 새로웠다.

날이 가고 달이 차야 여물어지는 벼 알처럼, 그런 고뇌의 세월을 허송하던 어느 날, 무명겁의 사슬에 꽁꽁 묶여 있는 자신의 존재를 확인했을 때는, 쥐구멍에라도 머리를 처박고 싶었다.

이제까지 기를 쓰고 악을 쓰며, 열변으로 토하던 논쟁은 자신이 아니었으며, 실체가 아니었다.

극히 하찮은 신념일 뿐, 그 공허하고 공허한 것을 되풀이함으로써 덧없는 그 주장이 자신의 영혼까지 옭아매는 사슬임을 알게 되었다.

흙탕물 속에서 어떤 물체의 형상도 잘 보지 못하듯이, 말의 논쟁이란 마음을 어둡게 하는 오물이었다.

그것을 확인하는 순간, 기뻤다. 편안했다.

말은 말을 낳아 의문의 꼬리를 물고 늘어지는 찰거머리 귀신이라는 것을, 몰랐던 자신이 부끄럽기만 하였다.

도운은 자신이 그러했듯이, 말의 유희라는 어둠에서 헤어나지 못하는 각운의 마음이 강물에 비치는 달처럼 밝아지기를 기도했다.

"내가 아닌 너를 위하여 죽을 수 있는 자유를 택하라고 했는데……. 그것마저 욕심이라는 말인가?"

스스로 반문하며 중얼거리던 각운은 사람의 자식으로 남겠다고, 너를 위하여 죽을 수 없음을 괴로워하는 사람, 사랑을 위하여 뜨겁게 불붙는 생명을 가진 사람의 자유를 선택하고 싶다고 말했다.

"자유, 말하기 좋고 참 듣기 좋은 말이지요."

그러나 그것은 언어의 장난일 뿐, 존재하지 않는 환상이라고 도운은 말했다.

달빛에 늘어진 그림자를 밟으며, 작은 한숨을 뿌리던 각운은 소리치듯 말했다.

"내가 여기 이렇게 버젓이 존재하는데, 왜 환상이란 말이오?"

도운은 큰소리로 웃었다.

놀란 밤새들이 끼룩거리며 어두운 밤 강을 퍼덕거렸다.

달빛이 출렁이는 웃음소리에 각운은 의아한 표정으로 돌아보았다.

"미안하오. 스님의 얘기를 듣다 보니, 내가 내 그림자를 밟는 것 같아 웃었을 뿐이오."

온갖 것이 얽히고설킨 속세를 버리고 떠나온 도운은 아무것도 원하지 않았다.

아무것도 구하지 않았다.

육체라는 덜거덕거리는 빈 수레를 버리고, 침묵의 돌만 되자고 맹세했다.

그러나 돌이 될 수가 없었다.

그렇다고 바람이 되지도 못했다.

영혼이라는 찻잔에 담아 둔 자유가 한없이 그립기만 하였다.

그것을 위하여 사람이기를 포기해도, 자유에로 향한 본능을 여전히 감추어야 했다.

끝내는 성불의 꿈마저 버리고, 인적이 없는 성모산 깊은 골짜기 숲 속에 웅크린 한 마리 산짐승이 되었다.

빨간불 파란불은 없었다.

불어대는 호루라기 소리도 최루탄 가스도 없었다.

사상의 간섭도 없었다.

신의 구속도 없었다.

그런데도 웬일인지 자유가 없었다.

미친 듯이 성모산 숲 속을 헤매며 찾았지만, 자유는 그 어디에도 없었다.

지저귀는 새들에게 이곳에도 자유가 없느냐고 소릴 쳤다.

성모산 깊은 골에 부서지는 바람이 되어서, 때로는 한 마리 노루가 되어 숲 속을 헤맸지만, 갈망하는 자유는 언제나 잃어버린 꿈이었다.

아픔뿐인 세월이었다.

성모산에 하얀 눈이 내리던 어느 날, 옹달샘 물을 긷던 도운은 숱한 세월 비바람에 퇴색한 돌부처의 미소 속에서, 자신이 찾으려고 했던 자유가 얼마나 맹목적인 가식인지 비로소 알게 되었다.

"살아 있다는 것, 삶 자체가 곧 구속이며 자유라고, 옹달샘가의 돌부처는 웃고 있었다."

끊임없는 삶의 행로에서, 사바세계의 가마솥 뚜껑을 활짝 열어 놓고, 웃을 수 있는 지금이지만, 그때 그 시절은 한 번은 겪을 수밖에 없었던, 소용돌이 상심의 세월이었다.

별만큼이나 많은 상념들이 스치고 지나갔다.

사고와 논리로만 이해를 하려 드는 각운이 조금은 피곤하기도 했다.

그러나 도운 역시 깨달음이라는 심성의 원리를 전할 수 없어, 언어라는 밭떼기에서 맴돌았다.

사실이었다.

팔만 사천의 법문 그 실상은 알맹이 없는 껍데기이며 거짓인 것을, 오직 깨달음이라는 한 숟갈의 밥맛을 가르치기 위하여, 나열된 팔만 사천 가지의 반찬일 뿐, 아무것도 아닌 허깨비였다.

그런데도 얼마나 많은 사람들이 그 함정에 빠져 스스로 어리석어졌던가?

도운은 깊은 번뇌와 괴로움의 늪에서, 구원을 바라는 각운을 위하여, 작은 힘이라도 되어 주고 싶었다.

무엇인가 작은 씨앗이라도 싹 틔울 수 있으리라는 희망을 가졌다.

타인이 나를 구속하고 정치적 혹은 인습과 관습의 굴레가 억압하고 구속하여도 마음이 자신을 얽어매는 고통보다는 못하다는 것을, 각운에게 확인시켜 주고 싶었다.

"존재하면 뭘 하오? 그것으로 인한 괴로움의 노예인 것을……."

"……."

말없이 고개를 끄덕이는 각운에게, 사람의 자식으로 태어난 순간부터, 지어진 이름과 함께 주민등록번호가 동사무소 호적부에 오르면, 인습과 관습의 굴레에서 털끝만치도 벗어날 수 없게끔 이미 결정지어진 숙명들이 얻을 수 있는 최상의 자유가 무엇인지, 어디에 있는지 찾아보라고 말했다.

끝 모를 욕심의 덩어리가 사람이라면, 그것을 버릴 수 있는 것 또한 사람인데, 처음부터 끝까지 사람들은 모든 것으로부터 자기라는 확인을 받기에만 급급할 뿐 그 모든 것으로부터 해방되기를 거부한 채, 온갖 번뇌에 영혼까지 회색의 재로 만들어 가고 있음이 안타까웠다.

일찍이 불타고 있는 기름집에서 잠자고 있는 것이 중생이라고, 사람의 어리석음을 갈파한 석가세존이 새삼 위대하게 다가왔다.

모든 것을 바라고 구하기만 하다가 그것들로부터 버림을 받을 때는, 돌아갈 나라는 존재가 있지만 자신마저 나를 믿지 못하고 버리게 된다면, 그땐 정말 어디로 갈 것인가 생각하면 아찔한 일이었다.

죽음이 문지방을 넘어오고, 흰 광목 열두 마디 얽어맨 관 뚜껑 칠성판이 무명 겁으로 덮이면, 나를 잃어버린 영혼의 세계는 무명 그것은 끝없는 무명의 지옥이라고 도운은 생각했다.

멀리서 소쩍소쩍 두견새의 울음만 처량하게 들려왔다.

도운은 괴롭고 슬픈 각운의 마음을 평온하게 씻어 달라고, 말없이 흘러가는 강물에 기도했다.

강물이 강물임을 이야기하여 준다면 각운의 귀가 열릴 것만 같았다.

몇 번 가느다란 한숨을 헛기침으로 토하던 각운은 자신의 얘기를 들어 보겠느냐고 물었다.

그동안은 각운이 누구인지 어떻게 살아왔는지 왜 이렇게 사는지 별로 궁금하지 않았는데, 낮에 일을 겪은 뒤론 모든 것이 궁금하다고 도운은 말했다.

"결코 예사롭지는 않을 것 같은데…… 궁금합니다."

도운은 강을 따라서 구불구불 휘어진 길을 걸으며, 자신의 세계와는 또 다른 각운의 이야기를 들었다.

경기가 끝난 스탠드에 널브러진 쓰레기를 치우는 청소부처럼, 각운은 힘겨웠던 자신의 과거를 쓸어내렸다.

되돌아갈 수 없고 가기도 싫은 과거지만 선뜻 잊을 수는 없는 아픔이라고, 각운은 말문을 열었다.

＊ ＊ ＊　　　＊ ＊ ＊

남해안 바닷물이 들어온다는 해문(海門)이 각운이 태어나고 자란 땅이었다.

각운은 바다가 보이고 갈매기가 날아드는 언덕에서 꿈을 먹으며 자랐다.

여섯 살 때 아버지와 어머니는 고기를 잡으러 바다에 나간 뒤 영영 돌아오지 않았다.

늙으신 할머니의 보살핌으로, 고등학교를 마치고 대학에 들어갈 수 있었지만, 대학 일학년을 다니던 그해 여름 연로하신 할머니마저 각운의 곁을 떠나 버렸다.

일가친척 피붙이 하나 없이 홀로 남은 각운은 얼마간 남겨진 재산과 고학으로 대학을 마칠 수 있었다.

가끔은 할머니가 그립고 보고 싶었지만, 고향 해문은 꿈에도 보기 싫다고 말했다.

발톱에 낀 때조차 양반을 닮지 않은 사람들이 양반이라는 가죽을 얼굴에 쓰고 출세와 체면을 유지하기 위하여 하루가 숨 가쁜 해문은 젊은 가슴이 죽고, 사랑이 죽고, 인정이 죽고, 꿈이 죽고, 양반이 아닌 것들은 모두 죽어야 하는 저주의 땅이었다.

각운은 모든 것이 죽어 버린 땅에서 민정이라는 양반집 딸을 사랑했다.

C대학 같은 학과에서 고향의 선후배로 만난 두 사람은 사랑이라는 바구니를 만들었다.

그 아름다운 바구니에 둘만의 사랑을 담았다.

그러나 한평생을 상투를 틀고 양반임을 자랑으로 살아온 장인 될 영감의 덜퍽스러운 옹고집은 두 사람이 애써 만든 바구니를 부수어 버렸다.

영감에게 있어서 자신의 허락 없이 연애결혼을 하려는 민정이의 행위는 곧 불효이며 반항이었다.

결코 용서할 수 없는 당치않은 짓이었다.

영감은 늙은 수탉이지만, 아직은 홰를 칠 힘이 있었다.

부리와 발톱을 세우고, 할퀴고 쪼아대는 영감의 성질에 각운과 민정이가 만든 사랑의 바구니는 시멘트바닥에 내동댕이쳐진 유리컵처럼 사정없이 깨져 버렸다.

곧이곧대로 원칙만을 배워 온 각운은 영감의 행위가 이해되지 않았다.

파쇼, 독재자였다.

영감의 주장은 모순과 모순이 범벅된 선소리였다.

일찍이 소문난 영감이었지만, 그의 둘째 아들이 검사가 되고부터는 어깻바람을 더욱 거세게 휘둘렀다.

걸려도 된통 야무지게 걸렸다.

영감을 설득시키느니, 차라리 계란으로 바위를 깨는 것이 수월할 일이었다.

영감은 자신의 명령을 거부하는 민정이를 집으로 불러 그림처럼 아름다운 그녀의 긴 머리카락을 미운 계모 무덤 벌초하듯 싹둑싹둑 가위질해 버린 뒤, 골방에 가두어 버렸다.

미친 짓이었다.

남편의 주장에 부인이 따르는 것이 부부화합의 도리이며, 아내는 반드시 남편을 따라야 하고, 하늘보다 높은 것이 지아비라고 큰소리치는 영감의 말은 죄다 거짓말이었다.

자신의 딸이 선택한 사내가 맘에 들지 않는다고, 다른 사내에게 시집가기를 강요하는 영감은 양반도 아니며, 딸을 사랑하는 아버지도 아니었다.

그저 늙은 벽창호였다.

각운은 지성과 진실의 참이 통하지 않는 세상이 싫었다.

떠나기로 작정했다.

학창시절 수학여행으로 다녀갔던 성모산 승방을 찾아 순자강을 건넜다.

"바로 이 강이었지요."

별들이 머리를 풀어 헤치고 멱을 감는 강물을 물끄러미 바라보며 각운이 말했다.

"처음 이 강을 건널 땐, 살아서 건너지 않으리라고 맹세를 했었소. 나라는 인간은 이 세상에서 사망 신고된 죽고 없는 놈이라고, 이 강물 위에다 내 영혼의 시체를 띄워 보냈지요."

사르르 옷깃을 스쳐 가는 바람처럼, 떨리는 각운의 목소리가 밤 강을 밝히고 있는 달빛을 흔들었다.

"삶의 의미를 깨닫기에 온 힘을 다했지만 허사였소. 모진 사람의 인연은 오뉴월 쇠잔등에 엉겨 붙는 파리 떼처럼 나를 괴롭혔어요."

"……."

오래전에 막차도 끊기고 아무도 없는 강변에 두 사람이 걷는 발자국 소리만 터벅거렸다.

각운은 중증의 정신병자처럼 혼미를 거듭했다.

성모산 승방의 쇠북소리가 저녁노을이 되어 흐느낄 때면, 두고 온 속세의 인연을 향하여 발광하는 짐승처럼 몸서리를 쳤다.

꿈속에선 사랑하는 민정이가 보이고, 기도하는 대웅전 부처님의 미소는 사랑하는 민정이의 미소로 다가왔다.

사람이라는 자신이 구역질이 나도록 싫어졌다.

생을 저주했다.

번뇌가 숨통을 조여들 때면 손가락 마디를 물어뜯었다.

골방에 갇혀 싹둑 잘려 버린 민정이의 긴 머리카락이 하늘과 땅 사이를 메워 버렸다.

온 세상 가득히 흩어진 민정이의 머리카락 사이를 헤맸다.

숱한 나날들을 날마다 슬픈 눈물로 다가오는 민정이를 보면서, 하늘을 원망하고 자신을 저주했다.

각운은 산문을 뛰쳐나왔다.

산문 밖 술집에 앉아서 잿빛 승복을 찢어 버렸다.

언제나 삭발하지 않은 더벅머리에 긴 굴레 수염은 성모산의 멧돼지 같은 모습이었다.

온갖 욕심으로 뒤범벅이 된 채, 허물뿐인 사람의 냄새보다 한 마리 산짐승이 좋았다.

각운은 그렇게 험한 성모산의 숲과 계곡을 핥으며 살았다.

처음엔 응어리뿐인 가슴을 어찌하지 못한 채, 잠 못 들어 애태우던 날들이었다.

사람의 자식으로 태어났기에, 살아야 한다는 인식 속에서 여전히 외톨이었다.

보이는 대로 그저 그렇게 살아야 한다는 현실의 강요를 무시한다 하더라도, 그래도 살아야 하는 사람의 자식이기에, 하루하루가 괴로운 고통이었다.

응어리진 가슴을 어찌하지 못하고, 눈물을 움큼거린 적이 한두 번이 아니었다.

이루어질 수 없는 사랑……. 그래서 못다 한 사랑, 그 사랑을 힘에 겹도록 가슴속에서 읊어야 하는 자신이 그만큼 싫었다.

그것을 토해 내기 위하여 산중 깊숙이 묻혔지만, 날마다 사는 날들은 사는 만큼 무수히 맺혀지는 응어리들이었다.

돌덩어리처럼 가슴속에 남아 있는 사랑을 어찌하지 못하고 날마다 숲 속의 짐승이 되어 헤매다, 어느 때는 빈 하늘을 쳐다보며 짐승처럼 울부짖기도 하였다.

울다가 지친 밤이면 외로움에 휘청거리며 어둠속을 헤맸다.

돈도, 명예도, 사랑도, 그저 아무것도 없는 한 마리 슬픈 짐승이 되어 숲 속에 웅크리고 앉아서 스스로를 어찌하지 못한 채 몸서리를 치며 외로운 밤이 꿈이기를 바랐다.

지고 뜨는 해와 달이 몇 번인가 번갈아 돌아가면서 차츰 자신이 사람이라는 사실을 잊어 갔다.

미사리(산속에서 풀뿌리나 나뭇잎 또는 열매를 따 먹고 사는, 몸에 털이 많은 자연의 사람)가 되었다. 편안했다.

산속에서 미사리가 된 각운은 기쁠 때나 슬플 때나 외로울 때나, 언제나 산에서 산으로 올랐다.

망태기 하나 둘러메고 산등성이에 올라서면, 아득한 꿈의 언덕이 보이고 고요히 늘어선 하얀 구름들은 그 꿈들을 이루어 주거나, 혹은 부셔 버리기도 하면서 포근하게 껴안아 주는 산은 언제나 다정한 친구였다.

그러나 그런 꿈같은 미사리의 편안함도 잠시뿐이었다.

각운은 미사리가 아니었다.

사람이었다.

태어난 순간부터 이 사람은 이러이러한 사람이라는 허가를 받고 살아가야 하는 사람의 자식일 뿐 짐승이 아니었으며, 될 수도 없었다.

살아서 건너지 않으리라 맹세를 했던 강을 양손에 수갑을 찬 죄인의 몸으로 건넜다.

가을 어느 날 약초를 팔려고 장에 나갔던 각운은 불심검문을 받고 체포되었다.

주거가 일정하지 않고 승려증이 없다는 것이 체포되어야 할 이유였다.

자신은 주거지가 확실하고 승복을 입지도 않았으며 승려의 행세도 하지 않았는데 왜 죄가 되느냐고 실랑이를 하다, 경찰이 넘어지면서 발목을 삐끗하는 바람에 공무집행 방해와 폭력이라는 악성죄목이 추가, 가중 처벌되어 도청 소재지에 있는 인간불량품재생소라는 교도소에 수감되었다.

정의로운 사회의 참신한 일꾼이 되라는 교도관 앞에서 입이 있었으나 말하지 못했다.

날마다 하루도 쉬지 않고 반복되는 정의로운 사회를 위한 강의를 귀가 아프게 들었다.

처음부터 끝까지 반복된 강의는 귀에 못이 박혔고 살가죽에서 익었다.

그러나 각운은 그 교육이 누가 누구를 위한 것인지, 그리고 자신에게 왜 필요한 것인지, 알려고 하지도 않았지만 알 필요를 느끼지도 못했다.

이듬해 연말 특사로 석방될 때까지 길들여진 짐승처럼 시키는 대로 움직이고, 주는 대로 먹었다.

"이제 참된 인간으로 개조 정화되었으니, 정의로운 사회 이웃과 나라에 봉사하는 사람이 되기를 바란다."

선진조국 정의로운 민주사회 건설의 대열에서 낙오되지 말라는 훈시를 끝으로 들려주며 열어 주는 교도소 문을 나섰을 땐, 야월 대로 야윈 각운의 몰골이 말이 아니었다.

앙상한 도시의 가로수들이 비틀거렸다.

눈발이 날리는 터미널에 앉아 있는 각운은 허탈한 가슴뿐이었다.

성모산으로 가는 버스가 출발하는 것도 잊고, 멍하니 앉아 있는 각운의 모습은 영락없는 석고상이었다.

"저…… 혹시……?"

그렇게 하염없이 앉아 있던 각운은 자신을 내려다보며, 조심스럽게 말을 건네는 젊은 아가씨를 올려다보았다.

흐릿한 눈 속에 비친 그녀는 민정이의 동생 민경이었다.

K대학 대학원에서 박사 과정을 밟고 있는 민경이는 방학을 맞아 이 도시의 친구들을 만나러 왔다가, 해문으로 돌아가는 중이었다.

"다행이다. 저를 알아보시는군요."

각운은 표정 없이 고개만 끄덕이었을 뿐 아무런 내색도 않았다.

따끈한 차 한 잔을 대접하겠다는 민경이를 따라서, 대합실 지하실에 있는 다방에 앉았다.

커피 두 잔을 시켜 놓고, 검은 물을 들인 낡은 야전점퍼를 걸치고, 앙상하게 뼈만 남은 각운의 모습을 훑어보던 민경이는 조심스럽게 말을 꺼냈다.

"차음엔 설마 했어요. 그런데 막상 이렇게 만나고 보니, 무슨 말씀으로 위로를 드려야 할지를 모르겠습니다."

안타까운 인사를 전해 오는 민경이의 말에, 각운은 대답하지 않았다.

아무런 상관도 없는 타인들의 이야기를 무심히 듣고 있는 사람처럼 말없이 듣고만 있었다.

"옛날부터 우리 아버지는 그런 분이거니 했지만, 오늘 뵙고 보니 저희 아버지가 얼마나 잔인한 분인지 알 것 같네요. 용서하여 주십시오."

혀가 굳어 버린 환자처럼, 처음부터 한마디 반갑다는 인사조차 잃어버린 각운은 민경이의 말에 미동도 하지 않았다.

민경이는 생명이 없는 미라처럼, 무표정한 얼굴 속에 감추어진 각운의 아픈 파편들을 꺼냈다.

언니인 민정이는 자신이 아버지에 의해, 긴 머리카락을 가위질당하고 골방에 갇히자, 각운이 괴로워하던 끝에 입산하여 버렸다는 소식을 듣고 기어이 찾겠다며 집을 나간 뒤 소식이 없는데, 혹 만났느냐고 물었다.

민정이가 자신을 찾기 위해 집을 나가 지금껏 소식 없다는 민경이의 말에, 가뜩이나 핏기 없는 각운의 창백한 얼굴이 하얗게 변해 버렸다.

"언니가 집을 나가자 아버지와 오빠가 사람을 고용하여 두 사람을 찾고 있어요."

민정이가 밥해 주는 공양주보살로 절을 떠돌면서 자신을 찾고 있다는 민경이의 이야기는 절망적인 외마디였다.

눈과 입술이 언니인 민정이를 꼭 닮은 민경이는 아버지와 오빠들을 대신하여, 두 사람에게 사죄한다고 말했다.

명분이야 어찌 됐든, 처제와 형부 사이가 될 뻔했던 세속적인 관계를 떠나서 같은 젊은이로서 모든 것이 다른 한 세대를 용서하여 달라는 민경이의 말에, 각운은 가슴이 울렁거렸다.

남과 여의 맺어짐이란 둘만의 맺어짐이 아니라 그와 관계된 모든 사람, 모든 환경과의 맺어짐이어야 한다는 것을 모르진 않았지만, 그것이 이렇게도 어렵고 슬픈 것임을 다시 절감했다.

"애초부터 엇갈린 운명이었는데……. 그것을 탓해서 뭘 하겠소."

조용히 중얼거리듯 말하는 각운의 목소리는 슬프도록 감정이 없었다.

민경이는 그런 각운의 모습이 더욱 가슴 아팠다.

한순간 귀에 군살이 박히도록 조상들의 정승판서를 이야기하고, 열녀와 가문을 이야기하던 아버지의 모습이 각운의 얼굴에서 오버랩되면서 환각처럼 보였다.

짧은 순간 엄한 아버지가 무서워 자신의 생각을 내색도 못 하고 아버지가 선택해 준 학교를 나와, 아버지가 원하는 대로 대학원 박사코스를 밟고 있는 자신이 후회되기도 했다.

언니가 그토록 각운을 찾는 이유는 사랑의 갈망이지만, 그 이면에는 아버지에게 모든 것들을 빼앗기고 억눌리며 살아온 젊음의 저항이며 아버지의 죄를 용서받기 위함인지도 모른다고 생각했다.

민경이는 상념의 늪을 헤맸다.

그러나 각운은 소중한 사랑을 앗아 간 영감을, 그리고 죄 아닌 죄를 만들어 자신을 교도소에 보낸 몰염치한 경찰관을 원망하지 않았다.

그것들을 되새기며 원망할 힘이 없었다.

각운은 반쯤 비워지고 식어 버린 찻잔을 들며 중얼거리듯 말했다.

"나는 진즉에 죽었어야 했을 놈이오. 그런데 이렇게 아직 내가 살아 있는 것은, 언니가 나를 잊든지 내가 언니를 잊든지……. 누군가 잊기를 원했기 때문이오. 그러나 이렇듯 서로가 잊을 수 없고, 함께할 수도 없다면…… 내가 민정이를 위하여 기쁘게 죽어야 할 시간이 온 것 같소."

각운은 자리에서 일어섰다.

민정이를 위해 기쁘게 죽어야 할 시간이 온 것 같다는 각운의 말에, 질겁하며 언니를 만나 행복하게 살기를 기도하겠다는 민경이를 터미널에 남겨 두고 성모산으로 출발하는 버스를 탔다.

허허로움이 심한 기침으로 터져 나왔다.

쿨럭이는 기침 속에서, 울컥울컥 넘어오는 지난날의 그림자들을 더듬어 보았다.

하나하나 비디오의 영상처럼 생생한 기억으로 되살아오는 과거 속에서 사람의 모순, 사람의 한계를 보았다.

자신의 뜻과는 티끌만 한 관계도 없이 세파에 끌려 다녔으며 지금도 여전히 끌려 다니고 있는 현실이 스크린의 영상처럼 차창의 유리에 비치고 있었다.

차근차근 존재의 가치를 손가락 끝으로 따져 보던 각운은 조금 전 터미널 다방에서 생각했던 죽음을 구체화시켜야겠다고 생각했다.

"그래, 멋지게 팔아 치우는 거야."

각운이 알 수 없는 소리를 중얼거리며 미소를 지을 때, 차는 겨울 눈이 퍼붓듯이 쏟아지고 있는 성모산에 도착했다

늘 다니던 단골가게에 들러서 작년 가을 경찰에 끌려가던 날 맡겨 두었던 걸망과 얼마간의 돈을 찾아 차를 타고 오면서 생각했던 죽음을 위해, 눈이 쏟아지는 거리로 나섰다.

세상이 싫은 것이 아니었다.

미워서도 아니었다.

민정이와 함께할 수 없는 세상은 의미가 없었다.

사랑하는 민정이와 영원히 함께할 수가 없다면, 그녀를 위하여 사라져 주는 것이 훨씬 더 값지고 소중한 일이라고 생각했다.

아무런 조건 없이 얼어붙은 땅을 덮어 주는 함박눈처럼 자신의 모든 것을 민정이를 위하여 쓰기로 했다.

자신이 죽어 없어지면 민정이는 슬픔에 한순간 고통스럽기는 하겠지만, 결국은 단념하고 집으로 돌아가 아버지와 평생을 끝내지 못할 싸움에서 벗어나 자유로울 거라고 믿었다.

당장이야 어렵겠지만, 살다 보면 자신의 존재를 망각하고 누군지 모를 어떤 남자의 사랑받는 아내가 되어 행복할 수 있을 거라고 믿었다.

그것을 위하여 어떻게든지 가장 완벽하게 황천으로 가는 티켓을 구하려고 눈 오는 거리를 쏘다녔다.

싸돌아다니다 보면, 하다못해 싸구려 완행버스표라도 구할 줄 알았는데 빈손이었다.

실망이었다.

죽음의 신에게 생명을 팔아 치우려는 각운은 진즉에 로미오와 줄리엣처럼 죽지 못한 것이 후회스러웠다.

"누가 나에게 황천으로 가는 티켓을 팔아 주시겠습니까?"

황천으로 가는 티켓을 구하기 위해 몇 군데 약국을 찾아다녔지만, 불행하게도 각운에게 약을 팔아 줄 약사는 없었다.

잠이 든 모습 그대로 꿈꾸듯 평화롭게 죽으려는 희망을 버렸다.

아무리 갈구해도 이루어질 수 없는 사랑이라면, 사랑도 아픔도 모르는 하늘의 구름이 되고 싶었지만, 그러기에는 상처가 너무 깊었다.

잊으려 해도 잊을 수 없는 민정이었기에, 산다는 것 자체가 아픔만 더해 줄 뿐, 민정이와 함께할 수 없는 세상은 결코 행복할 수 없는 고통이었다.

민정이가 보고 싶었다.

그녀의 뺨에 얼굴을 맞대고 으스러져라 부둥켜안고서 실컷 울어 보고 싶었다.

꿈길에서도 자기를 찾아 헤맬 민정이의 모습이 뼈마디 삭신으로 스며 왔다.

사랑을 주는 이는 사랑을 받는 이보다 행복하다고, 어느 시인은 말했지만 펄펄 끓어오르는 용광로의 쇳물처럼 뜨거운 가슴으로 녹아 없어질 수 없는 현실이 견딜 수 없이 아팠다.

쾡한 눈빛에 야윈 어깨가 격하게 흔들렸다.

"민정아……"

떨리는 몸을 주체하지 못하고, 악다문 입술 사이로 신음 같은 한마디가 새어 나왔다.

끝끝내 이루지 못할 사랑이, 한 송이 들꽃이 꺾이는 설움으로 뺨을 타고 흘러내렸다.

너를 사랑하기 때문에 너의 행복을 위하여 떠나지만, 죽어서 한 줌의 흙이 될지라도 기쁘게 너를 사랑하겠다는 각운의 넋두리는 육신과 영혼이 한꺼번에 무너져 내리는 소리였다.

가장 값지고 소중한 목숨을 담보로 확인하는 사랑의 절규였다.

그렇게 거리를 쏘다니던 각운은 차가운 겨울바람이 유리창에서 부스럭거리는 구멍가게로 들어섰다.

일회용 라이터와 성냥과 라면 몇 개 그리고 네 홉들이 소주 몇 병을 구입하여 걸망에 넣었다.

결정은 지어졌다.

이렇게 가야 하는 자신이 조금은 씁쓸했다.

어차피 죽은 다음에야 무엇이 소용이며 무엇이 아쉽겠는가마는, 모두가 부질없는 것인 줄 알면서도 곱게 죽기를 바라는 자신이 어이가 없었다.

눈 내리는 거리를 무작정 걸었다.

하룻밤을 화전민이 버리고 간 움막에서 지낸 각운은 다음 날 한나절이 지날 무렵 흰 구름이 때로 일어난다는 성모산 삼매봉(三昧峯)백운암 토굴에 도착했다.

작년 가을날 새벽 붉은 단풍으로 불타던 삼매봉은 순백색의 옷을 입고 덧없고 무상한 세월을 덤덤하게 바라보며 참선 삼매에 빠진 노승의 모습으로, 집을 찾아 눈보라 속을 걸어온 각운을 바라보고 있었다.

텅 빈 굴속에서 넉살좋게 누워 주인 행세를 하고 있던 산토끼가 줄행랑을 쳤다.

가을이 겨울로 바뀌었다는 것뿐, 굴속은 떠날 때 그대로 변한 것이 없었다.

각운은 쌓아 놓은 장작개비로 화톳불을 지피고 라면을 끓였다.

굴 안은 훈훈한 열기로 가득했지만, 밖에서는 거센 성모산 바람을 타고 눈보라가 떼로 몰려오고 있었다.

컥컥 숨이 막히도록 맵고 차가운 폭풍설이 성모산의 가죽을 벗기려는 듯 휙휙거리는 칼이 되어 능선과 계곡에 내리꽂힐 때마다 산은 절망적인 비명을 지르며 눈보라를 토해 냈다.

벌거벗은 나뭇가지들과 말라비틀어진 삭정이들이 흘리는 울음이 바람 속에서 외롭게 들려왔다.

한세상 산다는 일이 모두 다 덧없고 부질없는 욕심이라고, 죽음을 준비하고 있는 단 하나의 청강생인 각운에게 강의하는 것 같았다.

차분히 이승을 하직할 준비를 마친 각운은 한껏 움츠린 소주병을 치켜들고 마시면서, 삶이라는 물레에 감긴 한 올의 실을 뽑아내기 시작했다.

가느다란 거미줄처럼 풀리는 실오라기에 짙게 농축된 운명이 대롱대롱 매달려 나왔다.

서서히 돌아가는 물레소리가 아련하게 들려왔다.

결코 기쁠 수 없는 서러운 소리였다.

가려거든 울지를 말든가, 울려거든 가지 말라고, 성모산의 바람은 윙윙거렸다.

인생이란 무엇인가?

어디서 왔다가 어디로 가는 것인가?

기쁘지도 않고 슬프지도 않은 조석으로 얼굴을 맞대는 신문처럼 허망하고 통속적인 것이 인생이라지만 그토록 순수했던 날, 사랑했었던 날들이, 언뜻언뜻 생각나는 간밤의 꿈처럼 아쉬움으로 매몰되어 갔다.

처음에는 어설픈 단 한 자의 글도 남기지 않으려고 했었지만 민정이를 위해 마지막 글을 남겼다.

남겨진 그 글을 보고 세상이 바보 같은 사내라고 비웃을지라도, 가슴을 열어 육신과 영혼이 민정이에 대한 사랑과 믿음으로 존재했었음을, 자신의 죽음을 확인해야 하는 그녀에게 보여 주고 그녀로 하여금 나머지 생을 자신을 잊고 행복하게 살기를 바라는 각운의 마음이었다.

민정이가 자신을 사랑하는 것보다 훨씬 더 아프고 고통스럽게 그녀를 사랑했기에 그녀를 위하여 죽을 수밖에 없음을 밝히지 않고서는 저승길이 서러울 것만 같았다.

각운은 한 조각씩 살점을 베어내어 괴로움과 오열로 가득한 가슴을 한 장의 종이 위에 오려 붙였다.

진정으로 사랑한다는 것은, 뼛골이 문드러지고 혈관의 피가 마르는 아픔이며 형언할 수 없는 고통이었지만, 민정이 너를 위하여 죽을 수 있는 나는 행복하다고…… 내가 떠나고 민정이가 행복할 수만 있다면 기꺼이 기쁘게 죽겠노라고 썼다.

한 올의 터럭까지도 나의 모든 것은 처음부터 민정이 너의 것이었다고, 내가 기쁘게 죽는 만큼 너의 삶은 나의 몫까지 행복해야 한다고, 또박또박 종이 위에 새겼다.

각운은 다 쓴 편지를 곱게 접어 겹겹이 싼 뒤, 습기가 들지 않도록 다시 라면봉지에 꽁꽁 묶고 노끈에 매달아 러닝셔츠 속 허리에다 붙들어 맸다.

분실될 염려는 없었다.

누군가 자신의 주검을 발견하는 사람이 그 편지를 읽고, 민정이에게 전해 주기를 바랄 뿐이었다.

대강 할 일을 끝낸 각운은 이제껏 자신의 생명을 지켜 주던 몇 개 안 되는 살림살이 도구들을 화톳불의 밥으로 줘 버렸다.

죽고 사는 것이 이미 결정지어진 이상, 아무것도 아쉬울 것이 없었다.

마지막 자신의 냄새까지 모두 태워 버렸다.

각운은 죽음을 인도하는 사신의 손길처럼 붉은 빛을 날름거리며 활활 타오르는 불꽃을 바라보면서, 네 홉들이 한 병의 술을 갈증 난 사람이 물을 마시듯 치워 버렸다.

뱃속이 불이 붙는 듯 얼얼했다.

타는 불에 기름을 붓듯 그렇게 두 병의 술을 더 마셨다.

오장육부가 타는 냄새가 코끝에 아려 오는 것 같았다.

미친 듯이 굴속을 뛰쳐나온 각운은 스스로 미치며 죽음의 춤을 췄다.

눈과 바람과 살을 에는 추위뿐인 백운암에 죽으려는 각운이 왕왕대는 웃음소리만 어지러이 난무했다.

양손에 소주 두 병을 움켜쥐고, 웃다가 울다가 그렇게 광란의 춤을 추며, 얼어 죽기를 원하던 각운은 갑자기 무슨 묘안이 떠올랐는지 천천히 휘적거리는 걸음으로 등산로를 따라갔다.

죽기 위해 안달하던 각운의 뇌리에 퍼뜩 한 생각이 떠올랐다.

어쩌면 다 지은 밥에 재 뿌려질지도 모른다는 염려였다.

삼매봉과 백운암의 하늘과 땅은 돌멩이 하나에서 나뭇잎 하나에 이르기까지 손바닥을 보듯이 훤했기에, 각운이 살려고 마음만 먹으면 언제 어떤 조건에서도 살 수가 있는 땅이었다.

애써 이룬 자살을 실패할 우려가 있었다.

추악하게 되살아나는 비참한 자신의 몰골이 눈보라 속에서 꿈틀거리며 다가왔다.

도저히 있어서는 안 될 무서운 형벌이었다.

황천으로 가는 계획을 바꾸었다.

살아온 삶과 죽음의 앞에서, 좀 더 겸허해야겠다고 생각했다.

팍 엎어져 죽어 간들 애도해 줄 사람 하나 없는 몸이지만, 사랑이라는 말 이전에 한 사람의 행복을 위하여 기쁘게 죽어야 하는 자신이었기에, 진지하고 엄숙할 필요가 있다고 생각했다.

각운은 발길을 서둘렀다.

행여 마음이 변하여 살고 싶어도, 자신의 의지와 능력으로는 절대로 살아날 수 없는 세진령을 향하여 걷기 시작했다.

성모산의 하늘을 거슬러 온 바람소리가 상여꾼들의 선소리처럼 들려왔다.

각운도 따라서 노래를 불렀다.

유난히도 고운 목소리와는 달리, 지독한 음치인 민정이 그녀가 항상 즐겨 애창하던 봉선화를 부르면서 황천으로 떠나는 각운이 마지막 이승에 남기는 발자국을 퍼질러 내리는 눈보라가 운명처럼 따라가며 지워 버렸다.

"하늘이 무너지고 세상이 우릴 갈라놓는 아픔과 슬픔보다, 나를 향한 그녀의 사랑이 너무나 순결하고 지극했기에, 내 인생은 기쁨이었으며 동시에 끝없는 슬픔이었습니다."

"그래요……. 그렇겠지요."

도운은 자조 섞인 각운의 이야기를 동정하면서, 짧은 순간이지만 가장 비참하게 자신을 버리고 떠나간 미숙이의 뒷모습을 보았다.

왜 하필이면, 미숙이가 어둠 속에서 바람처럼 휙 다가오는지 알 수는 없었지만, 얼핏 달을 가린 그녀의 얼굴을 보면서 씁쓸한 미소를 지었다.

여자 그것을 향한 지극한 사랑은 기쁘고 즐거운 일이지만, 그 기쁘고 즐거운 것만큼 괴로움과 슬픔이 함께하는 것이기에, 사랑한다는 것은 곧 마음의 고통일 뿐이며 그것은 결코 찬미될 수 없는 야누스라고 도운은 생각했다.

여자라는 동물이 갖는 절대적인 애정은, 이 세상에서 가장 신비하고 아름다움의 상징이며 영광이지만, 동시에 영원한 거짓이며 비극의 화신이라는 것을 알면서도, 거기에 시간과 청춘을 그리고 마지막에는 영혼까지 침몰시키려는 남자들은 영원히 어리석은 동물이라는 생각이 들었다.

사랑은 모든 결점을 이해하고 덮어 준다는 말을 도운은 믿지 않았다. 그것은 잠시 속이고 속아 주는 장난이었다.

사랑이라는 그것은 정념 정욕의 불길 속에서 자기 스스로 자신의 감정을 속고 속이는 어리석은 행위이며, 여자의 사랑 여자의 모든 것을 찾는다는 것은 또 하나의 냄새나는 살덩이를 발견하는 것에 불과한 가치 없는 수고로움이었다.

미숙이를 처음 만났을 때, 여자란 매력을 넘어서 무한한 동경이었으며 영원한 가능성이었다.

그러나 여자와 함께했을 때, 당장 밥상 앞에서 남자에게 보여 주었던 것을 갖고 있지 않았으며 아무것도 보여 줄 수 없는 단순한 고깃덩어리일 뿐, 허깨비라는 것을 알게 되었다.

지금 다시 미숙이와 함께 산다고 하여도 섹스의 유희와 가정과 사회라는 주어진 환경의 조건을 삭제하면 여자의 존재 가치가 얼마나 될까 의문이었다.

그것을 계산할 수 있는 공식이 있다면 매우 흥미 있는 수치가 나올 것이라고 생각하면서 하늘을 날아오는 달빛처럼 이어지는 각운의 이야기를 열심히 들어주었다.

"지난겨울 스님이 나에게 돌려주신 라면봉지 뭉치가 그 편지였습니다."

"그랬었군요. 난 그때 막연히 유서이겠거니, 짐작만 했었지요."

"그때 스님이 나를 살려 주지 않았더라면…… 오늘 낮에 민정이를 다시 만나지 않았을 텐데……. 만나고 나니 가슴만 더 아프군요."

어두워서 보이지는 않았지만 각운은 울고 있었다.

한동안 복받치는 감정에 눅눅한 목소리를 삼키던 각운은 가슴속 깊은 심장에 묻어 두었던, 나머지 이야기들을 꺼냈다.

"그리고 그날 밤 세진령에서 스님을 만났지요."

"그랬었군요."

"사실 그때 내가 미쳐서 얼어 죽기를 원했던 것은 내 시신이 사람들의 눈에 쉽게 발견되어 내가 남기는 글이 민정이 그녀에게 곱게 전해지기를 바라는 뜻이었는데, 미치기도 어렵더군요."

"그게 어디 쉬운 일이라 하겠소."

"지금 생각해 보면, 그 삼매봉 백운암을 떠난 게 실수였어요. 사실은 완벽하게 죽고 싶어서 그곳을 떠났는데……."

"죽기를 작정한 사람이 백운암에서 세진령으로 오면 살아나지 못한다는 생각을 왜 했는지……. 이해가 안 되는데요?"

"스님은 그날 밤 그 폭풍설 속에서 술에 만취된 놈이 세진령에서 백운암으로 돌아가는 게 가능하다고 보십니까?"

"아, 그렇군요. 만취된 사람이라면, 빙하의 크레바스에 빠진 격이죠."

"인연이라는 것이 사람 마음대로 안 되는 것이라더니, 그날 밤 그곳에 스님이 있을 줄 누가 상상이나 했겠습니까?"

이야기를 끝낸 각운은 허탈한 마음을 달래려는 듯, 민정이 그녀가 즐겨 불렀다는 봉선화를 응얼거렸다.

울밑에 선 봉선화야 네 모양이 처량하다

길고 긴 날 여름철에 아름답게 꽃필 적에
어여쁘신 아가씨들 너를 반겨 놀았도다

어언 간에 여름 가고 가을바람 솔솔 불어
아름다운 꽃송이를 모질게도 침노하니
낙화로다 늙어졌다 네 모양이 처량하다

북풍한설 찬바람에 네 형체가 없어져도
평화로운 꿈을 꾸는 너의 혼은 예 있으니
화창스러운 봄바람에 환생키를 바라노라

강변 달빛을 타고 가던 각운의 노래가 소쩍소쩍 두견새의 울음으로 처량하게 되돌아왔다.

"낮의 일들이 아직도 꿈속인 것만 같습니다."

"그 심정 충분히 이해합니다."

"지금도 뭐가 뭔지 모르겠습니다. 그토록 보고 싶었던 사람이었는데…… 왜 우린 바보처럼 울기만 했었는지……. 사랑한다고, 보고 싶었다고, 따뜻한 위로의 말 한마디 전해 주지 못하고 헤어진 것이 후회가 됩니다."

"그러시겠지요."

"사실은 언젠가 한 번쯤은 만나겠거니 생각은 했었지만, 내가 그녀를 잊지 못하듯, 그녀도 여태껏 나를 잊지 않고 있음이…… 그것이 한스럽습니다."

다시 또 만날 기약은 없었지만, 서로를 확인할 수 있었다는 것이

기쁘다고, 그것이 다시 자신이 살아야 하는 이유가 되었다고, 각운은
말했다.

"인연이 다하지 않았다면, 그 인연 속에서 다시 또 만나지겠지요.
그러기를 바랍니다."

"그런 날이 있을까요?"

도운은 그렇게 지어진 인연이라면 그렇게 되기를 믿고 기다리는
것이 좋을 거라고 각운을 위로했지만, 언제 어디서 무엇이 되어 다시
만날 수 있을지는 아무도 모르는 일이었다.

*　*　*　　　*　*　*

두 사람은 자정쯤 산정읍에 도착했다.

수년 전만 하더라도 새벽닭이 홰를 치며 아침을 여는 산골마을이
었지만, 성모산 관광개발로 인해 흥청거리는 유흥가로 변해 버린 읍
내의 밤거리에서 두 사람이 갈 곳은 이미 정해져 있었다.

산 따라 강 따라 하루 종일 쏘다니던 낡은 버스들이 내일을 위해
붕붕거리는 엔진점검 소리뿐인 정류장에서 인근에 있는 연화사로 가
기 위해 택시를 찾고 있는 도운에게 각운이 말했다.

"기왕 나온 걸음 화전놀이인데 하룻밤을 위해 굳이 이 밤중에 연화
사를 찾아가 눈치를 받으며, 새우잠을 잘 필요가 있습니까?"

"뭐 꼭 그럴 필요는 없지만, 달리 좋은 생각이라도 있습니까?"

"스님께서 괜찮으시다면, 술이 마시고 싶은데……?"

"때마침 출출하던 참이었는데, 그거 듣던 중 반가운 소리네요. 그
렇게 합시다."

밤거리 술집이 낯설고 어설프기는 두 사람 다 마찬가지였다.

두 사람은 읍내의 낯선 밤 골목을 돌아, 네온등이 깜박거리는 조그마한 나이트클럽으로 들어갔다.

어두운 조명에 별로 크지 않은 홀에는 계절 탓인지 한 명의 손님도 없었다.

테이블 두어 개를 합친 것 같은 작은 무대 위에서, 아리따운 아가씨가 다리를 꼬고 앉아 기타를 치며, 노래를 열창하고 있었다.

"뭐야, 저 아가씬 아무도 없는데 혼자서 기분 내고 있잖아. 보기는 좋은데."

"무슨 말씀을. 두 분 스님과 그리고 제가 있잖아요."

인기척에 자신을 하은이라고 소개하며, 아가씨 하나가 고개를 꾸벅이며 다가왔다.

자리에 앉아 술과 안주를 시켜 놓고 박수를 치며, 앙코르를 청하는 두 사람의 요청에 감사의 인사를 꾸벅거린 아가씨는 다시 몇 곡의 노래를 더 불렀다.

테이블에 앉아 아가씨가 잔을 채워 주는 대로 두 사람은 마셔댔다.

"어머나, 우리 스님들께서 술 배가 꽤나 고프셨나 봐."

"음악이 있고, 술이 있고, 벗이 있고, 미인이 있고. 이거 모처럼 술맛이 당기는걸."

"좋네요. 오늘밤 코가 비틀어지도록 마셔 봅시다."

두 사람은 죽어서 만 가지 진수성찬은 살아생전 술 한 잔만도 못한 것이라고, 맞장구를 치며 열심히 마셔댔다.

"저는 '오정애'라고 합니다. 괜찮으시다면 저도 합석해도 될까요?"

노래를 부르던 아가씨가 도운의 곁에 앉으며 말했다.

“왜 당신도 취해 보고 싶소?”

“스님들과 함께라면 괜찮을 것 같은데요.”

“원한다면 그것도 괜찮지.”

남녀 두 쌍이 마주 앉은 테이블을 유리컵 네 개가 주거니 받거니 하면서, 쉬지 않고 돌았다.

“스님은 사랑을 해 보셨습니까?”

돌아가는 술잔을 도운에게 권하며 각운이 물었다.

“글쎄, 난 스님처럼 그런 사랑과 아픔을 겪어 보진 못했지만, 여자를 잃어버린 기억은 있습니다.”

“매우 가슴이 아팠겠군요.”

“그렇게 말하면 내가 할 말이 없는데. 뭐랄까, 가진 게 없다고 가는 여자를 사내놈 배짱으로 웃어 주었을 뿐이었소.”

“역시 대단하신 용기였군요. 나도 그런 용기라도 있었으면 좋겠습니다.”

“무슨 말씀을……. 아니오, 말을 정정합시다. 그것은 용기가 아니라 오기입니다, 오기……..”

사랑했던 여자를 오기로 보내 주었다는 도운의 말에 모두가 웃었다.

“어머나, 이제 보니 이 스님들 도는 닦지 않고 연애만 했나 봐.”

“글쎄 말이야. 가짜 땡초들인가 봐.”

농담을 술상에 질펀거리며 키득거리는 아가씨들의 말을 도운이 받아넘겼다.

“이 멍청한 친구들을 보게나. 가짜가 가짜를 보고 가짜라고 하는데, 그게 진짜가 아니고 그럼 무엇이 진짜냐?”

아가씨들은 킬킬거리며 웃다가 마시던 술을 엎지를 뻔하였다.

“스님을 처음 만났을 때부터 느낀 감정이었지만, 하루도 미소를 잃지 않는 스님이 사실은 부러웠습니다. 어쩌면 그 미소 때문에 내가 스님에게 반했는지도 모르죠.”

“이거 큰일 났군요.”

“왜요?”

“앞으로는 울고 싶어도 스님 앞에서는 웃어야 하니, 그게 큰일이 아니면 또 무엇이 큰일이겠소.”

“스님도 울어야 할 때가 있습니까?”

“살다 보면 나라고 별 수가 있겠습니까.”

“내 생각하기로는 그런 날은 없을 것 같은데요.”

“그래요. 그럼 살아 보지 뭐…….”

“방금 살아 보면 안다고 했는데, 산다는 것은 무엇입니까?”

“밥 먹고 똥 싸고, 술 마시고 취하는 거지, 뭐 별거요?”

“그렇게 해서 남는 건 무엇입니까?”

“알고 싶소?”

“예.”

“그럼 스님이 죽어 보시오. 죽어 보면 남는 게 무엇인지 알 테니까. 난 아직 죽어 본 경험이 없어서 모르겠소.”

“어렵군요?”

“어려운 게 아니고, 어렵게 생각하는 것이지요.”

술을 핑계 삼아 각운은 도운의 메시지가 구체적으로 무엇을 뜻하는지 알고 싶어 의중을 더듬는 질문들을 던져 보았지만, 잡힐 듯 잡히지 않는 술래잡기였다.

답답한 마음에 거푸 술잔을 비워냈다.

안주접시가 바뀔 때마다 빈병들의 숫자도 늘어 갔다.

새벽녘까지 찧고 까불고 떠들면서, 허물없이 마시는 술판이었지만, 왠지 쉽사리 취하지 않았다.

갑자기 각운은 무대에서 내려와 줄곧 도운의 곁에서 함께 마시며, 취기를 돋우고 있는 정애에게 정중하게 말했다.

"부탁이 하나 있는데 꼭 좀 들어주십시오."

"뭔데 그렇게 심각한 얼굴이에요? 어울리지 않게."

그녀는 들어줄 수 있으면 기꺼이 응하겠다고 말했다.

"절대 아가씨의 인격을 무시하려는 뜻은 없습니다. 꼭 들어주십시오."

정애는 뭔가 감을 잡은 듯 입가에 미소를 지으며 말했다.

"진심으로 천한 여자의 자존심까지 들먹인다면, 과히 기분 나쁘지는 않은데…… 좋아요, 말씀하세요."

각운은 잠시 머뭇거리며 말했다.

"하룻밤에 얼마요?"

잔뜩 호기심을 갖고 기대하던 정애와 사람들은 실소를 터트렸다.

"그거예요? 스님께서 이 여자의 몸이 필요하시다면, 평생이라도 그냥 시주하여 드릴 테니 안심하십시오."

생각지 못한 뜻밖의 질문과 답변에 모두가 낄낄거리며 웃었지만, 각운은 웃지 않았다.

"아니오, 그게 아니오. 그래서 조금이라도 자존심에 대한 보상을 드리고 싶어서 그러는 것이니 말해 보시오."

무엇인가 거부할 수 없는 단호한 각운의 목소리에, 정애는 웃음을 그치고 정색하며 말했다.

"아직 스님과 우리 모두는 아무도 취하지 않았지요. 그런데도 스님이 나에게 필요한 것이 있다면, 어떤 것이든 들어드리지요. 그러나 보수는 일이 성사된 후에 요구하겠습니다.”

도운은 뜻하지 않은 각운의 행위가 결코 장난이 아닐 것이라고 생각하면서, 조용히 두 사람의 거래를 지켜보기만 하였다.

계약은 성사되었다.

각운은 진지한 정애의 대답에 감사의 인사를 전하고, 그녀의 잔에 술을 따라 주며 말했다.

“이유는 묻지 마시고 잠시만 옷을 벗어 주십시오, 실오라기 하나 남기지 말고 모두…… 모두 말이오.”

모두의 상상을 빗나간 각운의 부탁에 어리둥절할 틈도 없었다.

“스님이 그런 청을 할 적에는 그럴만한 이유가 있겠지요. 나 역시 이유는 묻지 않을게요.”

각운의 눈을 뚫어지게 쳐다보던 정애는 자리에서 일어섰다.

망설임의 동작도 없었다.

천천히 옷을 벗기 시작했다.

허물을 벗는 누에처럼 실크 블라우스가 미끄러지면서, 정애의 어깨가 빠져나왔다.

나머지 세 사람은 조명등 아래서 숨을 죽이며, 정애의 곡예를 보고 있었다.

간신히 궁둥이를 가린 연분홍빛 속치마 속으로, 살색의 브래지어와 팬티가 구름 속의 먼 산처럼 윤곽을 드러내고 있었다.

스스로 미끄러져 내린 속치마가 정애의 발치에서 풀썩거렸다.

“제 자존심을 생각해 주신다면, 스님 손으로 이 끈을 풀어 주세요.”

정애는 브래지어의 끈을 풀려던 동작을 멈추고, 각운의 앞에 등을 돌리며 허리를 구부렸다.

잠시 망설이던 각운은 조심스럽게, 정애의 브래지어 끈을 풀어 주었다.

연결된 아주 작은 쇠고리를 풀고, 어깨 위에 걸린 끈까지 조심스럽게 벗겨 주었다.

그런 각운의 모습은 이제 막 이성에 눈뜬 수줍은 아이 같았다.

일어서는 순간 떨어질 것 같은 브래지어는 정애의 겨드랑이 사이에 그대로 매달려 있었다. 신기한 일이었다.

테이블로 등을 돌린 정애는 천천히 움직이고 있었다.

팬티가 마지막 발가락을 벗어나는 순간, 그렇게 막 돌아서기는 차마 수줍었던지, 망설이던 정애는 치부를 두 손으로 가리고, 쇼윈도의 마네킹처럼 천천히 일행들을 향해 돌아섰다.

그렇게 돌아서서 잠시 망설이던 정애가 치부를 가리고 있던 두 손을 천천히 엉덩이 뒤로 돌리는 순간, 그때까지 양 겨드랑이에 걸려있던 브래지어가 홀 바닥으로 떨어졌다.

빈 잔을 채우는 소리들만 테이블에서 꼴깍거렸다.

적당한 키, 작은 어깨 아래 잘 익은 복숭아 같은 정애의 유방은 환상적이었으며 잘록한 허리는 한 팔로 안으면, 금세라도 안겨 올 것만 같았다.

온통 검은 흑갈색의 숲에서 진한 여자의 살 냄새가 묻어나는 것 같았다.

도운은 여자 그것은 아름다움의 극치이며, 상징이라는 어느 화가의 말이 떠올랐다.

예술적 가치가 훌륭하다는 화가의 말이 정애의 몸 구석구석에서 명문을 새기고 있었다.

바느질하는 여자는 아름답습니다.
어린아이를 품에 안고 있는 여자도 아름답습니다.
남자를 위하여 화장하는 여자는 더욱 아름답습니다.

언젠가 여자 예찬론자인 어느 화가가 읊조린 시 구절이 떠올랐다.
세상의 남자들이 한 번쯤은 반할 만한 가치가 있는 게 여자라고 생각했다.
슬며시 웃는 도운의 미소가 술잔에 비쳤다.
침묵의 테이블에서 술잔들만 때그락거렸다.
각운은 잔 가득 술을 따라 도운에게 권하며 말했다.
"스님은 해질녘 강변에서 본 풍경화를 삶이라 했지요?"
"그랬지요. 그런데 그게 이거와 무슨 상관이오?"
도운은 해질녘 강변에서 본 청춘남녀의 성행위를 떠올리며 되물었다.
각운은 대답하지 않았다.
자신이 하고 싶은 말만 했다.
"지금 스님과 나의 눈앞에 서 있는 이것은 무엇이오?"
도운은 벌거벗고 서 있는 정애를 향하여, 무엇이냐고 묻는 각운의 말이 무엇을 뜻하는지, 질문하는 의도를 알 것 같았다.
각운과 부질없는 논쟁은 피하고 싶었다.
잠시 생각 끝에, 어차피 논쟁으로 얻어질 수 있는 것이 아니기에, 가급적 의미를 함축시켜 말했다.
"몰라서 묻소. 여자 아니오. 그것도 아주 아름다운 미인이지요."

각운은 지극히 평범한 도운의 말에 실망한 듯 술잔을 비우며 말했다

"그걸 누가 모릅니까? 스님 마음의 상에 비친 그것이 무엇이냐는 말이오?"

도운은 솔직한 대답이 아니라며, 섭섭해하는 각운이 안타까웠다.

"대답하는 것은 어렵지 않지만, 나를 통해서 스님이 알 수 있는 것은 아무것도 없을 겁니다."

이상과 현실 이성과 본능을 구분해 놓고, 고민하는 각운에게 이 모든 것들이, 둘이 아님을 보여 주어야겠다고 도운은 생각했다.

도운은 자신 앞에 내밀어진 술잔을 단숨에 비우고 자리에서 일어섰다.

발가벗고 서 있는 정애에게 다가서서, 정애의 온몸을 샅샅이 훑어보던 도운은 열 손가락을 움직여 그녀의 맨살 위에 불을 지르며 중얼거렸다.

"당신의 고통을 모른다고 말하지는 않겠소. 그러나 그것을 말하려 하지 마오. 무릇 세상 이치란 강하면 부러지기 쉽고, 지나치게 부드러우면 그 또한 쉽게 썩는 것. 아무리 그것이 좋은 의미라 할지라도 지나치면 굴레요, 아집이며 죄악임을 알아야 하느니……."

중얼거리는 도운의 목소리는 낭랑한 염불소리가 되어 홀 안을 채웠고, 그의 열 손가락은 정월대보름 밤 쥐불놀이를 하는 아이들처럼, 쉴 새 없이 정애의 부드러운 살결 위에 불을 싸지르며 돌아다녔다.

"존재하는 모든 것들은 이름과 주소는 달라도 선이 악이요, 악이 선이요, 사랑이 미움이요, 미움이 사랑이요, 그 말이 그 말인 허망한 귀신 환상인 것을. 그것에다 아무것도 부여하지 마오. 어떠한 색깔도 칠하지 마오. 모든 것은 그대 마음이 만들어 낸 마음속의 허상이니,

마음 밖에 무엇이 또 있을 것인가?”

도운은 자신의 손가락 끝에서, 뜨겁게 달구어진 정애의 알몸을 옆에 있는 테이블 위에 눕히고, 그녀의 전신을 애무했다.

저항하는 정애의 신음소리가 들리고, 도운의 잿빛 허물이 벗겨지는 소리가 들렸다.

갈증 난 사람처럼 정애는 숨을 몰아쉬며 헐떡거렸지만, 도운은 멈추지 않았다.

“누가 이 여인을 천박하다 할 것이며, 아름답다고 할 것인가? 사랑하는 자가 보면 그것은 사랑이요, 욕정에 굶주린 자가 보면 그것은 한낱 색정의 대상일 뿐, 모든 것은 나라는 마음속에 있음을 알아야 하느니…….”

도운은 노련한 조련사가 야생마를 길들이듯이, 쉴 새 없이 정애를 다독거리며 속삭이었다.

마침내 야생마는 온순해졌고 도운은 주인이 되었다.

애마가 된 정애는 격렬한 동작을 멈추고 마술에 걸린 코브라처럼, 도운이 불어대는 피리소리에 맞춰 춤을 추었다.

무상 무아 환상의 바라춤을 신명나게 추었다.

“미쳤군, 미쳤어. 온전한 사람들이 아니야.”

각운의 곁에 앉아 술시중을 들던 하은이가 붉으락푸르락 일 초에도 몇 번씩 얼굴빛을 바꾸며 푸념을 했다.

규방도 아니요, 여관도 아닌 나이트클럽 홀에서, 호스티스를 끌어안고 뒹구는 스님, 그리고 그것을 고뇌하며 바라보고 있는 또 다른 스님을 그녀는 이해할 수가 없었다.

각운은 그런 하은이의 어깨를 다독거리며 술잔을 권했다.

"이해할 수 없는 것을 이해하라고 말하지는 않겠소. 그러나 결코 당황할 이유는 없는 것 같소. 우린 조용히 술이나 듭시다."

몇 번인가? 도운의 마술에 걸려 죽었다 살아나는 비명 같은 정애의 숨소리가 어릴 적 고향 먼 바다의 뱃고동처럼 들려왔다.

만선의 기쁨이었다.

한가한 갈매기의 노랫소리였다.

도운은 아직도 뜨거운 정애의 입술에 하얗게 넘치는 맥주잔을 권하며 자리에 앉았다.

"맛이 어떻습니까?"

각운은 자리에 앉은 도운에게 짓궂은 질문을 던졌다.

가시가 있는 질문이었다.

도운은 웃었다.

"시원한 맥주 맛이오."

맥주잔을 각운의 잔과 부딪치며, 단숨에 마셔 버린 도운은 한바탕 운우지락(雲雨之樂)의 느낌을 시원한 맥주라 말했다.

"시원한 맥주 맛이라고요……?"

"믿지 못하겠으면 스님이 직접 맛을 보시지요?"

"……."

"내 마음이라는 놈이 오감(五感)을 통하여 느낀 것을 어찌 말로 전한다고 전해질 수 있겠소? 혹 전한다고 해서 내 마음이라는 놈이 느낀 것을 스님이 알 수가 있겠소? 내가 말하는 순간 그것은 이미 실체가 아니고, 스님은 내 말을 듣고 스님의 마음이 만들어 내는 허상으로 안다고 알았다고 하는 거지요. 그래서 알고 싶으면 스님이 직접 맛을 보시라는 것입니다."

도운은 한 손으로 옆에 앉은 정애를 안고, 아직도 조금 전의 열기가 남아 있는 그녀의 가슴을 만지며, 이 부드럽고 기분 좋은 촉감을 어느 천재가, 어느 도인이, 어떻게 전하겠느냐며 껄껄 웃었다.

도운은 고개를 돌려, 안고 있는 정애에게 물었다.

"그래, 내 손에 안긴 자네는 어떤 맛인가? 자네의 가슴에 닿은 내 손끝이 어떤 느낌인가 이 말일세. 안다면 그걸 저 스님에게 전해 주시게나. 허허허……."

정애는 갑자기 한 손으로 자신을 안고 껄껄 웃으며 묻는 도운의 말에 대꾸하지 못했다.

그러나 도운이 천박하다거나 자신이 무시받았다는 생각이 들지 않았다.

자신으로서는 감히 범접할 수 없는 신비로움이 그에게서 느껴졌다.

물끄러미 도운을 바라보던 정애는 도운의 눈과 마주치자 얼른 고개를 숙여 버렸다.

조금 전 도운과 가졌던 섹스가 부끄럽거나, 한 손으로 자신의 가슴을 어루만지고 있는 지금의 상황이 수치스러워서가 아니었다.

그것은 또 다른 기쁨이었다.

그러나 웬일인지 도운의 앞에 앉아 있는 자신이 한없이 작아 보였다.

도운은 직접 느껴 보라면서, 심각한 표정으로 잔을 비우고 있는 각운의 손을 잡아끌어다, 도도하게 발기된 정애의 가슴을 문지르며 물었다.

"미인의 유방을 만져 본 소감이 어떻습니까? 스님의 오감(五感)으로 느낀 마음의 점을 내게 전해 줄 수 있겠습니까? 만일 스님께서 색(色), 성(聲), 향(香), 미(味), 촉(觸)으로 느낀 각각의 느낌을 각각의 마음으로 내게 설명하여 준다면, 한평생 스님을 스승으로 모시고 살겠습니다.”

각운은 갈증 난 사람이 물을 마시듯 거푸 술잔을 비웠다.

도운은 새로 딴 맥주를 각운의 잔에 따르며 말했다.

“한 병의 술을 놓고 스님과 내가 마시고 취하는 마음이 다르고, 한 사람의 아름다운 미인을 보는 마음이 다르고, 손끝에 닿는 마음 또한 다른데, 누가 있어 이것을 말로 전하고 느끼겠습니까?”

말로 전할 수 없는 이것을 전하기 위해, 석가모니부처님은 말없이 꽃을 들었고, 대대로 조사(祖師)들이 불립문자(不立文字)의 종지(宗旨)를 세우고 마음에서 마음으로 전한 것이라고 말하면서 도운은 자리에서 일어섰다.

다소곳이 고개를 숙이고 있는 정애에게 무례를 사과하고 밤새 마신 술값 속에 많은 돈을 약속한 사례금으로 주었다.

그러나 정애는 받지 않았다.

“술값은 오늘밤 제가 스님을 모신 것으로 충분합니다.”

뜻밖에도 정애는 겸연쩍은 미소를 지으며 사양했다.

“충분한 술값이 되었다니 고맙습니다. 그러나 공과 사는 구분을 지어야지요.”

정애는 섭섭하다는 표정으로 도운을 바라보았다.

“왜 이러세요. 아무리 술 팔아먹고 사는 천한 여자이지만, 하룻밤 멋지고 즐거운 추억을 가지면 안 되나요?”

도운은 한사코 거절하는 정애의 마음 씀씀이가 아름답고 고마웠다.

“오해하진 마시오. 아가씨가 우리에게 선물을 했듯이, 우리도 아가씨들에게 선물을 드리고 싶었던 마음입니다.”

갑자기 좋은 생각이 난 듯 볼멘 정애의 얼굴이 조명등처럼 피었다.

"아까 한 약속이 아직도 유효합니까?"

"유효합니다. 말씀하십시오."

도운은 아직도 유효하다고 말해 주었다.

정애는 두 사람을 따라가겠다고 말했다.

"두 분께서 지금 나가시면, 성스러운 성인(聖人)들이 살고 있다는 아름다운 순자강을 도보 여행하실 거라고 했지요?"

"그렇습니다마는……?"

"오늘 하루 스님들과 동행하여 그 길을 걸어 보고 싶어요."

정애는 영업을 걱정하는 각운에게 자신이 주인이라며, 하루쯤 문 닫아도 괜찮다고 말했다.

각운은 도운을 보며 말했다.

"어찌하시겠습니까?"

"할 수 없지요. 자업자득인 걸 함께 가 보는 수밖에요."

도운은 웃으며 허락했다.

그녀들은 소풍 가는 소녀들처럼 좋아했다.

"고마워요. 제 생애 최고로 멋진 여행이 될 거예요. 잠깐만 기다리세요. 멋진 여행인데 멋진 옷을 입어야 되잖아요."

정애와 하은이는 쏜살같이 옷을 갈아입고 나왔다.

별로 굽이 높지 않은 구두를 신고, 진하지 않는 커피색 원피스에, 몇 송이 장미가 수놓인 하얀 스카프를 목에 두른 정애와 약간 붉은색 체크무니의 원피스를 입은 하은이의 모습은 싱싱한 봄의 표현이었다.

"이거 팔자에 없는 데이트를 하겠구먼……."

"다 좋은 복이 아닙니까."

도운과 각운은 웃었다.

"어때요, 제 모습이……?"

정애는 도운의 앞에서 빙그르 한 바퀴를 돌며 물었다.

"정말 눈부시게 아름답군요. 진짜 사랑에 빠져 보고 싶을 정도로 말이오."

사실 미모도 아름다웠지만, 앙증스러운 그녀의 몸짓이 더 아름다웠다.

정애는 기분 좋은 참새처럼 조잘거렸다.

"지금부터 제가 드리는 말씀을 잘 들으세요."

일부러 엄숙한 척 폼을 잡고 목소리의 톤을 높이는 정애의 모습이 재미있었다.

도운과 각운은 터지는 웃음을 쿡쿡거리며 삼켰다.

"웃지 마세요."

정애는 여선생이 남학생들을 꾸짖듯 목소리에 힘을 주었다.

"지금부터 두 분 스님은 성모산 도사님들이시구, 저희들은 그 도사님들의 시녀입니다. 아셨죠?"

도운은 그녀들의 미소 속에서 하루쯤 푹 빠져 보는 것도 괜찮을 것 같았다.

잘난 체, 똑똑한 체, 없어도 있는 체하면서 겉으로만 격식을 차리는 여염집 여자들보다 그녀들이 훨씬 더 인간적이라는 생각이 들었다.

동이 트는 새벽바람이 조금은 차가웠지만 살아서 꿈틀거리는 순자강의 운해를 발끝으로 헤치며 일행은 걸었다.

그녀들은 몇 개 남지 않은 새벽 별들을 손가락으로 헤며, 쉴 새 없이 재잘거렸다.

밤새 달려온 기차가 졸리는 듯이 나룻배가 토해 놓은 운해의 숲을 끄덕거리며 지나갈 땐, 두 손을 흔들어 보이기도 하였다.

어디선가 잠에서 깨어난 새들이 지저귀는 소리만 들릴 뿐, 아무도 없는 강변의 새벽은 그녀들을 매혹시키기에 충분했다.

울긋불긋 이름 모를 아름다운 꽃들이 하얀 안개를 뿌려 주는 것만 같았다.

그녀들은 설레는 마음을 어리광으로 피워냈다.

그런 그녀들의 모습이 새벽을 깨우는 새들 같았다.

"즐거운 우리 집"이라는 아일랜드 민요를 멋들어지게 부르며 뛰어가던 그녀들은 파란 풀잎 끝에 맺힌 이슬들을 따 모으며 깔깔거렸다.

"가만히 귀 기울여 봐요. 노랫소리가 들려요. 꽃들이 부르는 노랫소리가 들려요."

정애는 모두가 자신을 위하여 노래를 부르고 있다고 말했다.

도운은 어쩌면 저리도 좋아할까 싶었다.

모든 사람들이 지금 그녀들의 마음 같으면, 세상이 아름다운 낙원일 거라고 생각했다.

"아가씨들이 보기보다는 무척 맑고 순진하군요."

"글쎄, 함께 오기를 잘한 것 같군요."

"평생을 지금처럼 티 없이 살았으면 싶군요."

"그럼 오죽이나 좋겠습니까."

"삶의 여운이 되도록 기도하는 수밖에요."

도운은 각운과 함께 그녀들을 얘기하면서 천천히 걸었다.

저만치 앞서 가며 즐거워하던 그녀들이 부르는 소리가 들렸다.

"어머나, 빨리 와서 저기를 좀 봐요. 나룻배가 또 있어요."

그녀들이 가리키는 강변 백사장에서 나룻배 한 척이 물안개를 허리에 두르고 있었다.

"한번 타 보았으면 참 좋겠다."

합창으로 나룻배를 타 보고 싶다는 그녀들을 위하여, 두 사람은 나룻배를 타고 강을 건너 물을 거슬러 가기로 하였다.

"야, 이거 누가 도사고 누가 시녀인지 통 모르겠는걸."

"아예 바꾸지요."

"좋아요. 그럼 지금부터 바뀐 거예요."

"뭐로……? 나무꾼과 선녀로 할까……?"

"피, 엉큼한지고."

"아, 그렇지 평강공주와 거지온달로 하면 되겠다."

"좋아요. 그럼 지금부터 우린 평강공주예요."

"순전히 엿장수 마음대로군."

"허, 말이 많다. 고얀지고……."

"공주마마, 이 거지에게 무엇을 가르쳐 주시렵니까?"

"사랑을 가르쳐 주겠노라."

"그럼 한 수 가르침을 받겠습니다."

"자, 눈을 감아라."

"허리를 굽혀라."

그녀들은 빨갛게 익은 물앵두 같은 입술로 도운과 각운의 뺨에 입술에 묻은 립스틱을 찍어 놓고 깔깔대며 웃었다.

이른 아침의 강이 그들의 함박웃음을 실어 갔다.

도운은 손끝만 대어도 만 가지 근심이 씻어질 것 같은 맑은 물 위에 나룻배를 띄웠다.

삿대를 저었다.

생전 처음 나룻배를 타 본다는 그녀들은 손뼉을 치며 무척이나 좋아했다.

그녀들의 귀에는 노를 젓는 소리마저 신의 노래로 들리는 것 같았다.

"어머나! 저게 뭐예요……?"

정애가 조금 위쪽 강 가운데에서 물질을 하고 있는 수달 한 마리를 보고 놀라며 말했다.

아침 찬거리를 준비하러 나왔던 수달은 그녀들의 요란스러운 호들갑에 재빨리 모습을 감추어 버렸다.

물안개 피어오르는 강물에서 커다란 금빛 잉어가 뛰어오르고, 은색의 누치 떼들이 뛰어오르며 곡예비행을 할 땐, 까무러치는 탄성을 지르기도 하였다.

감탄사를 연발하며 마냥 좋아하는 그녀들의 순진함이 순자강 맑은 물에 얼비치는 온갖 꽃들과 어우러져 산모퉁이 여울마다 은빛 고기 떼의 물보라로 피었다.

굽이굽이 푸른 물은 청자 빛 하늘을 담아 들고 청산은 첩첩이 일행들을 반겨 주었으며, 창공을 날아가는 흰 물새들의 날개 끝에서 살랑대는 바람은 사바세계의 번뇌를 잊게 하여 주었다.

선녀의 마음이 맑다 한들
이보다 더하겠소.
논개의 절개가 푸르다 한들
여기에 비하리까.
일편단심 춘향이의 마음이 변함없다 하여도
이 강물 흐름만 못하오리다.

정애가 순자강에 바치는 노래라며 한 수 읊어대자 각운은 껄껄 웃으며 손뼉을 쳤다.

"거참 천하에 둘도 없는 헌곡이 탄생했구먼. 대단하신데……."

"스님, 이건 정말 나의 진심이란 말이에요. 난 할 수만 있다면 이 순자강과 결혼하고 싶어요."

"내가 중매를 서 줄까?"

하은이가 조약돌을 강물에 던지며 말했다.

"제발 너라도 중매를 서서 될 수만 있다면, 난 지금 당장이라도 시집을 갈 텐데 참 아깝다."

"중매가 필요하다면 하은이보다 내가 더 낫지. 사실 순자강 용왕에게 아들이 많은데……. 그런데 말이야. 아마도 안 될 거여."

"어머나, 그래요? 그중에서 아직 장가 안 간 아들이 있음 중매 좀 부탁해요."

각운은 안 된다며 고개를 흔들었다.

"딱 하나가 아직 장가를 안 가고 있는데, 그게 어려울 거란 말이야."

"아니, 이유가 뭐예요?"

하은이가 따지듯 물었다.

"허참, 글쎄 안 된다면 안 되는 줄 알아요."

"흥, 좋아요. 관두세요. 내가 직접 유혹해 버릴 테니까."

볼멘소리로 항의하는 정애의 말을 각운은 못 들은 척 눈만 껌벅거렸다.

"각운 스님은 정애가 어때서 자꾸만 안 된다는 거예요?"

"그 아들이 정애를 싫어하는 게 아니고 정애가 그 아들을 싫어할 테니까 그렇지, 뭐 다른 이유가 있나."

“그 아들이 고자래도 시집갈 테니까 걱정 말고 중매나 잘 좀 서 주세요, 네?”

“나 참, 그렇게 소원이라면 할 수 없지. 좋아, 그런데 그 아들은 용왕이 바람을 피워서 낳았기 때문에 용이 못 된 이무기인데, 그래도 괜찮겠어요?”

“어마! 징그러워 몰라요. 난 몰라, 나 시집 안 갈 거야.”

정애는 깜짝 놀라는 시늉을 했다.

앙탈을 부리듯이 작고 예쁜 광대 같은 그녀들의 몸짓에 아름다운 꽃들도 해맑은 손을 흔들어 주며 웃었다.

어느덧 떠오른 아침 햇살에 은빛 날개를 반짝이며, 한 떼의 새들이 숲 속에서 날아올랐다.

강물에서는 잉어가 뛰고, 강변에서는 젊은 그녀들이 뛰었다.

온 세상이 샘솟는 생명의 노래로 가득히 넘치는 것 같았다.

세월이 무심하지 않게 봄이라는 계절을 가져다준 자연이 고마웠다.

점심을 강변마을 구판장에서 막걸리와 라면으로 때우고, 강을 따라 올라가면서 마냥 즐거워하는 그들은 철없는 동네 개구쟁이들이었다.

오색의 풀꽃들을 꺾어 꽃반지를 만들고 꽃목걸이를 엮어서 그녀들의 목에 걸어 놓고 헤헤거리며 웃기도 했고, 조약돌을 주워 구슬치기도 하면서 마냥 즐거워하며 신나게 뛰어놀았다.

하얀 모래밭에서 수줍은 조개들의 귓가에 사랑을 고백하고, 작은 꿈들을 줍다가 꾀꼬리 같은 고운 목소리로 서로를 위하여 노래를 불렀다.

한없이 넓은 하늘에 옥빛 가득한 강물을 펴고, 사랑에 빠진 해오라기처럼 춤을 추었다.

늙지도 않고, 죽지도 않는 영원한 신의 강에서, 나래를 펴는 흰 물새들의 춤을 추었다.

살아 있는 생명들이 부르는 기쁨의 노래였다.

도운은 어제 해질녘에 사서 걸망에 넣어 두었던 몇 병의 소주와 마른 안주를 꺼내 자신의 검정고무신 두 짝에 따라 들고, 각운에게 권했다.

"스님, 옜소. 만수산 만년수가 별것이며 진시황 아방궁의 불로주가 별거요. 우리 함께 이 잔을 들어 취해 봅시다."

"그거 좋지요."

맞장구를 치며 술잔을 받는 각운의 환한 미소가 꽃구름을 타고 갔다.

깔깔거리며 웃는 그녀들에게도 잔을 돌렸다.

"모름지기 주선(酒仙)이란 분별심이 없어야 하느니, 이 좋은 날 아니 마시고 취하지 못하면 또 어느 세월을 불러 취하겠소."

도운의 권주에 웃느라고 눈물을 찔끔거리며 술잔을 엎지르던 그녀들도 서서히 술 향기에 젖어 갔다.

하은이는 기왕 마실 바엔 신나게 마시자며, 각운의 고무신까지 술잔으로 만들어 버렸다.

"건배, 인류 평화를 위해서!"

수없이 거듭되는 술잔에 취한 오후의 태양이 백사장에 비틀거렸다.

숲 속에서 고운 목소리로 권주가를 불러 주는 새들의 노랫소리를 들으며, 그들은 마음껏 취했다.

홍도가 울고, 나그네가 설움을 안고 박달재를 넘어가고, 한마디씩 목청을 돋우는 권주가에 맞추어 도운은 춤을 추었다.

하늘과 땅 사이에 왜소한 인간의 기쁨을 춤추었다.

덩실덩실 춤을 추던 도운은 갑자기 누덕누덕 기운 자국들이 모래

알만큼이나 많은 옷가지들을 벗어 던졌다.

떡 벌어진 건장한 도운의 몸에 부딪혀 깨져 버린 햇살이 모래 위에서 반짝거렸다.

"내가 삼계의 중생들을 구하리라."

갑자기 도운은 신나게 흔들어대던 광란의 춤을 멈추고, 알 수 없는 소리를 외치며, 강물 속으로 뛰어들었다.

화들짝 정신이 번쩍 난 세 사람은 괴이한 도운의 행동을 근심 어린 표정으로 지켜보고 있었다.

"내가 삼악도의 지옥에서 허덕이는 중생들을 구하리라."

놀란 세 사람을 거들떠보지도 않고, 도운은 알 수 없는 소리를 외치면서, 강 가운데를 향하여 물속 깊이 잠수하여 갔다.

그런 도운의 모습이 수정같이 맑은 물에 얼비치며 출렁거렸다.

조마조마한 마음으로 긴 시간을 헤아리는 세 사람의 눈앞에서, 불쑥 두 손으로 무엇인가를 건져 올린 듯 강 가운데에서, 고개를 내민 도운은 큰소리로 외쳤다.

"보아라. 보이느냐? 내가 허공계의 중생들을 구했노라. 훠이훠이 가거라. 영원한 성불도 너의 마음으로 가거라."

도운은 무엇인가를 허공으로 날려 보내는 듯 손을 움직였지만, 백사장에 서 있는 세 사람의 눈에는 아무것도 보이지 않았다.

잠시 후, 도운은 다시 잠수를 해 버렸다.

한 번 첨벙거린 뒤 잠잠한 강물은 영원히 그대로일 것 같았다.

말없이 흐르는 강물을 가르며, 나타난 도운은 한 뼘쯤 될 것 같은 물고기 한 마리를 움켜쥐고 있었다.

도운은 물고기를 한 손으로 치켜들고, 세 사람을 향하여 외쳤다.

"보아라. 보이느냐? 내가 수중계의 중생들을 구했노라. 가거라. 영원한 성불도 너의 마음으로 가거라."

물고기를 강물에 놓아 준 도운은 천천히 물길이 야트막한 강가로 걸어 나와, 세 사람이 바라보고 있는 백사장 가까이에서 우뚝 섰다.

때마침 그런 도운의 등 뒤에서 작열하고 있는 오후의 느지막한 태양이 도운의 모습을 감추어 버렸다.

"이제 내가 육도의 중생인 너희들을 구하리라."

세 사람의 눈에는 아무것도 보이지 않았다.

이글거리는 태양이 삼켜 버린 도운의 모습을 볼 수가 없었다.

막연히 태양의 저편에서 들려오는 신의 음성을 확인할 뿐이었다.

백사장을 엄습해 오는 두려움과 공포에 세 사람은 팔과 다리가 저려 오는 것만 같았다.

신이 강림하시는 말발굽소리가 들리고, 심판을 알리는 북소리가 들려왔다.

이제 신께서 어떤 형벌을 내리든지, 자신들은 피할 수 없다고 생각했다.

세 사람은 후들거리는 다리를 간신히 수습하여 백사장에 무릎을 꿇었다.

"묻노라, 너희가 무엇을 아느냐? 너희가 아는 것이 있다면, 모두 내게 말하여 보아라."

"……."

준엄한 신의 물음에 세 사람은 고개를 들 수가 없었다.

"없느냐? 없으면 너희는 무엇을 가졌느냐? 너희가 가진 것이 있다면, 내게 모두 보여 보아라."

"……."

준엄한 신의 물음에 강물이 멈추어 서고, 갈대숲의 바람도 숨을 죽였다.

두려웠다.

신의 추궁에 세 사람은 죄인이 되었다.

모든 것을 알고 모든 것을 가진 신의 앞에 할 말을 잊은 세 사람은 참회의 기도를 드렸다.

신이 다시 물속으로 사라졌다.

강물이 첨벙거렸다.

수없이 뒤집히며, 일렁이는 강물은 꽃비처럼 쏟아지는 햇살을 은빛으로 바스러뜨렸다.

흘러가는 구름 한 점이 깨어짐을 아파하는 햇살을 감싸 주었다.

신의 모습은 보이지 않았다.

어느새 도운이 강물에 홀로 서 있었다.

당혹한 눈으로 자신을 바라보고 있는 세 사람을 향하여, 도운은 말했다.

"묻노라. 나고 죽음이 무엇이며 어디에 있느냐? 아는 자 말하여 보아라."

조금 전 강림하신 신과 똑같은 음성이었다.

각운은 정중히 합장하며 머리를 조아렸다.

"어리석은 이 중생들에게 생사의 법을 가르쳐 주십시오."

도운은 무엇인가를 움켜쥔 두 주먹을 들어 보이며 말했다.

"착하도다. 내가 너희를 위하여 생사의 법을 설하노니, 보아라. 나의 생사가 내 손에 있는데, 어느 손에 나의 생(生)과 사(死)가 들었느냐?"

“…….”

사바가 죽은 듯 숨을 죽였다.

도운은 움켜쥔 두 손을 펴며 말했다.

“보아라. 이것이 나의 생이고 나의 사로다.”

“…….”

자신의 생과 사라면서, 아무것도 없는 빈손을 흔들며, 미친 듯이 웃어대는 도운의 웃음소리만, 하늘과 땅 사이에 가득했다.

“방금 내 손에 있던 나의 생과 사가 어디로 갔느냐?

“…….”

어디론가 사라져 버린 자신의 생사가 강물에 빠졌을지 모른다면서, 강물을 첨벙이며 찾는 시늉을 하던 도운은 일행들에게 물었다.

“너희는 이 강물의 시작과 끝이 어디인지 아느냐?”

“…….”

“지금 너희들의 옷깃을 스치는 바람은 또 어디서 왔다가 어디로 가는 것이냐?”

“…….”

“보이되 보이지 않고, 존재하되 존재하지 않는 생사라 하는 것은, 어리석은 중생들이 마음으로 만들어 놓은 분별이니라.”

“…….”

“모르겠느냐? …… 아직도 모르겠거든 일어나라.”

세 사람은 일어섰다.

“옷을 벗어라, 하나도 남김없이. 한 올의 터럭까지 벗을 수 있는 것은 모두 벗어라.”

감정 없이 훈련된 로봇처럼 세 사람은 옷을 벗었다.

감추어도, 감추어도, 끝없이 몸살 지는 세속의 삶에 할퀴고 얼룩이
진 허물을 모두 벗어 던졌다.

지렁이처럼 날마다 꿈틀거리던 몸뚱이들이 가슴도 치부까지도 하
얀 살갗으로 드러났다.

하늘을 날아온 햇살들이 부끄러워 종횡으로 엇갈리며 세 사람의
알몸에서 미끄러져 내렸다.

살랑대는 바람소리, 지저귀는 새소리, 들꽃들이 웃는 소리, 금모래
반짝이는 소리, 그윽한 살 냄새가 터지는 소리, 고고하게 살다 간 구
도자처럼 청아한 강물소리는 파란 하늘을 사려쥐고 다가왔다.

"이 세상 어느 곳에 너희들이 서 있느냐?"

"……."

하늘과 땅이 맞물리며 부딪히는 숨결 속에 아른대는 신의 음성이
들렸다.

닿을 듯 닿을 것 같은 신의 어깨에 입맞춤을 하려고 손을 내밀면,
신은 어느새 멀리 있는 하늘이었다.

한 떼의 철새들이 깃을 치며, 갈대숲을 날아올랐다.

실오라기 하나 걸치지 않은 세 사람의 알몸에 부딪혀 조각난 햇살
을 밟으며, 붉게 타오르는 신의 음성이 먼 듯 가까이서, 다시 또 맴돌
아왔다.

"내게 오라. 나는 영원한 자비의 신이니, 목마른 너희들에게 생명
의 감로수를 주리라. 그리하여 오욕과 오탁으로 신음하는 너희들의
영혼을 편히 쉬게 하리니, 주저하지 말고 내게 오너라."

신의 손, 애타게 갈망하며 잊지 못했던 신의 미소, 신의 부름을 향
하여, 세 사람은 기쁘게 순종했다.

회색의 안개가 자욱하게 낀 세 사람의 눈동자에 신의 입맞춤이 닻을 내렸다.

자비로운 신은 세 사람의 머리 위에 감로의 비를 내려 주며 노래를 불렀다.

"너희가 아는 것이 있다면 이 강물에 모두 말하라."

"너희가 가진 것이 있다면 이 강물에 모두 주어라."

세 사람은 강물에 뛰어들어 번뇌를, 괴로움을, 사랑을, 미움을, 슬픔을, 기쁨을, 가지고 있는 모든 것들을, 강물에게 고백하고 강물에게 주었다.

눈물 한 점이 하얀 살 속으로 흘러내렸다.

어디선가 노랫소리가 들려왔다.

강물이 부르는 노래였다.

안다는 것은 망상이며

있다는 것은 환상이니

아느냐 괴로움이 망상이면 사랑도 망상이요

생이 환상이면 죽음 또한 환상이니

그대 무엇을 일러 번뇌라 하고

사랑이라 하고 생이라 하며

죽음이라고 할 것인가.

일체 현상계의 모든 생멸 법은

꿈이며 환상이며 물거품이며

그림자 같고 번개와 같으니

마음 또한 머무를 바 없어라.

세 사람은 아름다운 신의 노래에 일찍이 느껴 보지 못했던 환희에 몸을 떨었다.

영문을 알 수 없는 눈물이 끝없이 솟구쳤다.

오직 하나가 있을 뿐, 과거나 미래는 없었다.

허리까지 잠긴 자신들의 몸을 소리 없이 스쳐 지나가는 강물은 과거이며, 스치고 있는 물은 현재이며, 흘러오고 있는 또 다른 물은 미래였다.

자신들의 몸을 스치고 지나가는 강물을 과거라며 두 손으로 붙잡고 보면 다시 현재이고, 부딪히고 있는 강물을 현재라며 붙잡고 보면 이미 과거이고, 흘러오는 강물을 향하여 이것이 미래라며 붙잡고 보면 현재이고, 이것이 무엇이라고 분별하여 붙잡고 보면, 그것은 언제나 같은 순간에 함께 있는 존재였다.

살아온 날들이 과거가 아니었으며, 살아야 할 날들이 미래가 아니었다.

과거, 현재, 미래, 삼계의 시간과 공간이 하나로 돌아드니, 삼라만상이 마음속에 있었고, 나고 죽는 생과 사가 마음의 분별이 만들어 놓은 허상이었다.

분별이 사라진 강물에는 너도 없고 나도 없었다.

깊거나 얕지도 않은 하늘이었다.

우러러 손 모아 합장하는 그림자들이 강물에 어른거렸다.

아침 햇살에 피는 꽃망울처럼 물씬 터지는 생명들이 꿈틀거리며 소리 내어 웃었다.

강물이 웃었다.

산이 웃었다.

새들이 웃었다.

보이지 않은 목소리들이 가슴 언저리에서 웃었다.

영혼을 불사르며 안타까운 몸짓으로 가슴을 쥐어짜던 날들이 웃었다.

있는 그대로의 모든 것들이 아름답고 사랑스러웠다.

온 우주가 하나 된 마음으로 노래를 불렀다.

모든 것으로부터 해방된 그들은 실오라기 하나 걸치지 않은 알몸의 신들이 되었다.

손에 손을 마주 잡고 노래를 불렀다.

태어나지도 않았으며 죽지도 않은, 그러나 존재하는 생명을 물장구치며 강물에 풀어 놓았다.

때로는 물고기들처럼 뛰기도 하고 물 위를 미끄러지는 바람처럼 물보라 속을 미끄러지기도 하면서, 강물 속에서 뒹굴었다.

밑바닥까지 훤히 들여다보이는 수정같이 맑은 강물에 기우는 태양이 붉디붉은 노을이 되어 여울목에 흩어졌다.

하늘과 땅 그리고 강물이 한 송이 붉은 연꽃으로 피워낸 아름다운 연화장세계(蓮華藏世界)였다.

아름다운 정토에서 영혼을 불사르던 정애와 하은이는 비명 같은 환성을 내지르며, 도운과 각운의 가슴에 매달렸다.

잠시 어리둥절하던 그들은 천진스러운 아이들이 되었다.

함께 환성을 지르며 마냥 즐거워했다.

"스님, 우린 선택을 받은 거예요. 자비하신 부처님의 선택을, 아름다운 대자연의 선택을 받은 거예요."

정애는 도운의 귓전에서 흐느꼈다.

"사랑해요. 이처럼 아름답고 행복한 날 모두를 사랑하고 싶어요.

껴안아 주세요. 사랑해 주세요."

아름다운 연화장세계에서, 환희의 기쁨으로 충만한 그들은 노을이 타는 강물 위에 뒹굴었다.

아무도 서로를 의식할 필요는 없었다.

저마다 스스로 풀어 놓은 본능에만 열중했다.

격렬한 몸짓으로 기쁨을 분출하는 그들은 활화산이었다.

몇 번이나 뜨겁게 물속을 솟구치며 울음처럼 흐느끼는 그녀들의 신음소리가 강물이 되어 흘렀다.

어두워지면 밤 강에 산란을 하기 위하여 물이 얕은 강가로 몰려드는 물고기들이 뒤엉킨 그들의 알몸들을 스쳐 가며 노래를 불렀다.

진리의 바탕은 둥글어서
두 가지의 모습이 아니어라.
저 모든 법 움직임 여의어서
그 바탕 본래부터 고요하니
이름도 못 붙이고 모양 또한 없어
모든 것이 끊어졌거니
깨달은 이 알 수 있는 세계이고
범부의 경계는 아니로다.
참 성품이 아주 깊고 지극히 미묘하여
본체만 지키는 것 공적이 아니어서
인연 따라 일체를 이루나니
하나 속에 일체가 들어 있고
많은 가운데 하나가 뿌리 되어

하나가 그대로 일체이고
많은 것이 또한 일체일세.
하나의 티끌 속에 온 우주 머금었고
모두의 티끌바다 또한 그러하며
그대로 일념이요.
한 생각이 그대로 영원한 시간이어서
2세와 10세의 영원한 긴 시간
서로서로 하나로 엉키되
쉼 없이 차별 현상 이루도다.
처음으로 발심한 때 깨달음 얻은 때며
생사의 열반경계 항상 하나일세.
이치와 현실경계 하나 됨은
부처님과 보살 성인님에 경계일세.
부처님의 해인삼매 깊고 넓은 그 가운데
뜻대로 이루시는 부사의를 나토시네.
중생 구할 보배 비를 하늘 가득 내리시니
중생들은 그릇 따라 이익을 받아 가네.

기쁨과 환희 속에서 온몸의 힘을 다하며 마지막 경련하는 그녀들의 손마디가 힘없이 강물을 사려쥐며 꿈틀거렸고, 아직도 붉게 상기된 채, 강물 속에서 솟구쳐 나온 네 개의 젖무덤이 나란히 하늘을 받치고 있었다.

제4부
눈먼 꽃이 되어

아침이면 산굽이를 밝아 오는 맑은 햇살에 신선들의 하얀 도포자락 같은 구름 안개가 가득히 피어오르는 성모산 무태동천은 언제나 변함없는 영원한 신들의 세계였다.

그 숲 속 신선들이 산다는 선주암 바위틈에 뿌리내린 푸른 소나무처럼, 도운은 날마다 하루의 해와 달을 보내며 조용히 살았다.

온갖 새들이 나래를 펴고 노래를 부르거나, 별이 총총한 밤에도 언제나 한결같이 마음속으로만 조용히 미소하며 살았다.

청청한 송림 위에 달이 뜨면, 작은 숲길을 두견새 벗을 삼아 한가로이 거니는 도운의 모습은 영락없는 성모산 신선이었다.

선주암 산호에는 시간이라는 개념이 없었다.

무수한 공간 숱한 시간들이 망각의 저쪽에서 고개를 감출 뿐이었다.

간혹 산호에 길을 잃은 등산객이나 약초를 캐러 온 산골 사람들이 찾아와 쉬어 가면서, 세상 사는 기쁨과 고통을 한 보따리씩 풀어 놓고 가기도 했지만, 그럴 때마다 도운은 묵묵히 사람들의 얘기를 들어주면서 미소만 지었다.

무엇인가 삶의 해답을 구하는 사람들에게도, 도운은 담담한 미소만 지었다.

지난날 자신이 그랬던 것처럼, 마음속에서 스스로 일으킨 분별을, 마음 밖에서 구하려는 사람들에게, 그들이 줄 수 있는 것은 아무것도 없었다.

그저 열심히 사람들의 이야기를 미소로 들어주고, 끝에 가서 한마디 위로를 할 뿐이었다.

자신이 지금의 평온을 얻기까지는 나름대로 뼈를 깎는 아픈 마디가 있었듯이, 사람들이 말하는 기쁨과 슬픔은 그것을 겪고 있는 당사자만이 가질 수 있는 옹이 대나무의 마디였다.

삶이라는 아픔과 고통의 결정체가 하나하나 마디로 맺어지다 보면, 언젠가는 사시사철 늘 푸른 대나무처럼 어떠한 조건 앞에서도 의연하고 하늘을 나는 솔개처럼 자유로울 수 있으리라고 위로하며, 웃음으로 사람들을 배웅하여 주었다.

무엇이 고통이고 무엇이 참된 도라며, 사람들은 쉽게 말을 하지만 아무도 말처럼 쉽게는 살 수 없는 것이 생이기에, 그저 눈먼 꽃처럼 아무런 말도 덧붙이지 않았다.

그런 도운을 어떤 사람은 별 볼일 없는 산적이라며 비아냥거렸고 어떤 사람은 자신은 알지 못하는 그 무엇인가를 깨달은 스님이라며 무한한 존경을 보내기도 하였다.

도운과 아무런 상관도 없이 파다하게 퍼진 소문을 따라 도를 구하는 사람들이 찾아오기도 하였다.

어느 날 하루는 나이가 듬 직한 승려 한 사람이 먼 산길을 애써 찾아왔다.

소문을 듣고 도를 구하러 찾아온 객승은 삭발하지 않은 긴 머리에 짐승의 털같이 자란 수염이 얼굴을 덮고 있는 도운의 행색에 실망한 듯 몇 마디 비아냥거렸지만, 도운은 여느 때와 마찬가지로 미소만 지을 뿐 개의치 않았다.

객승은 험한 산길을 애써 올라온 자신을 후회하며 물었다.

"이렇게 살면서 세상 사람들에게 무엇을 보여 주었소?"

막상 찾아와 보니, 별것도 아닌 도운의 모습에 세상의 소문이 우습고 실망스럽다는 투였다.

"사람 사는 흔한 일인데 뭘 보여 줄 게 있어야지요. 가끔 지나가는 사람들이 보고 갔을 뿐, 나는 사람들에게 아무것도 보여 준 것이 없습니다."

아무것도 보여 준 것이 없다는 도운의 말귀를 이해하지 못하고 의심하는 객승에게 도운은 자신은 특별한 사람도 아니고 특별히 감춘 비밀도 없는 지극히 평범한 사람이라고 말했다.

"뭘 의심하십니까? 혹시 제가 사람으로 보이지 않습니까?"

만약 감춰진 게 있다면, 그것은 당신 스스로 자신의 마음속에 만들어 놓은 생각의 분별일 거라고 말해 주었다.

객승이 바라고 구하는 마음과 진리 그것은 영원한 신의 주소였다.

그러나 그것은 어떠한 컴퓨터의 두뇌 조작에 의해서도 나올 수 없고, 찾을 수 없는 번지였다.

모든 마음이란 그 자체가 마음이 아니라 그 이름이 마음일 따름이기에, 진리라는 것도 진리라는 생각으로서가 아니라 다만 그 이름이 진리라는 마음이 만들어 놓은 분별이라는 것을 객승 스스로 깨닫기 전에는 그 어떤 언어나 행위로도 표현되거나 가르쳐 줄 수 없는 것이었다.

다만 손에 쥐어 주고 눈앞에 보여 줄 수 없는 그것을, 객승이 이심전심으로 깨달아 주기를 기도할 뿐이었다.

밤이 깊도록 세상의 자질구레한 이야기들을 꺼내 놓으면서, 이것저것 말하는 객승의 이야기를 도운은 싫다거나 피곤하다는 기색 없이 열심히 들어주었다.

이따금씩 객승의 이야기에 고개를 끄덕이었지만 그것은 그럴 수도 있겠다는 동정일 뿐, 실제적인 도운의 대답은 언제나 잔잔한 미소였다.

가끔 어쩌다 지나가는 사람들이지만 그들은 모두가 판에 박은 듯 똑같은 이야기 똑같은 욕망에 가득 찬 번뇌를 안고 고민할 뿐, 결코 평화롭지 못했다.

사람들이 이야기하고 사람들이 매달린 생이란 것은 극단적인 기쁨 아니면 괴로움뿐이었다.

가진 사람들은 더 많이 갖기 위해 괴로워했고, 괴로운 사람들은 괴로움을 벗어나기 위하여 괴로워했다.

도운의 눈에 비친 그들은 모두가 고해의 바다에서 표류하고 있는 조난자들이었다.

삶의 가식에만 집착할 뿐, 참된 삶의 의미를 모르는 불행한 생명들이었다.

그것은 고통이었다.

될 수 있는 한 자신의 힘이 닿는 데까지 그들을 구하려고 도운은 애를 썼지만, 구할 수가 없었다.

모든 사람은 스스로 구원하여 스스로 구제받아야 할 뿐, 전지전능한 신이라도 어쩌지 못하는 일이었다.

다만 사람들이 그렇게 스스로 구제받기를 바라며 힘써 기도할 뿐이었다.

그러나 사람들은 수없이 많은 구명대를 띄워도 그것을 잡으려는 아무런 노력도 하지 않으면서 파도만을 원망했다.

안타까웠다.

도운이 순자강 보도여행을 끝내고 돌아온 뒤 자신과 함께 산전(山田)을 일구며, 오래도록 살고 싶다는 각운과 수도하는 도반(道伴)의 연을 맺은 일도 마찬가지였다.

꿈속 같은 이 세상, 빈 배같이 떠돌면서 인연 있는 중생들을 제도하는 보현보살의 마음이었고, 병든 이를 끝까지 돌보아 주고 치료하여 주는 약사여래의 마음이었다.

각운은 처음 도운이 산호를 지을 때, 자칫 나태해지기 쉬운 산중생활을 경계하기 위해, 문설주에 새겨 놓은 "일일부작(一日不作) 일일불식(一日不食)" 하루를 일하지 않으면 하루를 먹지 말라는, 백장회해(百丈懷海) 선사의 청규(淸規)를 지침으로 삼아, 도운과 함께 낮이면 산골짜기 숲을 헤매며, 열심히 산채를 뜯거나 토종벌을 키우고, 밤이면 경전을 공부하거나 참선수행에 정진했다.

무엇보다도 반가운 것은 각운의 변화였다.

순자강 도보여행에서 돌아온 뒤부터 각운은 지나 버린 과거를 뒤적거리거나, 물 같은 시간을 잡으려 손가락 하나 내밀지 않았다.

밤이면 산 멀리 아득한 불빛으로 다가오는 세상 사람들이 어떻게 살아가든, 자신과는 무관한 것처럼 전혀 알려고 하지도 않았다.

산다는 것은 괴로운 것이 아니며, 슬픈 것도 아니고 기쁜 것도 아니었다.

모든 것에 무신경한 사람으로 살았다.

모든 순간 모든 것들이 아름다운 시간을 만끽하며 살았다.

손가락 하나를 펴서 잡아당기면 당겨질 것 같고, 검은 고무신 한 짝을 허공에 던지면, 고무신 속으로 감추어질 것 같은 속세는 아득한 먼 바다의 조각배였다.

각운은 도운을 따라 아무것도 가진 것이 없음에, 더욱 자유롭고 평온한 바람처럼 살았다.

가난하였지만 영혼을 노래한 시인의 생애처럼, 그렇게 욕심 없는 마음으로 살았다.

성모산은 그런 각운에게 더없이 행복한 이야기를 더 많이 들려주었다.

하루 종일 숲 속에서 춤추며 노래하던 새들이 잠이 들면, 하나둘 꿈처럼 떠오른 별들이, 푸른 잎사귀마다 맑은 이슬로 등불을 켜고, 꽃잎에 누워 사랑을 속삭이는 성모산은 하늘에 입 맞추며 감사했다.

삼복의 여름이 가는지 오는지, 굳이 알 필요는 없었지만, 지루한 장마를 태워 버린 뜨거운 태양은 뜨거운 그대로가 좋았다.

종종걸음으로 산을 내려온 물들이, 맑은 소를 이루며 계곡을 쏟아져 내렸고, 두 사람은 그곳에서 멱을 감기도 하고, 빨래를 하기도 했다.

어떤 날에는 바위에 누워 성모산 푸른 숲을 베게 삼아 한나절을 꿈 속에서 보내기도 하였다.

물소리, 새소리, 바람소리, 들리는 모든 소리들은, 신들이 속삭여 주는 밀어였다.

그런 신들의 땅으로 민정이가 찾아왔다.

햇볕이 쨍쨍한 날 뜰 앞에 일구어 놓은 남새밭에서 한 움큼 뜯은 상추를 들고, 맑은 개울물에 씻어 놓고 작은 폭포 옆 시원한 바위 그늘에 누워, 한가한 상념 속을 거닐다 돌아온 두 사람은 이미 잊어버린 속세에서 찾아온 민정이를 만났다.

승복 대신 청바지를 입고, 긴 머리에 챙이 넓은 모자를 깊이 눌러 쓴 민정이는 가지런히 하얀 치아를 푸른 산 빛에 반짝이며, 환한 미소의 꽃으로 기다리고 있었다.

톱과 도끼로 대충 엉성하게 다듬어, 방문 앞에 걸쳐놓은 통나무 마루에 앉아 있던 민정이와 눈길이 마주친 순간, 도운과 각운은 무엇에 홀린 듯, 꿈인가 의심하며 말없이 멀건 두 눈만 껌벅거렸다.

한동안 말라비틀어진 장작개비마냥 침묵으로 서 있던 각운은 심장이 방향도 없이 마구 뛰었다.

혼란스러운 머릿속에서, 결코 추억이라고 할 수 없는 아픈 기억들이 꿈틀거리며 되살아났다.

바람에 실어 보내고 구름에 담아 보내도, 아주 잊지를 못했던 그 아릿한 날들이, 기억 속에서 마치 어제의 일처럼 생생하게 떠올랐다.

안타까울 정도로 몰라보게 수척해진 민정이의 얼굴에서, 말 못 할 괴로움과 고통에 까맣게 타 버린 인고의 세월이 선명하게 보였다.

물 빠진 수세미 같은 민정이의 모습에 가슴이 아렸다.

얼마나 많이도 아팠을까!

얼마나 많이도 울었을까!

각운은 지난 봄날 파출소에서 민정이와 헤어진 뒤, 어떤 의미로든 평온하게 살았던 자신이 죄스러웠다.

달려와 품에 안긴 민정이의 숨결을 각운은 가슴속 심장으로 어루만져 주었다.

"민정아……."

차마 말을 잊지 못하는 각운은 아프기만 할 뿐, 믿기지 않는 현실이 차라리 꿈이기를 바랐다.

하나뿐인 목숨으로 사랑했던 민정이었기에, 행복하지 못한 민정이의 모습은 곧 자신의 고통이었으며 불행이었다.

각운은 터져 나오는 아픔을 창백한 민정이의 입술에 쏟아부었다.

숲 속에서 산 매미 우는 소리가 들려왔다.

기쁨인지 서러움인지 알 수는 없지만, 소리 없이 구르는 민정이의 눈물이 뜨거운 햇볕 속으로 하얗게 날아갔다.

* * *　　　* * *

그 슬프던 봄날 아버지가 고용한 사내들에게 끌려간 민정이는 모진 형극의 길을 걸었다.

그날 밤 늦게 남쪽 바닷가에 있는 해문에 도착한 민정이는 시내에서 그리 멀지 않은 마을 커다란 기와집 골방에 갇혔다.

방 안에서 들들거리는 가래처럼 끓어오르는 분노를 재떨이에 털고 있는 아버지의 살벌한 눈치를 살피며, 쟁반에 요깃거리를 챙겨 온 어머니만 돌아온 딸을 반기며, 안도와 원망의 눈물을 옷섶으로 훔쳤다.

민정이는 귀밑머리에 흰빛이 들기 시작한 어머니가 가여웠다.

"죄 많은 것이 계집년 팔자여……!"

자랄 적에는 유방이 커도 안 되고 허리가 가늘어도 안 되고 발이 커도 안 되었으며, 시집와서는 여자로서 지녀야 할 감정과 지능을 송두리째 절구통에 바수며, 돌 같은 여자, 소 같은 짐승이 되어, 이날 평생 불평 한마디 없이 모든 것을 무섭게 참아내 온 어머니가 딸에게 토하는 한이었다.

태어나는 순간부터 죽는 그날까지 노동과 사내아이를 낳아야 하는 동물적인 행위와 사내들의 본능 해소 역할 이외엔, 아무것도 인정받지 못하고 살아야 하는 여자의 한을, 목울대로 쥐어짜는 어머니는 동병상련하는 같은 여자였다.

그저 남편과 자식들의 얼굴만 바라보며 속절없이 늙어 온 어머니였지만, 세상이 변한 것을 알고 있었다.

어머니는 딸들만큼은 자신이 걸어온 인고의 세월에 희생시키고 싶지 않았지만, 양반을 고집하는 남편과 거기에 동조하는 아들들에게 항거할 엄두를 내지는 못했다.

짐승처럼 끌려온 딸이 불쌍하기만 하였다.

민정이는 어머니의 따뜻한 체온에 자신의 의지가 녹아 버릴 것 같아 두 눈을 감아 버렸다.

두 귀마저 눈처럼 감아 버리고 싶었지만 그렇게 할 수 있는 방도가 없었다.

모든 것이 돌연변이였다.

로켓이 태양을 향하여 날아가고 비행기가 안방을 드나들듯 달나라를 오고가는 현대의 문명사회에서, 있을 수 없는 것이 김씨 가문이라면, 그 가문에서 있을 수 없는 돌연변이가 자신이라고 생각했다.

생각과 생각들이 자꾸만 엉키었다.

세상만사가 귀찮았다.

앞에 앉아 훌쩍이는 어머니의 모습이 갑자기 이상한 나라 낯선 얼굴처럼 보였다.

질식할 것만 같았다.

무어라고 악이라도 쓰면서 속 시원하게 울어 버리고 싶었지만, 김씨 가문이라는 울타리 안에서는 자신의 나약함을 그 누구에게도 보이고 싶지 않았다.

민정이는 입을 굳게 닫아 버렸다.

비록 방향은 달랐지만, 민정이는 어머니처럼 참는 것 하나는 일찍부터 일가견이 있었다.

그것은 김씨 가문이 자신에게 준 고통의 보수였으며, 유일한 훈장이었다.

언제나 양반이라며 거들먹거리는 위선자들에게 침묵은 민정이가 저항할 수 있는 유일한 무기였다.

어머니는 아버지 몰래 밤낮을 가리지 않고 틈틈이 찾아왔지만, 골방에 갇힌 민정이는 상투 튼 머리에 미투리를 신고 가마를 타는 아득한 먼 옛날의 과거 속에 자기 혼자만 떨어져 허수아비가 된 기분이었다.

민정이는 어머니가 자신을 이해하여 주기를 바라지 않았다.

자신이 가문의 뜻을 배반하고 있는 이상, 그것은 무의미한 것이라고 생각했다.

그럴 땐 어머니도 아버지나 오빠들처럼 자신을 원망하며 저주하여 주기를 바랐다.

어머니까지 그렇게 하여 준다면 지금보다 훨씬 더 속이 편할 것 같았다.

그러나 민정이의 소원과는 달리 어머니는 꾸준히 골방을 드나들었다.

민정이는 어머니가 자신을 미워하지 않는다면, 자신이 어머니를 외면하기로 작정했다.

화두 하나 손에 들고 면벽참선에 빠진 구도자처럼, 민정이는 스스로 벽을 바라보는 또 하나의 벽이 되었다.

말없이 면벽하는 자신의 뒷모습을 지켜보다, 천근같은 한숨으로 골방을 나가는 어머니의 쓸쓸한 발걸음이 문지방에서 지척거릴 땐, 통곡하고 싶은 피울음을 가슴으로 삼켰다.

그때마다 오장육부가 새까맣게 타 버리고 뼛골이 바수어지는 것만 같았다.

혀라도 깨물고 밤새 조용히 죽어 버리고 싶었지만 그것은 곧 자신의 패배라고 생각했다.

그럴 수는 없었다.

어떻게든 최후에 살아남는 승자가 되고 싶었다.

굳게 닫힌 성문처럼 입을 다물고 손발 하나 까닥하지 않은 민정이는 승리하는 그날까지 살아남기 위해 하루 세 번씩 밥숟갈만 들었다.

울고 싶을 때 울지 못하고, 노래하고 싶을 때는 노래를 부르고 싶은 마음까지 참아내야 했던 고통에 익숙한 민정이는 감정도 죽이고, 자신이 살아 있다는 생각까지도 죽여 버리고, 모든 본능이 죽어 버린 무생물들처럼 하루하루를 보냈다.

매일 마구간에 갇힌 돼지처럼 주는 대로 먹고 골방 구석에다 갈아 넣어 주는 요강에 앉아 싸는 일만을 되풀이했다.

지겨운 일이었지만, 이런 생활이 민정이에게는 그리 대단한 일은 아니었다.

어린 시절 유난히도 눈이 큰 민정이는 착하고 예쁜 아이로 자랐다. 성격도 명랑했다.

부자인 민정이네 넓은 집과 마당은 같은 또래의 동네 아이들이 소꿉장난이나 술래잡기 놀이를 하기에는 안성맞춤이었다.

초등학교 3학년 때까지, 민정이는 언제나 동네 아이들의 예쁜 여왕이었다.

그러나 서울에서 대학에 다니는 둘째 오빠가 사법고시 공부를 하기 위해 집으로 내려온 그날부터 여왕이라는 민정이의 지위는 박탈되고, 하루아침에 천덕꾸러기로 전락되어 버렸다.

처음 어른들이 고등고시라는 말을 들먹일 땐, 무얼 하는 공부인지 알 수 없었지만 막연하게 커다란 벼슬을 하기 위한 공부라고 생각했다.

오빠는 출셋길이 빠른 검사가 되고 싶다고 늘 말했다.

출세니 검사니, 민정이로서는 도무지 모르는 얘기만 하는 오빠가 학교 선생님보다 더 훌륭하게 보였다.

늘 근엄한 표정으로 무섭기만 하던 아버지는 기분이 좋은 듯 껄껄 웃으며 기뻐했다.

큰아들이 못 한 자신의 소원을 둘째 아들이 풀어 줄 것으로 믿는다면서 한껏 좋아했다.

그러나 아버지는 여왕인 민정이를 찾아 집으로 모여드는 동네 아이들을 험상궂은 얼굴로 야단을 쳐서 쫓아 버렸다.

뿐만이 아니었다. 민정이에게도 오빠가 공부하는 데 시끄럽다며, 집 안에서 뛰지도 말고, 노래도 부르지 말라고 윽박질렀다.

학교 갔다 돌아오면 토담 길을 꼬리치며 달려오던 누렁이가 죽고, 마음 착한 까만 염소도 죽었다.

자신이 좋아하고 따르던 누렁이와 염소가 우악스러운 동네 아저씨의 손아귀에서 버둥거리며, 오빠의 보약이 되기 위해 죽어 가는 것을, 몰래 숨어 지켜보던 민정이는 눈물을 잘금거리며 울어 버렸다.

온 집안이 오빠를 위해 끓이는 보약 냄새만 가득할 뿐, 아무도 사는 것 같지가 않았다.

민정이는 이해할 수가 없었다. 불만이었다.

정자나무집 지영이네 오빠는 그런 걸 먹지 않아도 대학교를 일등으로 졸업했는데, 착하기만 한 누렁이와 염소를 잡아먹어야 공부가 된다는 오빠와 어른들의 말은 순전히 거짓말이라고 생각했다.

학교에서 배운 노래를 부르고, 선생님이 내준 숙제를 다 해 놓고, 친구들과 재미있게 노는 것이 왜 잘못인지, 툭하면 나무라는 아버지가 밉고 오빠가 미웠다.

하루아침에 날개가 부러진 민정이는 방정맞을 년이 되어 버렸다.

민정이를 따르던 동네 아이들도 아버지의 호통이 무서워 민정이의 집근처를 얼씬거리지도 않았다.

고무줄놀이를 하던 미경이도 지영이도 저희들끼리만 모여 놀았고, 장난꾸러기 준이도 민정이를 거들떠보지 않았다.

어쩌다 아이들과 한패가 되려면, 아이들은 아버지의 호통이 무섭다며 민정이를 놀이에 끼워 주지 않았다.

오빠가 오고부터 숨소리 하나 내지 말라는 아버지의 호령뿐인 집이 싫어졌다.

예전같이 공부하는 것도 흥미가 없었다.

반에서 1~2등을 다투던 성적이 형편없이 떨어져 버렸다.

몇 번인가 선생님께 벌을 받기도 했지만, 학교 갔다 돌아오면 아무렇게나 책가방을 휙 방 안에 던져 놓고 밖으로 나와 버렸다.

그러나 동네 아이들에게도 성가신 존재가 되어 버린 민정이는 언제나 외톨이였다.

함께 놀아 줄 친구도 없고 갈 곳도 없는 민정이는 토담 밑에 앉아서 손가락을 꼼지락거리며 죽은 누렁이를 그리거나, 엄마염소와 아기염소를 그리며 하루해를 보내기가 일쑤였다.

날마다 아이들과 어울리지도 못하고 진종일 담 밑에 쭈그리고 앉아서 땅바닥에 그림을 그리는 민정이를 동네 사람들은 이상한 눈으로 수군거렸다.

갑작스럽게 변한 민정이의 이야기가 아버지와 어머니의 귀에 들어갔다.

민정이는 계집년이 무슨 놈의 청승이냐는 아버지에게 불려 가 가느다란 회초리로 사정없이 종아리를 맞았다.

예전 같으면 앙앙대며 울었을 민정이었지만, 아무리 아파도 한 방울의 눈물도 흘리지 않았다.

잘못했다고 다시는 그러지 않겠다고 말하라는 아버지의 회초리에도, 한마디 대답도 하지 않았다.

오빠가 공부하는 데 시끄럽다며 나가라는 아버지의 호통에 집 밖으로 나갔을 뿐이었고, 카랑카랑한 아버지의 고함소리에 겁을 먹은 아이들이 함께 놀아 주지 않아서, 혼자 골목에서 시간을 보낸 것이, 왜 잘못인지 알 수가 없었다.

때리는 아버지가 미웠다.

아버지에게 천덕꾸러기로 낙인찍힌 민정이는 대문 밖으로 나가는 것이 금지되었다.

이제 막 새싹이 돋기 시작한 감나무 가지 끝에서, 솜 같은 구름들이 어디론가 바쁘게 가고 있었다.

민정이는 장독대 그늘에 숨어 쭈그리고 앉아 깨진 사금파리로 그림을 그리다 지우고, 다시 그리면서 소리 없이 눈물을 떨어뜨렸다.

퍼렇게 멍이 들도록 아버지에게 매를 맞은 종아리가 아픈 것보다 아무도 없는 혼자인 자신이 더 슬펐다.

나이에 비하여 비교적 감수성이 예민한 민정이는 구름을 타고 어디론가 가 버리고 싶었다.

두근거리는 가슴은 자꾸만 닫힌 대문을 열고 어디론가 가고 싶었지만, 식구들의 사나운 눈총이 항상 자신을 감시하고 있는 것만 같아 행동으로 옮기지를 못했다.

어떨 땐 죽어 버리고 싶었다.

죽음이 어떤 것인지도 모르는 어린 나이지만, 죽어서 식구들이 자기를 위해 엉엉 우는 것을 보고 싶었다.

그것은 시험을 백점 맞은 것보다 더 신나는 일이며, 미운 아버지와 오빠들을 골탕 먹이는 유일한 방법이라고 생각하기도 하였다.

언제 터질지 모르는 아버지의 불호령에 항상 불안한 민정이는 날마다 장독대 그늘에 숨어 그런 공상들을 사금파리로 그리며, 오돌오돌 떠는 가슴을 달랬다.

가끔은 따분하기도 했지만, 넓은 집 안에서 조그만 몸뚱이 하나 편안히 쉴 곳이 없는 민정이에게 장독대는 유일한 장소였다.

"어떻게 된 애가 그렇게 별스럽냐? 너 엄마한테 혼나고 싶으냐?"

어느 날, 싸움에 진 병아리처럼 장독대에 쭈그리고 앉아 있는 민정이를 발견한 어머니는 안쓰러움에 다그쳤다.

화들짝 놀란 민정이는 자기의 앞에 서서 내려다보고 있는 어머니가 동화책 속에 나오는 무서운 계모같이 보였다.

더럭 겁이 났다.

어디론가 도망을 치고 싶었지만, 마술에 걸려 꽁꽁 묶인 듯 몸이 말을 듣지 않았다.

무서움에 질식할 것만 같았다.

어머니는 놀란 어깨를 움츠리며 파리하게 얼굴색이 변하는 어린 딸이 안쓰러워 더 이상 야단을 치지는 않았지만, 민정이는 불안하고 초조하여 어찌할 바를 몰랐다.

언제 어디서나 마주칠 때마다 사나운 눈총을 쏘아대는 아버지의 얼굴이 마귀의 모습으로 아른거렸다.

아버지한테 고자질하지 말라고 애원하고 싶었지만 어찌 된 영문인지 입술을 움직일 수가 없었다.

긴 머리가 출렁이도록 도리질을 해댔다.

한참이나 그런 민정이를 의아스럽게 바라보던 어머니는 알 수 없는 한숨을 쉬며, 묵은 고추장 항아리를 비워냈다.

민정이가 걱정하는 것처럼 어머니는 아버지한테 이르지 않았지만, 민정이는 옛날같이 어머니를 믿지 못했다.

날마다 불안하고 초조한 민정이는 나이에 어울리지 않게 눈치만 늘어 갔다.

식구들의 눈총을 피하고 자신만의 공간을 즐기는 방법을 터득했다.

거짓말을 유효적절하게 사용하는 방법도 알게 되었다.

머릿살이 어지러운 민정이는 학교에 가도 딴전이었다.

배워 보아야 집에 가서는 한 곡도 불러 볼 수 없는 음악 시간은 더욱 짜증스러웠다.

도무지 무엇 하나 재미도 없는 공부를 강요하는 선생님이 미웠다.

사각의 흑판에 선생님이 써 놓은 글씨들이 벌레처럼 꿈틀거리며 뒤엉켜 올 때면, 괜스레 오줌이 마렵거나 창자가 꼬이고, 설사병이 나는 것 같아, 화장실을 다니는 것이 습관처럼 되어 버렸다.

머리카락 뒤에서 숨바꼭질하는 민정이는 언제나 환경과 주변에 어울리지 못하고, 개밥의 도토리 같은 모습으로 겉돌아가며, 누에고치처럼 자기 보호의 벽을 쌓아 갔다.

오빠가 사법고시시험을 보러 갈 때마다, 장독대 곁에 정화수를 떠 놓고 손 모아 비는 어머니가 가고 나면, 민정이는 어머니가 서 있던 자리에 서서 오빠가 시험에 떨어지기를 간절히 빌었다.

식구들이 알면 당장 요절이 날 일이었지만, 그건 짜릿한 흥분이었으며, 소원대로 시험에 낙방한 오빠가 잔뜩 풀이 죽어 돌아오면 겉으로 내색은 하지 않았지만, 민정이는 너무너무 고소한 일이라며 좋아했다.

매사를 그런 식으로 눈감고 아웅 하는 민정이에게 선생님이나 식구들도 지쳐 버린 듯, 아무도 관심을 갖지 않았다.

사람들의 관심 밖에서 이상하게 변한 민정이의 자기 보호 본능은 일상의 생활을 엉망진창으로 만들었으며, 몇 번 낙방을 하다 중학교에 다닐 때 고시에 합격한 오빠가 집에서 키우던 커다란 돼지를 잡아 동네잔치를 벌인 뒤 아버지가 바라는 대로 출세를 위해 서울로 떠나간 후에도 병적으로 고질화된 민정이의 사고방식은 또 다른 사슬을 만들었다.

소원대로 검사가 된 오빠가 그동안 안방 장롱 깊숙이 감추어 둔 돈과 논 몇 마지기를 팔아 챙겨들고, 의기양양 어깨에 힘주며 서울로 간 뒤에도 달라진 것은 하나도 없었다.

눈엣가시 같은 오빠만 없으면 민정이에 대한 태도가 달라질 것 같았던 식구들은 이미 굳어 버린 서로의 선입견을 제거하려는 노력마저 피곤하고 성가신 일이라는 듯, 아무도 민정이에게 화해의 제스처를 보내오지 않았다.

그것은 예견된 조그만 실망이었을 뿐, 민정이의 자존심을 건드릴 만큼 특별한 것은 아니었다.

민정이는 아무도 원하지 않는 화해를 자신이 먼저 제의하고 싶지는 않았으며 그럴 필요도 없었다.

평소에도 뼈대 있는 양반의 가문이라며 거들먹거리던 아버지는 아들이 검사가 되고부터는 기고만장하여 목소리와 어깨에 힘을 주며 작은 손바닥만 한 해문을 누비고 다녔다.

늘 보아 온 허리뼈가 굳어 버린 듯, 하찮은 몇 푼의 돈과 지위를 내세우며 떵떵거리던 해문의 유지들이라는 사람들이 찾아와 굽실거리면 아버지는 누가 보아도 어처구니없는 허세를 부리며 도덕군자인 척 폼을 잡았다.

그런 아버지의 모습은 가관이었다.

서커스의 광대도 아버지만은 못할 것 같았다.

이따금씩 선물꾸러미를 한 아름씩 안고 찾아오는 쓸개 없는 사람들을 맞이하여 흥청거리며 체면을 차리기에 급급하다, 하루해를 보내는 아버지는 처음부터 아무런 기대도 하지 않은 딸자식들이지만, 이미 버린 자식이라고 내놓은 민정이에게 특별히 신경을 쓸 겨를이 없었다.

온 세상이 자신의 손바닥에 들어온 것 같은 아버지의 기분은 딸들의 젖통이 커지든 머리가 새끼처럼 꼬아지든 상관하지 않았다.

민정이는 자신의 존재가 아버지의 관심 밖에 있다는 사실이 무엇보다도 기분 좋은 일이었다.

광대이든 검사이든 아버지가 거들먹거리는 덕분에 민정이의 일상생활은 전보다 훨씬 자유로웠고 편안했지만 어릴 때처럼 친구들을 결코 집으로 초대하지는 않았다.

고시를 준비하는 오빠가 없는 집 안에 친구들을 초대해도 아무도 나무랄 사람은 없었지만 권력과 돈에 취한 아버지의 추한 모습을 친구들에게 보이고 싶지 않았다.

특히 자신이 김민정이 아니라 검사 김 아무개의 여동생으로 불리는 것이 싫어서 아무도 집에 초대하지 않았다.

가끔 새로 사귀는 친구들이 자신보다 검사 오빠의 이야기를 하면 서슴없이 절교하여 버렸다.

그것은 자기라는 존재를 부각시키고 싶은 보편적인 인간의 열망이지만, 민정이의 경우는 노이로제라 할 만큼 병적이었다.

아버지나 오빠의 이름이 자신의 곁에 따라다니는 것 자체가 제일 무서워하는 바퀴벌레보다 더 싫었지만 기왕 불러야 한다면, 검사 김 아무개의 여동생이 아니라 김민정의 오빠 김 아무개라고 사람들이 불러 주기를 원했다.

고등학교를 다닐 때에도 마찬가지였다.

부정부패가 무엇인지 알게 된 민정이는 선생님이 가족 사항을 물으면 아버지는 시골 농사꾼이고, 오빠는 그냥 백수라고 대답했다.

민정이는 무엇이든 남에게 지기 싫어했다.

특히 지고 싶은 생각이 추호도 없는 오빠의 이름이 자기의 곁에 따라다니는 것은 자신이 오빠보다 똑똑하지 못하기 때문이라고 생각하고 미친 듯이 공부에 열중했다.

그런 민정이를 두고 친구들과 식구들은 도깨비 같은 아이라며 반신반의했다.

민정이는 사람들이 그럴수록 보란 듯이 뭔가를 보여 주겠다는 오기로 버텼다.

몇 번인가 코피를 쏟았지만 무서운 민정이의 집념은 꺾이지 않았다.

언어 기피증이라도 걸린 환자처럼 일체의 말을 상실한 채 하루 종일 책속에 빠진 민정이가 입을 여는 것은 출석을 확인하는 담임선생의 아침 조회 시간이 전부였다.

"김민정."

"네."

짤막한 대답이 끝나면, 더는 말하지 않는 민정이를 아무도 건드리지 않았다.

모든 신경의 문을 닫아 버린 민정이에게 친구들의 쑥덕공론은 아무런 의미가 없었다.

겨우 중간에서 오르락내리락 그네를 타며, 체면만을 유지하던 민정이의 성적이 상승하는 제트기류처럼 하늘 끝으로 치솟았다.

조금도 빈틈이 없는 민정이는 벼르고 벼르던 학년 말 시험에서, 기어이 전교 일등의 자리에 올랐다.

막상 일등이 되고 보니 별것도 아니었다.

엉큼하게 그런 숨은 실력을 감추고 있었다는 둥, 무엇이 어쨌다는 둥, 자신의 뜻과는 전혀 상관없이 제멋대로 지껄여대는 친구들과 선생님이 잠시 "으악" 하고 놀랐을 뿐, 김 아무개의 딸, 김 아무개의 여동생, 김민정이기는 마찬가지였다.

전리품이 없는 싸움에 이긴 것처럼 허탈할 뿐이었다.

아침 조회 시간에 담임선생님이 주는 상장을 민정이는 거부하여 버렸다.

선생님은 알 수 없다는 듯 민정이에게 물었다.

"이유가 무엇이냐?"

민정이는 선생님의 질문을 도마 위 무를 자르듯, 싹둑 한마디로 잘라 버렸다.

"싫다는데도 이유가 있어야 합니까?"

"왜 양심에 꺼리는 일이라도 있나? 아니면 나에 대한 반항이냐?"

"선생님은 자신의 제자가 그렇게 유치하고 어리석기를 바라십니까?"

"그렇지 않기를 바라고 믿기 때문에 너의 뜻을 묻는 것이다."

"감사합니다. 저 역시 맹세코 그런 일들은 없으니까 오해하지는 마십시오."

학생들이 지어 준 꺼벙이 박사라는 별명을 달고 오십의 마지막 나이를 바라보는 선생님은 결코 노하지는 않았지만 괴팍하고 당돌하기로 소문난 민정이의 심중을 헤아리기에 고심하는 듯, 말없이 교단 주위를 맴돌았다.

처음엔 장난이거니 생각하며 저희들끼리 재잘거리던 학생들도 문제의 심각성을 깨닫고 숨을 죽였다.

찬물을 끼얹은 것 같은 교실 안에, 제자를 향한 스승의 따뜻한 염려가 겨울을 녹이는 난로의 불꽃처럼 조용히 피어났다.

"본인이 원하지 않으면 강요하지는 않겠다. 그만 자리에 앉아라."

선생님은 밀랍으로 만든 인형처럼, 표정 없이 자리에 앉아 있는 민정이의 어깨에 손을 얹으며 말했다.

"민정이 네가 전교 일등을 차지한 것도 훌륭하고 기쁜 일이지만, 만년 중위권인 성적이 반년 동안 놀라울 정도로 향상되어, 모든 급우들에게 어떤 것이 노력인가를 보여 주고, 누구든 할 수 있다는 가능성의 희망을 갖도록 하여 준 것이 정말로 기쁘고 고마웠다."

선생님은 어떤 충격에 의해서인지는 몰라도 그동안 민정이가 얼마나 무섭고 뼈아프게 공부를 했는지 잘 알고 있기에 축하하여 주고 싶었는데, 섭섭하다고 솔직한 감정을 이야기했다.

민정이는 언제고 자신의 떳떳한 이유를 스승의 자격으로 들을 수 있기를 기도하겠다며 교실을 나서는 선생님을 불렀다.

갑작스러운 민정이의 변화에 웅성거리던 학생들은 한껏 부풀은 호기심으로 귀를 기울였다.

민정이는 시험 성적과 오늘 일을 집에 통지하지 않겠다고, 먼저 약속하여 달라고 선생님께 말했다.

반 친구들은 마음껏 뽐내도 괜찮을 전교 일등의 영광을 왜 집에 알리지 말라는 것인지, 아무리 엉뚱하기로 소문난 민정이었지만 이해할 수가 없었다.

'혹시……' 하는 선망과 의혹에 찬 학생들의 눈동자들이 포화를 이루며 민정이에게 쏟아졌다.

"좋아, 약속하지."

선생님은 민정이가 가지고 있는 생각의 열쇠가 무엇이며, 어디에 있는지 도무지 알 수 없었지만, 민정의의 제의대로 약속하여 주었다.

"선생님이 주시는 상장은 감사합니다. 하지만 그것이 제가 원하는 것엔 아무런 도움도 되지 못하기 때문에 받지 않겠다는 것입니다.”

또렷한 민정이의 말에 교실 전체가 쇼크라도 먹은 듯 잠잠했다.

“그건 충분한 이유가 아닌데……”

선생님은 민정이가 원하는 그것이 무엇인지, 그걸 듣고 싶다고 말했다.

피할 수 없는 선생님의 질문에 민정이는 망설였다.

복잡하게 얽힌 자신의 마음을 어떻게 설명해야 할지 막막했다.

그렇다고 집안 식구들과의 갈등을 그대로 말하기엔 자존심이 허락하지 않았다.

민정이는 언제나 어색한 상황에서는 특유의 언어인 “잘 모르겠어요” 또는 “몰라요”라는 말로 자신을 합리화시켜 왔지만, 이번에는 그렇게 간단하게 얼버무리기엔, 이미 상황이 늦은 것 같았다.

최소한 드러나서는 안 될 것은 감추고, 자신을 돋보일 수 있는 적당한 언어를 찾아보았다.

“몇 자 조금 더 안다는 것으로 사람의 가치를 평가하는 세상의 인심에 화가 나서 오기로 공부했을 뿐, 평가의 상징인 상장을 위해서 코피를 쏟으며 애쓰지 않았어요. 그런데도 상장을 받고 주변 사람들의 격려를 받는다면 그건 내가 아닌 그 사람들의 기대감 속으로 나를 가두고 묶어 버리는 피곤한 일이기에 싫다는 것입니다.”

민정이는 조금도 주눅 들지 않은 또렷한 목소리로 열변을 토해 냈다.

“제가 선생님이 주시는 그 상장을 받으면 세상 사람들이 저의 진심을 이해하고, 저에 대한 잘못된 인식이 바뀌나요?”

상장이 나라는 본질을 대변하지도 못하고, 오히려 왜곡하고 호도하는 하나의 족쇄이기에 받지 않겠다며, 천신만고 끝에 이룬 전교 일등의 영예를 민정이는 아무런 미련 없이 던져 버렸다.

거침없는 민정이의 열변에 더 이상 묻지는 않았지만 깊은 생각에 잠긴 듯, 선생님은 묵묵히 고개만 끄덕이고 있었다.

언제 어디서부터 시작된 것인지는 몰라도 뿌리 깊은 민정이의 반항의식이 걱정스러웠지만 기실 따지고 보면 마음 켕기는 옳은 말이었다.

이유 있는 반항이었다.

할 말이 없었다.

"옳은 말이다. 나 역시 그것을 슬퍼하는 바이며, 여러분의 선생님으로서 그리고 인생의 선배로서 부끄럽게 생각한다."

교단 위에 외롭게 선 스승의 목소리가 교실 구석구석을 담담하게 울렸다.

"그러나 이해와 수용이 없는 반항은, 말 그대로 반항일 뿐 아무것도 아니다. 배우는 학생답게 세상의 모든 것을, 관용과 이해로서 좀 더 적극적으로 포용하는 마음도 함께 가져 주기를 바란다."

두어 번 민정이의 어깨를 다독거려 준 뒤 선생님은 교실을 나갔다.

"우-와- 멋지다. 역시 민정이다운 말이었어."

"잘했어, 시원하다."

"십 년 묵은 콩나물 대가리가 이제야 내려가는 것 같다."

분분한 친구들의 재잘거림은 민정이를 슈퍼우먼으로 만들어 버렸지만, 정작 민정이는 흥미가 없었다. 유치했다.

그 이후 다시는 시험에서 일등을 하지는 않았지만, 언제나 새로운 것에 도전적인 민정이는 탁구와 육상 달리기에서도, 전교를 휩쓸어 버렸다.

무엇이든 개인 종목에서 한 번 우승을 하면, 두 번 다시는 미련을 두지 않는 민정이는 자타가 공인하는 학교의 명물이었다.

특이한 건 개인 종목이 아닌 단체나 복식 종목에는 절대 흥미를 갖지 않았으며, 아무리 옆에서 부추기고 권해도 손발 하나 까딱하지 않는다는 것이었다.

엉뚱한 민정이는 집안 식구들 모르게 태권도를 배웠다.

태권도 사범은 유일한 여자 수련생인 민정이에게 많은 비법을 친절하게 가르쳐 주었고 유별난 그녀의 투지는 유감없이 발휘되었다.

어머니에게는 학교 도서관에서 공부한다고 일러 놓고, 학교 수업이 끝나면 곧바로 도장으로 달려가 열심히 땀을 흘렸고, 집에 오면 자기 방 문고리를 걸어 놓고, 벽에 걸린 커다란 거울 앞에 서서 그날그날 배운 태권도 동작들을 열심히 숙달시켰다.

한 달 두 달 말할 수 없이 힘들었지만, 스포츠에 천부적인 민정이는 여고를 졸업할 무렵엔 태권도 공인 2단이라는 막강한 실력을 갖추었다.

껄렁거리는 남학생들 두어 명쯤은 주특기인 돌려차기 한 방으로 끝내 버릴 수 있었다.

보기보다 야물진 민정이의 작고 가녀린 몸동작 하나하나가 움직일 때마다 단단한 각목들이 맥없이 부러질 땐, 희한한 여자 원더우먼이었다.

소문난 여자 악바리, 무서운 것이 없는 민정이에게 다시 의지가 꺾이고 날개를 접어야 하는 시련이 왔다.

친구들이 대학 입시 준비에 머리를 싸매고 전전긍긍하며 밥맛을 잃을 때, 일찌감치 여군이 되기로 결정한 민정이는 태평이었다.

날마다 여군 장교가 되어 번쩍이는 계급장을 달고 폼 잡는 꿈만 키우며 느긋하게 살았다.

여군 입대 원서를 들고 온 민정이를 보고 놀란 친구들은 과연 민정이 다운 결정이라며 입방아들을 찧었다.

민정이는 놀라고 부러워하는 친구들에게 마치 여군 장교가 된 것처럼 으쓱거렸다.

우수한 두뇌와 빼어난 미모 그리고 여자로서 태권도 2단 자격증까지 겸비하고 있는 민정이에게 여군 장교는 이미 합격이라는 것을 아무도 부인하지는 않았다.

친구들은 언제나 불사조처럼 신화를 창조하는 민정이가 어느 날 녹색 제복에 금빛 찬란한 계급장을 달고 자신들의 앞에 불쑥 나타나서, 통속적인 여자가 되어 삶에 찌든 주름살만 하나둘 세고 있는 자신들을 초라하게 만들어 버릴 것이라고 믿었다.

학년 말 민정이는 어머니에게 그동안 숨겨온 자신의 진로 문제를 조심스럽게 털어놓았다.

어머니는 파랗게 질려 버렸다.

민정이는 어머니가 기절하지 않는 게 다행이다 싶었다.

"너 지금 온전히 제 정신으로 하는 말이냐?"

한동안 충격을 받은 어머니는 민정이를 구슬리며, 결정을 바꾸기를 강요했다.

"안 된다. 남자도 힘든 것을 여자가 될 법이나 한 일이냐?"

어머니는 타일러도 막무가내인 민정이에게 아버지가 알면 날벼락이 떨어진다고 위협하기도 했지만, 민정이의 결정을 바꾸지는 못했다.

"아무리 내 뱃속으로 난 자식이지만, 애가 어쩌면 그렇게도 유별난

지 모르겠다.”

민정이를 설득하려는 의지를 포기한 어머니가 방을 나간 뒤, 곧이어 카랑카랑한 아버지의 고함소리가 온 집안을 발칵 뒤집어 버렸다.

집안을 망칠 년이라며 펄쩍 뛰는 아버지의 분노에, 방 안의 구들장이 바들바들 떨었다.

민정이는 여자로 태어난 것이 한스러웠다.

자신을 여자로 만들어 이 땅에 보내 준 조물주가 저주스러웠다.

손가락 끝으로 튕겨 버릴 수만 있다면 그러고 싶은 세상이지만, 도리가 없는 일이었다.

민정이는 자꾸만 약해지려는 마음을 입술로 깨물었지만 부러지는 날갯죽지의 무게에 금방이라도 쓰러질 것만 같았다.

차라리 창자를 뒤틀리며, 죽어 버리고 싶은 민정이는 감당하기 어려운 좌절감에 몸을 떨었다.

친구들은 식물인간처럼 매사에 의욕을 잃어버리고 힘없이 흐느적거리는 민정이가 다시 한 번 커다란 날개를 펴고 하늘 저 높은 곳으로 날아올라 주기를 바랐지만, 아버지가 찢어 버린 여군 장교라는 꿈만 걸레 같은 깃발이 되어 펄럭이는 하늘 아래 날개가 부러진 그녀는 이미 불사조가 아니었다.

졸지에 한 마리 버림받은 오리새끼가 된 민정이는 어릴 적부터 자신의 의지를 꺾으며, 자신의 의지와 상관없는 삶을 살아야 하는 자신이 견딜 수가 없었다.

치밀어 오르는 슬픔과 분노보다, 나약할 수밖에 없는 여자라는 자신이 원망스러웠다.

자신이 존재해야 할 이유가 단 하나도 없는 삭막한 세상이었다.

그냥 미쳐 버리고 싶었다.

그러나 미치지도 못한 민정이는 눈도 없고 귀도 없는 지렁이처럼 힘없이 꿈틀거리기만 하였다.

"얘, 금세 하늘이라도 무너질 것만 같다."

"힘 좀 내라. 보는 우리들까지 기운 빠진다."

"억장이 무너지겠네."

늘 차가운 유리창 같은 하늘을 지나온 햇살만 바보처럼 헤아리고 있는 민정이는 친구들의 위로마저 귀찮았다.

한여름 호미 끝에서 말라 죽은 잡초처럼, 풀이 죽은 민정이가 안됐다 싶었는지, 아버지와 오빠는 실력만 있으면 대학엘 가라고 민정이에게 말했다.

무작정 집을 떠나고 싶은 민정이는 광주에 있는 C대학 국문과를 합격하여 버렸다.

기를 쓰고 공부를 해도 어려운 C대학을, 버린 농사라고 생각한 딸이 덥석 합격을 하리라곤 꿈에도 믿지 않았던 아버지는 다 큰 딸자식을 먼 객지로 보낸다는 게 좀 꺼림칙하긴 했지만 기쁨에 비하면 그것은 작은 아주 작은 걱정이었다.

민정이에게 여자로서 행실을 바르게 하라는 훈계와 가훈을 되풀이한 뒤 허락하였다.

역시 우리 딸이라며 이웃 사람들에게 자랑을 늘어놓는 아버지가 술병을 앓든 말든, 민정이는 대학교 기숙사로 짐을 옮겼다.

낯선 도시와 처음 만나는 사람들, 모든 것이 새로운 민정이는 동지 섣달 얼어 죽은 나무처럼 움츠리기만 했던 지난날들을 망각이라는 묘지에 묻었다.

쓰라린 어둠을 훌훌 털어 버리고 굳게 닫아 두었던 창문을 활짝 열어 놓은 민정이는 자유로운 한 마리 나비였다.

처음엔 자유라는 것이 어색하기도 했지만 해문에서 아버지와 오빠의 명함으로 매몰됐던 자신의 이름을 이 도시에서 되찾은 민정이는 좀 더 자기다워지려는 노력을 게을리하지 않았다.

동아리 활동이나 사람과의 만남에서 극성스럽지 않을 만큼 적당한 자기 영역을 만들며 지켜 나갔다.

사람들도 세련된 몸가짐이나 온갖 우아한 언어로 치장하지 않고, 있는 그대로 말하고 행동하는 민정이를 좋아했다.

간혹 해문에 갈 적에는 억지 춘향이가 되어 조금은 얌전을 티내며 갔지만, 그것은 어디까지나 양반이라는 아버지의 잔소리가 귀찮아서였고, 가더라도 볼일만 끝나면 지체 없이 곧장 돌아와 버렸다.

언제나 크지도 않고 작지도 않은 적당한 키에, 히프까지 내려온 긴 머리카락을 산들거리며, 허구한 날 빛바랜 청바지 위에 스웨터로 바꾸어 입는 민정이는 검사가 된 오빠처럼 아버지를 위해서는 눈곱만치도 살지 않았다.

철저하게 자신의 삶에만 열중했다.

만개하는 꽃처럼 자유로운 민정이는 때로는 커피 잔에서 퐁당거리는 음악에 취하기도 했으며, 아버지가 알면 당장 까무러칠 일이었지만, 친구들과 술을 마시고 노래도 불렀다.

싱겁기는 해도 가끔 미팅도 했다.

한두 번 만나 쓴 커피 몇 잔 마시고, 겁도 없이 함부로 꽃잎 같은 입술을 훔치려고 달려드는 남학생들의 코뼈를 뭉개 버리고 이를 부러뜨린 민정이는 캠퍼스에서 가시 달린 장미꽃으로 소문이 났다.

억새풀, 사랑도 모르는 시멘트 벽돌, 남자 기피증 환자, 한창 피어나는 여자로서 과히 달갑지 않은 별명을 대학 4년 동안 달고 사는 민정이가 군복무를 마치고 복학한 각운과 사랑에 빠진 것은 놀라운 뉴스였다.

"뜨거운 사이라며?"

"상상도 못 할 일이다."

"신기하다. 평생을 독신으로 늙어 죽을 줄 알았는데……."

"외로움을 모르는 사람이 가장 외로운 거야."

그런 민정이를 두고 C대학 캠퍼스는 이변이라며 떠들었지만, 정작 놀라 까무러친 것은 검사 아들에 판사 사위를 거느리고 싶었던 아버지였다.

"저 죽일 년……. 애비 얼굴에 먹칠을 해도 유분수지, 우리 집안을 송두리째 말아먹을 년이 아닌가!"

양은솥에 볶는 콩이 튀듯, 분노한 아버지는 각운과 결혼을 하겠다며 끝까지 버티는 민정이의 긴 머리를 커다란 가위로 설컹설컹 잘라버린 뒤, 골방에 가두어 버렸다.

민정이는 기가 막혔다.

눈물도 나오지 않았다.

지나온 날들이 어떤 세월이었던가.

아름다운 꿈을 꾸는 여자, 사랑받는 여자이기를 철저히 거부당하며 길가의 잡초처럼 살아온 모든 날들을, 아버지와 오빠에게 빼앗기고 짓밟혀 온 민정이는 이젠 더 이상 자신의 삶을 손톱만큼도 빼앗기고 싶지 않았다.

생애 처음으로 행복과 평온을 자신에게 가져다준 사랑마저 빼앗겨 버린다면 죽지 않고서는 단 일 초도 못 살 것만 같았다.

털끝만치도 양보할 수 없는 일이었다.

아버지가 장군을 부르면, 지체 없이 멍군으로 받아쳤다.

그러나 처음부터 차포가 빠지고 없는 민정이는 고수인 아버지의 상대가 아니었다.

훈수라는 집안 식구들의 지원사격까지 받아 가며, 숨 돌릴 틈도 없이 몰아치는 아버지의 장군을, 살을 적시는 외로움 속에서 졸때기 하나 없는 민정이는 몸으로 때우며 버텼지만, 그것은 자신과 함께 태어나고 함께 살고 함께 죽어야 할 운명이면서도, 서로를 이해할 수 없는 자신의 운명에 대한 필사적인 항거였다.

그러나 이미 승패가 결정 난 싸움에서, 포로가 된 민정이의 반항은 공허한 그림자 속의 메아리였다.

하루에도 수없이 날아와 잔인하게 살 속에 박히는 돌멩이에 뭉클뭉클한 서러움만 가슴앓이 병으로 멍이 들 뿐이었다.

"졸업하면 뭐 할 거야?"

"그건 왜?"

"알고 싶어서."

"가난한 어느 섬에나 가련다."

"무엇 하려고?"

"한평생 때 묻지 않은 아이들을 때 묻지 않게 열심히 가르치며, 자유롭게 살고 싶어서……."

캠퍼스 잔디밭에 앉아 소박한 꿈을 이야기하던 각운이 오슬오슬 떨리는 그리움만 안고 입산하였다는 소식을 친구가 찾아와 전해 줄 땐, 가슴에 커다란 바람구멍이 뚫리고 온 세상이 거꾸로 뒤집히는 것 같았다.

펑펑 터지는 폭죽처럼 울어 버리고 싶었지만, 파리한 입술을 움직일 힘도 없었다.

당장 죽을병이라도 난 듯이 호흡은 균형을 잃고 온몸은 떨리기만 하였다.

민정이는 갖은 수단을 다해도 여전히 자신과는 먼 거리에 있는 자신의 인생이 고독하고 슬플 겨를이 없이, 흙투성이인 구둣발로 짓밟는 운명의 신이 저주스러웠다.

밤잠을 못 이루는 눈물이 흘러내렸다.

"신이여, 당신의 죄를 당신이 아소서!"

민정이는 피가 말라붙어 버린 가슴을 던져 놓고 있는 힘을 다해 부르짖었다.

얼마나 아팠으면……

얼마나 괴로웠으면……

얼마나 사무쳤으면……

그렇게 속세를 버리고 구름으로 떠나갔을까……!

어느 산모퉁이에서 나뭇잎 사이로 울음을 감추고 있을 각운의 생각에 민정이는 미칠 것만 같았다.

격심한 울화증에 쓰러진 민정이는 불덩어리 같은 열병에 시달리면서도, 밤이면 어두움을 뒤적이며 약속도 없는 각운을 만나기 위하여 끝없는 꿈길을 헤맸다.

꿈속에서 기진한 채 선잠을 깨는 밤마다 매일매일 맞물려 돌아가는 하늘과 땅이 서로 부딪혀 한순간에 흔적도 없이 박살이 나 사라져 버리기를 빌었지만, 소원과는 달리 하늘과 땅은 얄미우리만치 다정하게 손을 잡고 돌아갔다.

그 무엇이…….

그 무엇을…….

차라리 눈을 감아 버리고 싶은 결코 우연일 수 없는 저주스러운 일들이었다.

한 마리 새처럼 푸른 하늘을 흘러가는 조각구름처럼 사랑과 행복을 그리며 갖고 싶었다.

고통의 빛깔만 가득한 민정이는 어릴 적 장독대 뒤에 숨어 지내면서부터 줄곧 생각해 온 꿈들을 싸 들고 숨구멍 하나 없는 무덤 속 같은 집을 나와 버렸다.

벌레 먹은 낙엽같이 황량한 자신의 존재를 영원한 꽃으로 완성시켜 줄 각운을 찾아, 끝이 없는 길 위에 선 민정이는 사랑의 미아였다.

* * *　　　* * *

봄이 지나가고 여름이 왔다.

민정이가 먼저 쓰러지거나 항복하지 않으면, 절대로 사면시키지 않겠다는 아버지는 민정이가 집으로 끌려온 순간부터, 한 번도 골방에 얼굴을 내밀지 않았다.

민정이도 물러서지 않았다.

아버지에게 아무것도 기대하지 않은 민정이는 날마다 싸울 뿐이었다.

권세와 돈과 명예, 그것이 아버지의 인생을 값지고 영화롭게 할는지는 몰라도 민정이는 달랐다.

아무런 의미가 없었다.

인생 그것은 하찮은 권세나 돈이나 명예 따위로는 결코 보상받을 수 없는 것이었기에, 죽으면 죽었지 양보할 수 없는 싸움이었다.

눈먼 벙어리의 시늉을 하면서, 손가락 끝에 한 방울의 물도 묻히지 않는 민정이의 몰골은 말이 아니었다.

제멋대로 엉클어진 머리에 새까맣게 때가 낀 얼굴로 퀭한 눈동자 두 개만 반짝거리며, 봉창 문 사이로 빠꿈이 지는 해를 묵묵히 바라볼 뿐이었다.

"너하고 아버지는 아마도 전생에 무슨 원수였나 보다."

끝날 줄을 모르는 부녀지간의 고집스러운 싸움 속에서, 지쳐 버린 어머니의 한숨만 애꿎은 흰머리로 늙어 갔다.

그러나 어머니는 아버지에게 맞서 싸우는 딸이 야속하긴 했지만 책망하지는 않았다.

아무리 무턱대고 늙어 온 어머니였지만, 남편의 고집이 자신의 강대함을 과시하기 위하여 쌓아 올린 성벽이라면, 딸의 고집은 약하기 때문에 쌓아 올린 방어의 성벽이라는 것을 잘 알고 있었다.

언제나 깨어진 항아리를 보는 듯, 안쓰러운 어머니는 색 바래 누르께한 벽을 바라보며 돌아앉은 딸이, 차라리 자기를 붙잡고 실컷 울어주기라도 했으면 하고 맘속으로 바랐지만, 말을 잃어버리고 모든 것을 잃어버린 민정이는 여전히 움직이지 않는 조각이었다.

그러나 어느 누구보다도 민정이는 외로운 여자였다.

민정이는 날마다 울고 있었다.

비가 오나 눈이 오나, 한시도 집 안을 떠나지 않고, 끼니때마다 꼬박꼬박 밥을 챙겨 주는 어머니의 한숨은 가슴살이 문드러지는 아픔이었다.

아버지가 미운만큼 어머니의 정성은 눈물이었다.

아버지가 내리는 형벌보다 어머니의 따스한 사랑 앞에 나동그라질 것 같아 두려운 민정이는 스스로 싸움을 서둘렀다.

천년이고 만년이고 태양이 다 타 버려도 도무지 끝날 것 같지가 않은 아버지와의 싸움을 종결시키는 것은, 둘 중 하나인 누군가가 죽는 것뿐이라고 생각한 민정이는 일체의 모든 음식을 거절하고 자리에 누워 버렸다.

물 한 모금을 입에 넣지 않았다.

생명을 담보로 벌이는 결사적인 저항이었다.

사는 것이 무엇인가?

죽는 것은 또 무엇인가?

민정이에게 그런 것들은 유치한 말장난이었다.

세 살에 죽으나 여든에 죽으나 한평생이기는 마찬가지인데, 자기 인생을 자기가 살 수 없다면, 아무런 가치도 없는 무의미한 삶이라고 생각하는 민정이에게 산다는 문제가 소중하거나 죽음이 그다지 두려운 일이 아니었다.

밥맛이 없는 것으로만 생각했던 어머니가 민정이의 의도를 알았을 땐 며칠이 지난 뒤였다.

온 집안이 벌집을 쑤신 듯 발칵 뒤집혔다.

"큰일이오. 애가 죽으려고 작심을 했는데 그러고만 있을 거요?"

김씨 가문으로 시집온 이후 속으로만 울음을 삼키던 어머니는 생전 처음 남편 앞에서 소리 내어 울었다.

"고년이 끝내 일을 저지르는구먼! 자식이 아니라 원수다, 원수여!"

딸의 생목숨을 죽일 거냐는 어머니의 원망에 당황한 아버지는 원수라는 말만 되풀이할 뿐 고집을 꺾진 않았다.

"미쳤소. 아비나 딸이나 모두가 미쳤소."

이날까지 여자인 내가 참아야지, 또 참아야지 하면서 살아온 어머니였지만, 이번만은 사정이 달랐다.

딸의 목숨이 달린 참을 수 없는 일이었다.

"당신이라는 사람은 죽어서 관 속에 들어가도 고집만은 가지고 들어갈 것이오. 당신의 인생은 고집 하나뿐이었으니까."

시시각각 죽어 가는 딸을 바라보면서, 남녀의 사랑이란 게 이토록 무서운 결과를 가져오리라곤 상상하지 못한 어머니는 온전한 정신이 아니었다.

어머니는 소용없는 일인 줄 알면서도 아버지에게 매달렸다.

딸에 대한 배신의 모멸감과 끝내 채워질 수 없는 자신의 욕망에 울화통이 터진 아버지는 딸을 잘못 키운 탓이라며, 함께 늙어 온 어머니의 머리채를 잡아 팽개치면서 살림살이들을 닥치는 대로 던지고 부숴 버렸다.

마당의 돌부리도 그런 아버지의 광기에 휘청거렸다.

어지러운 난장이었다.

남편에게 두들겨 맞으면서도, 딸을 살려 달라고 애걸복걸하던 어머니는 끝내 딸을 살려 줄 수 없다면 함께 죽어야겠다며 골방 문을 채웠던 자물통을 골방 문 안에서 잠가 놓고 딸의 곁에 누워 버렸다.

끝없는 슬픔이었다.

급보에 놀란 큰아들과 검사인 작은아들이 부랴부랴 내려오고, 직장에 다니는 막내딸까지 서둘러 해문으로 모여들었다.

고명한 아들들이 어머니를 부르고, 막내딸이 울며 애원을 해도, 닫힌 골방에서는 모든 것이 끝나 버린 듯 아무런 기척이 없었다.

자식들이 번갈아 가며 문고리를 당겨 보고 흔들어도 보았지만, 소용없는 일이었다.

누구든 골방의 모녀를 상대하는 놈은 당장 부자지간의 정을 끊어 버리겠다는 아버지의 고함에 주눅이 든 자식들은 아무도 선뜻 나서지 못했다.

출랑거리던 강아지도 꼬리를 사리며 마루 밑으로 숨어 버렸다.

골방 문이 스스로 열리기 전에는 대책이라는 것이 달리 있을 수 없었다.

대청마루에 걸린 커다란 괘종시계만 뎅겅거리며 가슴을 죄이는 시간들을 넘기고 있었다.

그런데 갑자기 아버지가 열 번을 죽으라면 열 번을 죽고, 백 번을 기라면 한 치의 오차도 없이 백 번을 기어가던 자식들 가운데 큰오빠가 반기를 들었다.

믿을 수 없는 일이었다.

반역이었다.

아버지는 나머지 자식들에게 큰오빠를 막으라고 명령했지만, 상대가 상대인 만큼 아무도 나서지 못했다.

다짜고짜 골방 문을 때려 부순 큰오빠는 하늘 끝까지 벌어진 입을 다물지 못했다.

골방에는 당연히 있어야 할 사람이 없었다.

온갖 악취 속에서 힘없는 두 모녀가 비참하게 죽어 가고 있을 뿐이었다.

눈두덩이 퍼렇도록 아버지에게 두들겨 맞은 어머니는 죽어 가는 딸을 안고 함께 죽기를 바라며 조용히 누워 있었다.

차마 못 볼 지옥이었다.

참혹한 모습을 자식의 심장으로 바라볼 수가 없었다.

"어머니!"

엉엉 큰 소리로 절규하고 싶은 한마디가 목구멍에서 칭칭 감기고 쌀알 같은 눈물이 후드득거리며 쏟아졌다.

잔인한 아버지의 모습이 번뜩거렸다.

치가 떨렸다.

허황한 아버지의 욕망에 휘말리고 싶지 않아 적당히 그런 척하면서 지내 왔지만 이렇게 잔인한 아버지인 줄은 미처 몰랐었다.

"이번 기회에 아주 버릇을 고칠 테니, 그냥 모르는 척 올라들 가거라."

가끔 집에 들를 때마다 아버지는 골방에 갇힌 민정이를 만나지 못하게 했었다.

그때마다 한번 혼을 내는 것쯤으로 알고, 설마 하며 그냥 올라가곤 했었는데, 설마가 생사람을 죽이는 꼴이 되고 말았다.

뒤따라 들어와 자욱한 안개 속에서 오리무중인 그림자처럼, 의식 불명인 언니를 붙들고 눈물을 쥐어짜는 막내 누이의 눈물은 아버지로부터 힘없는 사람들을 보호하지 못한 비겁자라고, 어리석고 본데없는 자신을 질타하는 것만 같았다.

"나는 괜찮은데, 네 동생 민정이가…… 민정이가 살 수 있을는지 모르겠다."

벌써 오래되었다며, 한시라도 서둘러 달라는 어머니의 말에, 퍼뜩 정신을 차린 큰오빠는 실낱같은 숨을 겨우겨우 쉬어 넘기고 있는 민정이를 둘러업고 대문 앞에 세워 놓은 자신의 승용차에 싣고 정신없이 달렸다.

고래고래 고함을 치는 아버지의 목소리가 벼락처럼 등 뒤에서 들려왔지만 무시하고 달렸다.

"제발 살아만 다오."

조바심에 마음을 조이며, 서둘러 가는 큰오빠의 이마에는 뜨거운 땀방울이 끈적거렸다.

뭉뚱그려 보아야 몇십 분도 안 되는 시간이 살아온 모든 시간보다 더 길게만 느껴졌다.

애간장이 다 녹아들어 바삭거렸다.

이대로 가다가는 병원에 도착하기 전에 자신이 먼저 폭삭 늙어 죽어 버릴 것만 같았다.

민정이를 병원 응급실에 뉘어 놓은 뒤 담배 한 개비를 깊숙이 빨아들이는 큰오빠의 온몸은 긴장된 땀으로 흥건하게 젖어 있었다.

초여름의 하루해가 서산으로 두 번이나 곤두박질을 하고 나서야 눈을 뜬 민정이가 자신의 살 속에 박혀 있는 링거주사 바늘을 뽑아 버릴 때는 화가 나기도 했지만, 끝까지 자신의 뜻을 관철시키기 위하여 죽음도 사양하지 않는 여동생이 대견스러웠다.

더는 아버지에게 시달리고 싶지 않아 은밀히 이민 수속을 마쳐 놓고 떠날 준비를 하고 있는 자신이 조금은 부끄럽기도 했다.

"이젠 그럴 필요 없다. 어차피 넌 다시는 집으로 돌아가지 못하니까."

큰오빠는 민정이가 아버지라는 사슬에서 풀려났으며 앞으로는 무엇을 하든지 아무도 간섭할 사람이 없음을 믿을 수 있도록 설명하여 주었다.

뜻 모를 눈물 한 방울이 민정이의 눈 가장자리에서 흘러내렸다.

후회는 아니었다.

기쁨도 아니었다.

처음 보는 민정이의 눈물이 무엇을 말하는 것인지, 큰오빠는 알 수 없었지만, 뭉클한 무엇인가가 한 움큼 가슴에서 만져지는 것 같았다.

한 번도 느껴 보지 못한 진한 감정이 콧등을 시큰거리며 달아올랐다.

서걱서걱 바스러지는 민정이의 영혼을 손수건으로 감싸 주었다.

큰오빠는 절대 안정이 필요하다는 의사의 권유에 따라 민정이를 서울에 있는 자신의 집 근처 병원으로 옮겼다.

신경이 극도로 쇠약해진 민정이를 위하여 함께 따라온 막내인 민경이에게 병구완을 맡기고 나머지 식구들은 얼씬거리지도 못하게 하였다.

자신도 될 수 있는 한 병실에서 시간을 지체하지 않았다.

필요한 것이 있으면 민경이를 시켰다.

운동으로 단련된 민정이는 생각보다 빠른 속도로 건강을 회복했다.

의식이 말짱하게 돌아오고 식사도 거르지 않았지만, 오랜 세월 만신창이가 된 민정이의 영혼은 쉽사리 치유되지 않았다.

그동안 아버지와의 길고 질긴 승패도 없는 싸움에서 차곡차곡 쌓아두었던 긴장이 한꺼번에 무너진 민정이는 심한 외로움에 시달렸다.

자신이 지켜야 할 사랑만을 온몸으로 안고 가슴을 부르트며 살아온 날들이 자신을 내팽개치는 것만 같았다.

포근히 감싸 줄 그 사랑 하나를 위하여, 고행의 나날들을 발돋움으로 지나왔건만, 아무도 없는 텅 빈 현실이 견딜 수가 없었다.

또르르 산새 울음이 구르고, 산들바람이 나뭇잎을 젖히는 숲 속 어디엔가 조용히 앉아 있을 꿈을 찾아 떠나야겠다고, 하루에도 수없이 생각했지만 마음뿐이었다.

퇴원하여 큰오빠의 집으로 거처를 옮겨도 외롭긴 마찬가지였다.

큰오빠와 함께 커피숍에 앉아 보고, 올케언니를 따라 백화점에 가서 좋은 화장품과 새 옷을 쇼핑하고 선물받아도, 무엇 하나 재미가 없었다.

조카들과 공원에 가거나, 영화관에 가는 것도 별 흥미가 없었다.

일상의 날들이 귀찮은 일들이었다.

다닥다닥 기운 옷자락을 바람에 여미며, 미소로 자기를 반겨 줄 각운에게로 한시바삐 가고 싶은 민정이는 떠나야겠다고, 벼르던 말을 큰오빠에게 털어놓았다.

"어디로 갈래? …… 산으로 갈 거니……?"

큰오빠의 물음에 민정이는 대답하지 않았다.

한동안 물끄러미 민정이를 바라보던 큰오빠는 긴 한숨을 토하며 말했다.

"그래 묻지 않으마. 그러나 내게도 시간을 좀 다오."

"시간을 달라는 게 무슨 뜻이죠?"

"괜한 걱정은 하지 마라. 결코 너를 붙잡겠다는 이야기가 아니니까."

"그 시간이라는 게 언제까지인지…… 말해 주면 안 되나요?"

불안한 민정이는 힘없이 꺼져 들어가는 목소리로 말했다.

민정이는 생각조차 하기 싫은 끔찍한 지난날들의 기억을 지울 수가 없었다.

한순간 괜한 바보짓이었다고 그냥 훌쩍 떠나 버릴 걸 잘못했다고 후회를 하기도 했다.

"모레, 글피 주말을 함께 보내고 싶을 뿐이다."

“꼭 그렇게 해야 할 이유가 있나요?”

불안해하는 민정이에게 큰오빠는 금년 안으로 이민을 떠난다고 그래서 너와 마지막으로 시간을 보내고 싶다고 말하고 싶었지만, 떠나는 민정이에게 또 다른 슬픔을 주고 싶지 않아 대충 말을 둘러댔다.

“이유는 없다. 그냥 왠지 이번에 헤어지면, 너를 다시는 만나지 못할 것 같아…… 너와 함께 보내고 싶을 뿐이다.”

“그런 뜻이라면, 지금까지 저를 돌봐 주신 것만으로도 충분해요. 지금 떠날게요. 그렇게 해 주세요.”

지금 떠나겠다는 민정이를 한없는 연민의 눈으로 바라보던 큰오빠는 잠시 기다리라며 방을 나갔다.

도시의 불빛보다 더 많은 상념들이 큰오빠가 앉아 있던 자리에서 뒤엉키며 보채 왔다.

시간이 영원히 멈추어 서고, 불길한 정적이 시끄러운 자동차 소리보다 더 크게 다가와 어디론가 알 수 없는 그곳으로 자신을 밀쳐내려고 준비하는 것만 같았다.

방문 밖 저쪽에서 무엇인가 음모가 꾸며지는 것 같아 초조하고 불안한 가슴이 파닥거리며 요동쳤다.

말없이 떠나지 못한 것이 다시 또 몇 번이고 후회가 되었다.

차라리 무슨 일이라도 자신만 모르는 그 음모가 빨리 일어나기라도 했으면 싶었지만, 아무 일도 일어나지 않았다.

여전한 정적이 더욱 불안하기만 했다.

큰오빠가 편지봉투 하나를 들고 들어왔다.

민정이는 누구든 같이 들어올 줄 알았는데, 혼자인 큰오빠가 반가웠다.

큰오빠는 손에 들고 온 편지봉투를 민정이에게 주면서 말했다.

"아마도 이게 필요할 것이다. 가지고 가거라."

"뭔데요?"

"묻는 것보다 네가 직접 보는 게 더 낫겠지."

망설이던 민정이는 편지봉투를 열어 보았다.

한 장의 약도였다.

가만히 약도를 살피던 민정이는 깜짝 놀랐다.

지금 큰오빠 집을 나서면 찾아가려고 했던 각운이 살고 있는 성모산의 약도였다.

놀라운 일이었다.

순자강 그 푸른 언덕 골 깊은 성모산 끝머리에서 닷새 만에 한 번씩 홍청거리는 그 장날, 정류장에서 만났던 각운과 도운 그들 두 사람이 살고 있는 거처와 행적이 세밀한 큰오빠의 필체로 일목요연하게 그려져 있었다.

갑자기 혀가 헛돌고 입술이 타고 도무지 갈피를 잡을 수가 없었다.

침착하려고 애를 썼지만, 그럴수록 자꾸만 온몸이 제멋대로 꼬이고 후들거렸다.

무서웠다.

큰오빠는 그런 민정이를 뚫어지게 쳐다보고만 있었다.

컴퓨터보다 빠르고 명확한 두뇌를 가진 민정이는 자신이 과거의 체험에 빠져 현실을 잘못 착각하고 있다는 사실을 까맣게 모르고 있었다.

절망적인 감정에 스스로 절망할 뿐이었다.

"오해는 하지 마라. 언젠가 떠나야 할 너를 위해, 아무도 모르게 내가 미리 알아 둔 것뿐, 다른 뜻은 전혀 없다. 그러나 그보다 더 중요한 것은 아버지가 다시는 너를 찾지 않는다는 것이다. 즉 너에게 돌아갈 고향의 집은 세상에 없다. 가도 그만 와도 그만이지만, 이제부터 너의 인생은 너의 것이라는 말이다.”

환각, 환청이 아니었다.

분명히 남산 꼭대기를 스쳐 가는 바람소리 같은 큰오빠의 음성이었다.

도무지 믿기지 않는 일이었다.

거리와 시간 그리고 각운과 도운이 어떻게 생활하고 있으며, 세상의 사람들이 그들을 존경하고 있다는 유쾌한 소식까지 빈틈없이 적혀진 약도를 보았을 땐, 과거의 악몽이 다시 또 되살아날까 두려웠지만, 이젠 그럴 필요가 전혀 없다는 큰오빠의 이야기가 마냥 마음을 기쁨으로 들뜨게 하였다.

모든 것이 꿈만 같았다.

어린아이처럼 마음은 이미 순자강을 건너고, 싱그러운 햇살을 받아 더욱 푸르고 조용한 성모산으로 가고 있는 민정이는 고통과 괴로움을 모르고, 이름마저도 없는 어느 별나라에 둥둥 떠 있는 꽃구름이었다.

삶이라는 기나긴 길 위에서, 완전히 새로운 여행을 시작하는 민정이는 파란 꿈나라를 찾아가는 예쁜 요정이었다.

민정이는 성모산으로 출발하는 기차를 타기 위해 서둘러 큰오빠 집을 나섰다.

“민정아, 우리가 다시 만나는 날이 있을까?”

“저는 인연설을 믿어요. 인연이 있다면 누구든 그 인연 속에서 만나지겠지요."

밤 깊은 서울역에서 출발하는 막차를 타고 성모산으로 떠나는 민정이는 차창에다 큰오빠와의 마지막 인사를 새겨 놓고, 곰곰이 생각을 더듬어 보았지만, 왠지는 몰라도 다시 만나야 할 그 인연이 다시는 없을 것 같아 손가락으로 안녕이라는 글씨를 유리창에 썼다.

* * *   * * *

날마다 늘 새로운 성모산 숲 속에서 희한한 잔치가 벌어졌다.

성스러운 성모이신 관세음보살님이 머문다는 성모산 정상을 향하여, 정화수(井華水) 한 그릇을 떠놓고, 멀리 산 아래 펼쳐진 속세를 하객으로 맞이하여 주례라며 서 있는 도운의 앞에서 각운과 민정이의 결혼식이 거행되었다.

다 버리고 떠나온 사람들이기에 아무것도 가진 것은 없었지만 두 연인은 세상 어느 누구보다도 훨씬 기쁘고 행복했다.

솔바람은 목화송이 같은 흰 구름을 모아다가 신부의 아름다운 드레스를 만들고 태양은 수많은 빛깔들을 뿌려 나뭇잎들을 반짝이게 하며 환상적인 조명을 연출하였다.

산새들이 웨딩마치를 연주하고 흰 실 비단 같은 계곡 물소리는 힘차게 박수를 보내 주었다.

다이아반지와 아파트, 자가용과 금시계는 아니었지만, 숲 속에서 활짝 핀 꽃들을 다발로 엮어 만든 화관을 서로의 머리 위에 씌워 주며 예물을 대신한 각운과 민정이는 이 세상에서 가장 아름다운 꿈을 펼치는 한 쌍의 원앙이었다.

도운은 마음 하나로 하늘과 땅을 가져 버린 두 사람의 미소가 언제까지나 영원하라고 축복하여 주었다.

처음 민정이가 이곳에 왔을 땐, 식구 하나가 더 늘었다는 걱정보다 과연 그녀가 산에서 원시인처럼 지내는 미사리 생활을 견디어 내고 살아갈 수 있을지 의문이었다.

당장은 사랑이라는 달콤한 알사탕 맛에 모든 결점을 묻을 수가 있지만 사람이라는 그 자체가 언제나 잘 변하는 동물이기에, 절반은 믿지를 못했다.

그러나 도운은 자신의 생각이 잘못되었음을 곧 깨달았다.

만남이라는 기쁨에서 깨어난 각운과 민정이는 현실이라는 벽을 만지기 시작했다.

한번 더듬기 시작한 두 사람은 오랜 시간, 그들로서는 전혀 생소한 고민을 경험했다.

일찍이 사람과 사람의 관계가 얼마나 허무하고 피곤한 것인가를 아픔으로 체험한 그들은 서로의 가슴에 상처를 줄까 봐 꽤 많은 고민을 속으로 깨물었다.

영혼으로 현실이라는 시계바늘을 맞추어 보았다.

정확한 표준시계로 하나가 되었다.

"물이 물임을 알면 이미 물인 것을…… 무엇이 더 필요하고 무엇을 더 확인해야 합니까?"

민정이는 각운이 사랑하고, 도운이 사랑하는 모든 것들을 자신도 갖고 싶다고 말했다.

스스로 선택한 삶이 편하기를 기대하지는 않지만 만약 자유롭지 못하고 행복하지 못하다면 그것은 자신의 운명이라며, 오직 그 운명을 열심히 사랑하겠다고 말했다.

도운은 보기와는 영 딴판으로 솔직하고 구김살 없이 명랑한 민정이의 성격에 놀랐다.

해맑은 숲 속의 새처럼 늘 민정이는 밝고 즐거웠다.

도운은 그런 민정이가 오래전에 사귄 친구 같았다.

각기 다른 환경에서 자라나 사랑이라는 하나의 주제를 가지고 살아온 각운과 민정이는 세상에 다시없는 인생의 동반자였다.

사랑하는 사람들이 좋은 부부의 연을 맺어, 서로 탁마하며 성불도를 가는 것도 아름다운 인연이라는 도운의 권유로 각운과 민정이는 부부의 연을 맺기로 약속하였다.

지붕을 잇대어 기둥을 세우고 황토 흙을 발라 각운과 민정이가 사랑을 꽃피울 보금자리를 만들었다.

비록 형편없고 보잘것없는 방이었지만, 뚝딱 지어 놓고 가슴 뿌듯이 바라보는 그들은 마치 거대한 궁전의 주인이라도 된 것 같은 모습이었다.

준공식 겸 입방식 기념 테이프커팅이라며 걸쳐 놓은 칡덩굴을 낫으로 자를 때, 판사의 아내, 그림 같은 양옥집, 고급 아파트에서 우아한 사모님이 될 수 있었던 그 도시를 버리고, 그것들이 의미하는 모든 문명의 편리도 함께 버리고 온 민정이는 어린아이처럼 몹시도 상기된 모습이었다.

새로 지은 신방으로 들기 전에 냉수라도 떠 놓고 결혼식을 올리라는 도운의 즉석 제안으로 각운과 민정이는 천지신명 앞에 영원히 사랑하며 함께 성불할 것을 서약하고 어엿한 부부의 연을 맺는 결혼식을 올린 것이다.

언제나 살아서 움직이는 성모산 등성이는 산호의 울타리가 되었고 산허리를 줄달음쳐 온 푸른 숲은 민정이를 위해 만 가지 꽃들을 피워 내는 정원이었다.

모든 것을 다 버리고 온 기쁨과 장래에 대한 민정이의 신뢰가, 외롭고 힘겨울 산중 생활을 활기와 열정으로 바꾸어 놓았다.

각운과 민정이 두 사람이 뿜어내는 뜨거운 열기가 꿈처럼 빨간 단풍으로 타오르고, 신혼의 단꿈은 환상적인 숲 속의 아침 하늘처럼 아름다웠다.

어느 틈엔가 끼니를 준비하는 등 섬세한 손길이 필요한 집안일은 민정이가 도맡았다.

처음에는 지구 한 끝에서 온 사람처럼 모든 것이 낯선 생활에 익숙지 못한 민정이는 이따금씩 실수를 저지르기도 했지만, 색다른 환경에 적응할 줄 아는 지혜 있는 여자였다.

그러나 아직 성모산은 민정이가 낯설고 민정이도 성모산이 낯설었다.

차츰 서로를 이해하게 되어서야 민정이도 도운과 각운처럼 성모산의 일부가 될 수 있었다.

어디고 무엇 하나 나무랄 때 없는 민정이는 성모산 숲 속 아름다운 꽃이 되었다.

언제나 기름지고 풍요로운 성모산의 숲은 그들의 성역이며 원동력이었고 산채를 뜯거나 약초를 캐 모아, 닷새 만에 한 번씩 서는 장날 장에 내다 파는 일은 유일한 문명과의 만남이었으며 즐거움이었다.

비싼 화장품 대신 맑은 물로 얼굴을 씻고, 개울가 창포를 뜯어 맷돌에 곱게 갈아 우려낸 물로 머리를 감았다.

장날이면 장바닥에 뒹구는 단돈 천 원짜리 싸구려 몸뻬를 입고 살아도 민정이는 행복했으며, 사랑은 다래보다 더 푸르게 익어 갔다.

두 사람의 사랑을 증명이라도 하듯이, 이듬해 봄 민정이는 각운의 생명을 잉태하였다.

차오르는 달처럼 하루하루가 달라지는 민정이로 인해 도운과 각운은 쉴 틈이 없었다.

유달리 입덧을 심하게 하는 민정이를 위하여 부지런히 산과일들을 따 날랐고, 약초를 내다 파는 장날이면 산모에게 이로운 보약으로 바꾸어 왔다.

한 여자가 처음으로 아이를 갖는 것, 그것은 끝 모를 두려움이었고 공포이기도 했지만, 처음으로 어머니가 되고 아버지가 된다는 매우 근사한 사실은, 당사자인 민정이와 각운은 물론 두 사람을 지켜보는 도운까지 함께 들뜨게 만들었다.

출산 예정인 다음 해 정월까지, 태어날 아기를 위하여 옷이며 기저귀며 우유에서 담요와 미역까지, 심지어 사내인지 여아인지 성별도 알지 못하는 생명을 위하여 이름도 지어 놓았다.

세 사람에게는 전혀 생소한 일들이었지만, 빠짐없이 준비를 마쳤다.

그러나 부푼 기대와는 달리 세 사람의 꿈과 희망으로 초대한 정월은 너무나도 잔인한 얼굴이었다.

뼛속까지 얼어붙는 혹독한 한파에 살을 에는 폭풍설이 몰아치는 정월 초아흐렛날 밤, 초저녁 차를 마시던 민정이가 출산 예정일보다 무려 15일을 앞당겨서 진통을 시작했다.

출산에 대비하여, 그동안 부지런히 약초를 캐 시장에 내다 팔아서 모은 돈이 있었으므로 내일 아침 민정이의 생일을 함께 보내고, 읍내 병원에 장기 입원시켜 출산할 계획이었다.

정기검진을 받으려 읍내에 있는 산부인과에 갈 적마다, 산모와 아이가 모두 건강하다는 의사의 말을 믿고 의사가 입원하라는 날보다 훨씬 앞당겨 입원을 준비하고 있었는데, 예상하지 못한 진통에 산모인 민정이는 당황했고, 도운과 각운 역시 속수무책이었다.

그동안 의사의 조언을 받고 책을 읽는 등, 나름대로 응급 사태에 대하여 준비는 하고 있었지만 막상 산고가 시작되니 어찌할 바를 모르고 허둥댔다.

폭풍설이 몰아치는 밤, 출산을 도와줄 의사도 없는 깊은 산속에서, 민정이 혼자 첫아이를 낳게 해야 된다는 것은 두렵고 고통스러운 일이었다.

민정이는 두껍게 깔아 준 요 위에 누워, 무거운 몸을 마음대로 움직이지도 못하면서 온몸이 토막토막으로 잘리는 것 같은 통증으로, 사지를 흔들며 신음했다.

이마와 등줄기는 홍건히 젖은 땀으로 멱을 감을 정도였고, 부끄러움에 숨소리 하나라도 참으려고 입술을 깨물며 애를 썼으나, 민정이의 신음소리는 간간이 문밖으로 새어 나왔다.

밖에서 그 소리를 듣고 있는 도운은 무엇을 어디서부터 어떻게 시작해야 될지 막막할 따름이었다.

살을 에는 혹독한 추위와 폭풍설이 몰아치는 이 밤중에 이미 진통이 시작된 산모를 업고, 수십 리 산길을 내려가 다시 병원이 있는 읍내까지 밤새워 걸어간다는 것은, 십중팔구 산모와 아기 둘 다를 죽이는 일이었다.

뭔가 조치를 해야만 한다는 것을 알면서도, 달리 방도가 떠오르지 않았다.

도운은 민정이의 출산을 돕고 있는 각운을 밖으로 불러냈다.

"이대로는 안 될 것 같은데…… 어떤 결단을 내려야 할 것 같소?"

침통한 도운의 물음에 각운은 선뜻 대답할 말이 없었다.

갈수록 점점 더 커지는 민정이의 신음소리만 운명처럼 들렸다.

"어떤 결정을 내리든지, 우리의 능력으로는 모두가 위험한 것뿐, 이미 안전한 것은 하나도 없소."

두 사람은 자신들이 어떻게 하든, 산모인 민정이의 목숨이 좌우되는 일이기에, 사실을 이야기하고 그녀의 결정을 따르기로 했다.

"걱정하지 마세요. 내일이 제 생일이에요. 그러니까 제가 정월 초열흘 새벽에 태어났는데, 아마도 내일은 좋은 날이 될 거예요. 나는 지금 제 첫아이가 어쩌면 저와 생일과 시가 같을 것이라는 사실이 생각만 해도 신기하고 기뻐요."

민정이는 어차피 위험한 일이라면, 의사로부터 충분한 교육을 받았으며 여자라면 누구나 하는 일이니 걱정하지 말라며 집에서 자연분만을 원했다.

결정은 내려졌다.

도운은 자연분만으로 산모와 아기가 무사하여, 민정이의 바람대로 내일 아침 그녀가 먹을 미역국이 엄마와 아기의 즐거운 생일상으로 빛나기를 바랄 뿐이었다.

"당황하지 말고 하는 데까지 최선을 다해 봅시다."

도운과 각운은 자신들이 살아오면서 들은 이야기 중에 여자의 출산에 관한 기억들을 샅샅이 챙겨 보았지만, 쓸 만한 것은 없었다.

도운은 각운을 도와 아랫목 시렁에 타월을 비끄러매고, 타월의 한 끝이 민정이의 손에 닿아, 그녀가 그것을 붙들고 힘을 쓸 수 있도록 하였지만 난산이었다.

각운은 금방이라도 실신할 것 같은 창백한 얼굴에 비 오듯 땀을 쏟으며 심하게 흔들리는 민정이의 몸부림을 보고 있느니, 차라리 자신이 그 고통을 당하는 것이 나을 것 같았다.

여자가 아이를 낳는다는 것이 이토록 고통스러운 것인 줄 알았다면 차라리 아이를 갖지 않을 걸 하고, 각운은 동지섣달 밤보다 긴 후회를 했다.

도운은 방 안에서 산모를 돕는 일은 부부인 각운에게 맡기고, 자신은 부엌에서 산모를 위해 군불을 지피며 미역국을 끓일 준비를 하고, 산모와 아기가 태어나면 씻겨 줄 따뜻한 물까지 나름대로 할 수 있는 준비를 다 끝내 놓았다.

그러나 그날 밤 운명의 신은 그들의 편이 아니었다.

두 사람의 소원과는 달리, 출산은 갈수록 곤죽의 수렁으로 빠져들어 갔다.

설상가상으로 민정이는 시뻘건 피를 봇물처럼 흘리고 있었다.

어디서 무엇이 잘못되었는지 알 수 없는 두 사람은 망연자실할 뿐이었다.

이건 분명 운명의 수레바퀴가 제대로 돌아가지 않는다는 것을 뜻하는 것이었다.

어떻게 하든지 그 운명의 수레바퀴를 정상으로 되돌리려고 애를 썼지만, 소용이 없는 일이었다.

아무리 마음을 조이며 안타까워해 봐도, 펑펑 내리쏟는 하혈을 막을 수가 없었고 민정이의 고통을 멈추게 하거나 대신 고통을 느낄 수는 없는 일이었다.

"운명의 신은 우리 모두에게서 떠나 버린 것 같소!"

더는 말을 잇지 못하는 도운의 침통한 탄식에, 각운은 체념한 듯 고개를 끄덕이며, 눈물만 떨어뜨릴 뿐이었다.

하늘이 무너지고 땅이 꺼진다 해도, 민정이 혼자서 고통을 짊어지고 스스로 살아나는 도리밖에는 달리 방법이 없었다.

새로운 생명을 탄생시키려는 민정이와 그 생명을 죽이려는 죽음의 신이 벌이고 있는 싸움에서, 민정이가 승리하여 주기만을 간절히 기도할 뿐이었다.

어제의 그 시간 그 밤은 즐겁고 별것도 아닌 추위였지만, 오늘밤은 넌더리가 나도록 지긋지긋하고 모진 지옥이었다.

자정이 지나고 북두칠성이 산골짜기로 곤두박질치는 새벽까지, 긴 겨울밤을 죽음의 신과 맞서 혈투를 벌인 끝에, 만신창이가 되어 버린 민정이의 육신에서 죽음의 신이 짓누르며 닫아걸고 있는 어둠의 문을 열고 사내아이가 빛이 있는 세상으로 나왔다.

태어난 아기는 자신의 승리를 선언하듯 큰 소리로 울며 세상에 자신의 존재를 알렸지만, 민정이는 물론 각운과 도운은 그 소리에 기뻐할 기력조차 남아 있지 않았다.

새로 태어나는 생명을 위하여, 마지막 한 방울의 피까지 혼신의 힘을 다해 쏟아 버린 민정이는 이승의 언덕에서 백짓장보다 더 하얀 얼굴로 육신이라는 옷을 서서히 벗어 내고 있었다.

끓인 물에 소독한 면도칼로 탯줄을 잘라 무명실로 묶어 놓고, 저승으로 떠나는 민정이를 붙잡으려 했지만, 온갖 노력이 허사였다.

각운은 가물거리는 민정이를 부둥켜안고, 뜨거운 눈물을 펑펑 쏟아 냈다.

못다 준 사랑의 한이 눈물로 흘러내렸다.

밤새 산허리에 엎드려 있는 바위라도 날려 버릴 듯이, 세차게 몰아치며 넌더리가 나도록 방문을 두들기던 사나운 폭풍설이 추위에 얼어 버린 듯, 조용한 새벽하늘에 각운이 흘리는 눈물이 처마 끝 고드름으로 얼어붙었다.

"자기야 울지 마, 나는 괜찮아……. 아기는……?"

간신히 가물거리는 정신을 되돌려 한 손으로 눈물범벅인 각운의 얼굴을 만지며, 힘없이 묻는 민정이에게 아기는 괜찮다고 건강하다고 각운은 대답해 주었다.

민정이는 그럼 됐다는 듯 고개를 끄덕이며 아기를 찾았다.

"우……리……아……기……?"

실낱같은 숨을 허덕거리며, 점점 희미해지는 정신을 붙들려고 애를 쓰는 민정이를 지켜보는 도운과 각운은 살과 뼈를 발라내는 것 같은 견딜 수 없는 아픔에 차라리 자신들의 가슴이 죽어 버렸으면 하고 몸서리쳤다.

"아기를 보고 싶어 하는 것 같소."

침묵을 깨뜨리며 도운이 간신히 말을 꺼냈으나, 각운은 아무 소리도 듣지 못했다는 듯 묵묵부답이었다.

도운은 깨끗이 목욕을 시켜 강보에 뉘어 놓은 아기를 말없이 앉아 있는 각운에게 건네주었다.

아기를 받아 든 각운은 민정이와 아기를 번갈아 바라보았다.

아버지의 눈물이 아기의 볼에 떨어졌다.

각운은 아기를 민정이의 품에 안겨 주었다.

소리 없이 피어나는 꽃처럼, 조용한 민정이의 미소가 아기를 어루만졌다.

각운은 눈도 채 뜨지 못한 아기의 입에 엄마인 민정이의 젖꼭지를 물려 주었다.

아기는 본능적인 감각으로 엄마의 젖꼭지를 물고 흔들었다.

민정이는 가물거리는 눈을 뜨고, 자신의 가슴에 매달린 아기를 바라보며 행복한 미소를 지었다.

"자기야, …… 그냥 잠시…… 이대로 내가 자기를 볼 수 있게…… 나를 바라만 봐……줘…….."

한동안 아기를 바라보며 미소를 짓던 민정이는 각운에게 자기가 볼 수 있도록 잠깐만 자신을 바라보아 달라는 말을 남기고, 자신이 태어난 정월 초열흘 새벽, 세상에서 가장 아름답고 행복한 미소를 지으며, 동이 트는 성모산 새벽하늘을 휘감아 돌아가는 흰 구름을 따라갔다.

자신의 젖을 물고 잠이 든 아기를 안고 사랑하는 각운을 바라보며 영면에 든 민정이의 표정은, 사랑하는 남편이 지켜보는 앞에서 아이를 안고 잠이 든 행복한 여인의 모습이었다.

그런 민정이의 미소는 열반에 든 부처님의 미소처럼 평온하고 아름다웠다.

사람의 슬픔을 넘고 생과 사를 딛고 선 무색, 무취, 무상, 무아, 영원의 모습이었다.

"나무아미타불……."

도운은 하늘이 허락한 사랑을 위해, 자신의 모든 것을 아낌없이 주고, 영원의 세계로 떠나 버린 민정이를 위하여 조용히 염불기도를 했다.

민정이의 영혼이 아미타부처님의 인도로, 나고 죽음이 없는 극락

정토에 환생하기를 바라며, 간절히 아미타불을 염송하고, 무상게(無常偈)를 노래하여 주었다.

염불을 끝낸 도운은 한바탕 희로애락에 울고 불던 연극무대의 휘장을 내리듯, 조용히 사랑하는 민정이의 눈을 감겨 주고 있는 각운을 방 안에 남겨 두고 밖으로 나왔다.

정월 초열흘의 새벽하늘은 유난히도 파랗게 청승을 떨고 있었다.

귓불을 스치는 바람소리가 마치 아침밥을 지으려고 토방의 신발을 꿰차고 부엌으로 향하던 민정이의 발자국소리처럼 들렸다.

도운은 자신도 모르게 부엌문을 열어 보았다.

부엌에는 아무도 없었다.

썰렁한 바람만 불었다.

솥뚜껑을 열어 보니, 김과 함께 확 솟아오르는 미역국 냄새가 민정이의 체취처럼 풍겨 왔다.

말없이 솥 안을 들여다보던 도운의 눈에서 흘러내린 눈물이 솥 안으로 떨어졌다.

도운은 헛간에서 톱과 지게를 챙겨 들고 산호를 나섰다.

돌덩이처럼 꽁꽁 언 차가운 땅에 민정이를 그냥 보낼 수는 없었다.

민정이의 관을 만들기 위해 도운이 아름드리 소나무를 베고 다듬는 톱과 도끼질 소리가 그녀를 위한 열반의 종소리처럼 무심한 메아리로 흩어졌다.

아침의 한기에도 얼지 않는 뜨거운 눈물이 도운의 뺨을 타고 흘러내렸고, 바람은 숲을 흔들며 구슬픈 상여소리로 울었다.

각운은 민정이가 영원히 누울 칠성판이 도운의 손에서 짜이고 있는 동안에도, 그녀의 곁에서 움직일 줄 몰랐다.

아직도 꿈꾸는 듯 미소를 띠고 있는 민정이의 얼굴은 생과사의 분별이 없었다.

반석을 돌아 흐르는 맑은 물처럼, 살아 있던 순간이나 죽은 지금이나 아무것도 변한 게 없다며 자신의 영원한 사랑을 보여 주고 있는 것만 같았다.

민정이의 모습은 또 다른 평온이었다.

각운은 자신도 그 평온과 함께하고 싶었다.

스위치를 내린 형광등의 전깃불이 꺼지는 순간보다 더 짧은 생을 위해서, 영원한 평온을 잃어버리고 싶지는 않았다.

민정이의 품에서 젖꼭지를 물고 잠이 든 아기가 깨지 않도록 조심스레 한옆으로 뉘어 놓고, 피와 땀으로 얼룩이 진 민정이의 몸을 깨끗이 닦은 뒤 새 옷으로 갈아입혔다.

그리고 자신이 떠난 뒤 공연히 걱정하며, 자신의 주검을 찾으려 헤맬 도운에게 찾지 말라는 짤막한 글을 남겼다.

도운 스님
저희들은 성모산에 이는 바람으로 왔다가
성모산에 이는 구름으로 갑니다.
아이가 스님과 좋은 인연이 되기를 바랍니다.
바라건대 애써 저희를 찾지 마시고
굳이 말하지도 마십시오.
저희가 어디로 가는지는 제가 말하지 않아도
스님은 아실 것이라 믿습니다.

각운은 다 쓴 글을 접어 아기의 머리맡에 두고, 민정이를 안고 살며시 문지방을 나섰다.

뒤꼍에서 민정이의 칠성판을 만들고 있는 도운이 나무를 찍어대는 도끼질 소리가 먼 하늘 끝에서, 민정이와 자신을 위해 아미타불이 부르는 무상의 노래처럼 들렸다.

휘이 훨훨 금세라도 날아갈 것 같은 기분이었다.

각운은 사랑하는 민정이를 안고, 이제 막 높다란 산등성이에서 얼굴을 내민 겨울 햇살의 안내를 받으며 열려 있는 영원의 길을 따라갔다.

송림 숲을 지나고 산허리의 외길을 돌아서 나고 죽음이 없는 영원의 세계로 조용히 몸을 감추어 버렸다.

추위도 아랑곳 않고 땀방울이 송골송골 맺히도록 민정이의 관을 만들던 도운이 각운의 떠남을 안 것은, 꽤 많은 시간이 지난 뒤였다.

자신이 태어나면서 무슨 일이 있었는지 알지 못한 채, 생의 첫 잠에서 깨어난 아기의 울음소리가 각운의 떠남을 알려 주었다.

심상치 않은 아기의 울음소리에 방문을 열어 본 도운은 깜짝 놀랐다.

대충 정리된 방 안에는 있어야 할 각운과 민정이가 없었다.

아기의 머리맡에 남겨진 글을 읽고, 황급히 눈 위에 남겨진 각운의 발자국을 따라가던 도운은 애써 찾지 말라며 "어디로 가는지 굳이 말하지 않아도 알 것이라 믿는다"는 각운이 남긴 글을 떠올리며, 걸음을 멈추었다.

성스러운 성모님이 상주하는 불생불멸의 바위굴이 있다는 성모산 정상을 바라보았다

도운은 각운이 사랑하는 민정이와 함께 성모님이 상주한다는 불생불멸의 바위굴을 찾아갔을 것이라고 생각했다.

영원한 세계로 함께 떠난 각운과 민정이의 지고한 사랑을 방해하고 싶지 않았다.

눈이 내리면 하얀 눈이 되고, 봄이 오면 만 가지 꽃으로 피고, 가을이 오면 형형색색의 아름다운 단풍으로 타오를 각운과 민정이의 사랑과 자유를 자신만이라도 지켜 주고 싶었다.

각운이 민정이를 안고 사라진 성모산 정상을 바라보며, 조용히 발길을 돌리던 도운은 불현듯 자신의 품속에 남겨진 어린 아기가 숙명처럼 느껴졌다.

"바람."

언제나 자유로운 영혼이 되라고, 그 어떤 관습과 인습은 물론 세상 그 어떤 그물로도 잡을 수 없고 가둘 수 없는 자유로운 바람, 존재하되 존재하지 않으며, 보이되 보이지 않으며, 삼라만상을 차별 없이 보듬어 안아 주고 온 누리에 봄이 오면 그 봄마저 아낌없이 주고 가는 자유로운 바람이 되라고 도운은 아기의 이름을 "바람"이라고 지었다.

제5부
또 하나의 굴레

"**더**러운 위선자"

"땡초"

"파계승"

바람이의 존재가 산 아래 세상에 알려지면서부터, 차마 듣기 거북한 언어들이 광대의 꼬리표처럼 도운을 따라다녔고, 끝내는 파문이라는 무서운 형벌이 내려졌다.

그것은 어지러운 회오리였다.

"돌아도 아주 홱 돌았다며……?"

"미쳐서 돈 게 아니고 마누라가 에를 낳고 도망을 가 버렸대……."

"아니여, 마누라가 애를 낳고 죽었다던데……."

"거 참, 알 수 없는 세상이여. 젊어서 도를 이루었다는 그 스님이 아이를 낳을 줄 부처님인들 알았겠어……."

“아, 세상 살다 보면 저도 사람인데, 별수가 있을라고……”

손끝이 시리도록 깊고 푸른 순자강 물굽이를 따라, 흰 눈보다 더 고운 꽃구름들이 아름다운 꿈을 꾸고, 숲 속에는 청옥같이 맑은 이슬들이 오색의 무지개를 이어 가는 태고의 성모산에 부끄러운 소문이 떠돌았다.

소문이 떠돌자 새들은 온갖 소리로 수군거렸다.

날이면 날마다 조잘거리는 소리는 성모산을 시끄럽게 떠돌았지만, 도운은 언제나 태평이었다.

입안 깊숙이 혀를 감추어 버린 장승처럼 한마디의 변명도 하지 않았으며 화를 낼 줄도 몰랐다.

처음 도운에게 맡겨진 바람이의 존재는 전혀 생소한 시련이며, 또 다른 경험이었다.

죽은 각운과 민정이가 자신에게 바람이를 맡겼을 땐, 아이 하나 키우는 것은 그다지 어려운 일이 아니라고 생각했다.

울면 젖 주고, 때가 되면 밥을 주면 되는 것으로 쉽게만 생각했다.

그러나 그것은 결코 쉬운 일이 아니었다.

아이를 키워 보지 않은 도운의 착각이었다.

젖먹이 어린애 한 명 키우는 일이 여간 힘들고 어려운 일이 아니었다.

어미 없는 아이 하나 키우는 일이 첩 셋을 데리고 사는 것보다 힘들고, 농사 중에서도 제일 힘든 농사라는 산 아래 마을 노인의 말을 날마다 온몸으로 절감하며 살았다.

하루 24시간 자신의 곁에서 지켜 줄 것을 요구하며 무조건 먹어야 하는 어린 생명 앞에서, 깨달음이나 종교적 위엄은 물론 인간의 품위와 체면 따위는 아무런 쓸모가 없었으며, 별개의 것이었다.

그것들은 먹어야 산다는 당장 눈앞에 벌어진 바람이와 자신의 현실에 털끝만 한 도움도 되지 못했다.

오히려 여차하면 어린 생목숨을 죽이려는 올가미였다.

도운은 칡뿌리 하나면 목숨을 이어 갈 수 있었지만, 엄마가 없는 바람이에게는 우유가 필요했다.

일정한 수입이 없는 산속의 생활에서 할 수 있는 일이라면 산채를 뜯거나 약초를 캐 장날이면 팔거나 하는 일인데, 한시도 떼어 놓을 수 없는 젖먹이 바람이가 딸린 뒤로는 그 일마저 수월하지 않았다.

그동안 알게 모르게 엉클어졌던 도운의 생활은 더욱 뒤얽혀 엉망이 되어 버렸다.

한때는 자신으로서는 힘들기만 한 바람이의 양육을 고아원이나 남의 집 양자로 입양시키는 문제를 심각하게 고민해 보았지만, 바람이와 함께하는 것이 자신에게 더 충실함이라고 생각했다.

하지만 바람이를 위한 자신의 행위가 인간의 도덕적 윤리나 종교적 윤리에서 정당하며 당연한 것이라고 믿는 마음과는 달리 어렵기는 갈수록 더했다.

여러 가지 궁리를 해 보아도 특별한 묘수가 없었다.

살자고 살아서 산목숨이 살아갈 길이 막막하기만 하였다.

고민 끝에 탁발을 나섰다.

어린 바람이를 업고 읍내에 나가 목탁을 두드리며 우유 값을 구걸하는 도운을 보고, 세상은 희한한 구경거리라며 조롱했다.

골목의 아이들도 신파극의 광대나 만난 듯이, 도운의 꽁무니를 따라다니며 촐랑거렸지만, 정작 도운은 개의치 않았다.

사람들이 조소와 멸시의 손끝으로 던져 주는 동전을 엎드려 감사히 받을 뿐이었다.

탁발은 바람이의 우유 값을 해결하는 일시적인 방법으론 그런대로 괜찮았지만, 그것은 또 다른 시비와 비난의 대상이었다.

도운은 바람이를 도움을 받아야 할 가여운 생명으로 보지 않고, 어떤 부류, 누구의 씨앗인가로 도움의 기준을 삼고 평가하는 세상이 이해되지 않았다.

혹 바람이의 존재가 세상 사람들이 요구하는 가치에 부합하지 않는다 해도, 모든 생명은 차별이 있을 수 없고 사람들이 지향하는 가치가 생명의 가치보다 우선할 수는 없다는 것이 도운의 소신이었지만, 싫든 좋든 자신의 행위가 불교의 위엄을 손상한다는 승려들의 경고를 무시할 수는 없었다.

탁발을 중단했다.

그러나 우유를 구할 돈이 없고, 우유가 없다는 것은 어린 바람이에게는 유일한 생존의 수단인 젖줄이 막힌 생사의 문제였다.

감내하기 힘든 일이었다.

도운은 우유가 바닥이 난 바람이에게 마을 아주머니가 일러준 대로 쌀을 빻아 죽을 쑤어 먹여도 보았지만, 하루가 다르게 야위어 가는 바람이의 모습이 안타까웠다.

어린 생목숨을 죽일 것만 같았다.

두려웠다.

바람이를 낡은 걸망으로 들쳐 업고 선주암 산호를 나섰다.

일전에 사람을 보내 전해 온 연화사 승려들의 경고를 무시하고, 성모산을 하산한 도운이 읍내에 도착했을 땐, 오월의 쾌청한 하늘은 성스러운 부처님의 탄생을 봉축하는 듯 푸른 가로수 가지마다에 주렁 주렁 열린 연등 속에서, 내일로 다가선 초파일을 기다리고 있었다.

부유한 집의 대문이나 가난한 집의 문설주나 다닥다닥 이어진 집 집마다의 문전에 활짝 핀 연등이 부처님의 마음처럼 고결한 빛을 뿜어내고 있었다.

성모산 깊은 계곡 선주암 숲 속에서 몇 시인지 며칠인지, 날도 때도 모르고 살아온 도운은 내일이 초파일이라는 것을 지금에서야 알게 된 자신이 조금은 쑥스러웠다.

하지만 마음 한편으로는 부처님 덕에 바람이의 우유 값 구걸이 조금은 수월할 것 같았다.

예전 같으면 목탁을 두드리고 반야의 권선문을 읊조리며 탁발을 하였겠지만, 그럴 수는 없었다.

바람이를 등에 업고 탁발하는 자신의 행위가 인근 사찰들의 권위와 신도들의 자존심에 상처를 준다며 중지하라는 승려들의 경고를 무시할 수는 없었다.

목탁을 버리고, 침묵의 바리때를 들고 탁발이 아닌 구걸을 하였다.

그러나 그것은 형식적인 것일 뿐, 실상은 도운이 승복을 입고 있는 이상, 그것은 분명한 탁발이었다.

굳이 한 푼만 도와 달라는 말을 하지 않아도, 가게 문을 열고 바리때를 내미는 도운을 각설이가 또 왔느냐는 듯 야릇한 눈초리로 훑어보면서 조소로 던져 주는 동전이 하늘과 땅 위에 가득히 충만한 부처님의 미소 탓인지, 예전보다는 많이 쌓였다.

"바람아, 부처님 덕분에 우리가 오늘 복을 받는 모양이다."

등에 업힌 바람이를 향하여, 중얼거리는 도운의 목소리는 퍽이나 기분 좋은 억양이었다.

바람이를 업고 처음 이 길거리에 나섰을 때에 비하면, 분명 복 받
는 날이었다.

그날도 중국대륙의 모래 바람이 누런 황사를 뿌리며 옷깃을 후벼
파던 꽃샘추위 속에서, 곤혹스러운 멸시를 당하며 집집마다의 문턱을
더듬거리며 탁발을 하고 있었다.

등이 홍건히 젖도록 오줌을 싼 바람이가 배가 고파 울어댔다.

난감한 도운은 터미널 앞에 있는 다방으로 들어갔다.

그러나 빈 의자는 많았어도, 도운이 앉아 바람이의 젖은 귀저기를
갈아 채울 자리는 처음부터 없었다.

서너 명뿐인 손님들 곁에 앉아서, 시시덕거리던 다방 아가씨에게
미친 거지의 취급을 당하면서 내쫓겼다.

기가 막혔다.

마음 같아서는 낯선 문설주를 부둥켜안고 하소연이라도 하고 싶었다.

서글픈 마음을 억누르며, 시커먼 기름때가 너덜거리는 터미널 세
차장 양지쪽에 앉아 급한 대로 귀저기를 갈아 주면서, 배고프고 춥다
는 것이 인간에게 얼마나 큰 괴로움인가를 심장에 돌이 박히도록 맛
보아야 했었다.

조심스럽게 아스라한 기억을 더듬으며 구걸을 하는 도운이 느린
걸음으로 상설시장을 지나 큰길로 나섰을 때, 귀여운 초등학교 어린
이 고적대가 내일로 다가온 초파일을 경축하면서 오월의 꿈을 노래
하며 지나가고 있었다.

빨간 유니폼에 하얀 깃털을 단 반달모양의 모자를 비스듬히 쓰고
행진하면서 합주하는 어린이 밴드 음악에 지나가는 사람들은 저마다
잊어버린 동심이 되살아난 듯 발길을 멈추고, 티 없이 맑고 고운 음

률에 빠져들었다.

어린이 밴드음악이 연주하는 고향의 봄을 따라 파란 하늘 목화송이 같은 흰 구름 너머로 두고 온 어린 시절이 아득히 보이고 고적대 어린이들은 소꿉친구들의 정겨운 얼굴로 다가왔다.

솜사탕 같은 추억을 따라 고적대를 바라보고 있는 도운은 예전의 모습이 아니었다.

얼굴이 없고 생각이 없고 너도 없고 나도 없는 성불도의 길에서, 의연하던 전날의 자신을 잊고, 석양빛을 서러워하는 나그네의 쓸쓸한 모습이었다.

졸리는 밤하늘의 별처럼, 살며시 눈을 감은 도운은 자신의 욕구를 채워 줄 수 없는 땅을 버리고, 삭발 염주에 바랑을 걸머진 사문(沙門)이라는 구도의 나그네가 되어, 타향 땅 찬이슬 밭을 걸어 온 그 길을 거슬러 가고 있었다.

그곳에는 해와 달이 첩첩이 돌아든 세월을 빛바랜 가슴으로 헤아리고 있었다.

"어머니는 건강하실까?"

"아버지는 어떻게 지내고 계실까?"

어린 시절 골목에서 함께 놀던 소꿉친구들도 보고 싶었다.

예전 같으면 머리 깎은 승려가 속세를 그리는 것은 나약하고 게으른 못난이 짓이라고 스스로 책망했을 도운이었지만, 승려 이전에 가슴을 가진 사람의 아들이었고, 그만큼 힘겨운 일상에 마음까지 지친 나그네였다.

도운은 어린이 고적대를 바라보면서 잠시 상념에 빠진 그런 자신이 스스로 놀랍고 쑥스러웠다.

불호를 염하며 서둘러 발길을 돌리는 도운을 십여 명의 사내들이 빠르게 에워싸며 다가섰다.

힘깨나 쓸 것 같은 덩치 큰 사내 하나가 나서며 말했다.

"너 뭐야?"

도운은 영문을 알 수 없는 그들의 정체를 알려고 애썼지만, 언뜻 떠오르지 않았다.

사람을 잘못 보았을 거라고 생각했다.

조용히 합장하면서 비켜 가려는 도운을 사내들이 가로막았다.

학창시절에는 거리의 투사로 날았고 성모산 숲에서 단련된 도운이 힘을 사용한다면 그리 어려운 일이 아니었지만, 청년들의 앞에 정중히 고개를 숙였다.

"왜들 그러시는지요?"

가던 길을 제지당하고 전혀 예측할 수 없는 상황이었지만, 침착하고 부드러운 목소리로 말하는 도운은 시중의 파락호처럼 형편없이 낡은 누더기 옷을 입었어도, 오월의 훈훈한 미풍이 뚜렷한 이목구비와 몸 전체에서 살랑이고 있었다.

그러나 도운은 그런 모습이 청년들에게 아무런 힘도 없는 깃 빠진 참새 같은 존재로 만만하게 보였을 뿐, 자신에게 조금치의 도움도 될 수 없는 행위라는 것을 알지 못했다.

"왜 그러다니? 자식, 주둥인 살아서 말대꾸하는 것 봐라."

갈색의 점퍼 호주머니에서, 방금 씹다가 뱉어 버린 담배 대신 또 하나의 새로운 담배를 꼬나물고, 플라스틱 라이터의 불을 켜던 사내 하나가 차가운 목소리를 방금 자신이 침과 함께 뱉어 버린 꽁초 위에 던지면서, 도운을 향하여 구둣발을 날렸다.

상대의 인격이나 생사를 무시하고 불문곡직 일으킨 싸움이었으며, 선전포고도 없는 야비한 전쟁이었다.

피할 수 없는 예리한 각도를 그리면서 도운의 가슴으로 파고드는 구둣발에, 모여선 사람들은 도운이 기절하든지 어느 한 군데 뼈가 딸꾹 부러질 것으로 믿었다.

그러나 영문도 모르는 구둣발을 고스란히 받아들일 이유가 없다고 생각한 도운은 한 걸음 물러서면서, 사내의 구둣발을 한 치 앞 허공으로 가볍게 띄워 버렸다.

사내는 제풀에 못 이겨 비틀거리며 길바닥에 엎어졌다.

구경꾼들은 웃었지만, 사내들은 웃지 않았다.

그것은 또 다른 신호였다.

도운은 노골적인 욕설을 짓씹으며 다가서는 정체를 알 수 없는 사내들을 상대하기가 난감했다.

짧은 순간 이런 수모를 대낮의 길거리에서 당해야 할 만큼 죄 많은 악연이 있었는지 뇌리 속의 과거를 뒤적이어 보았지만, 그럴 만한 흔적은 없었다.

분명하지만 알 수 없는 미소가 도운의 입가에 소리 없이 피었다.

사내들은 주춤거렸다.

"대체 이러는 이유가 뭐요? 이유나 알아봅시다."

아직은 스스로의 분노를 소화할 수 있는 여유가 도운에겐 있었다.

사내들은 그런 도운의 기세를 꺾으려 들었지만, 그렇게 쉽지가 않았다.

"너 같은 놈을 죽이는 데도, 이유가 있어야 하나?"

도운은 울컥 치미는 화를 삭이며 마른침을 삼켰다.

“한 마리 미물의 벌레를 죽이려 해도 분명 자비로운 이유가 있어야 함인데, 그 말씀은 너무 잔인한 것 같군요.”

억양 없는 목소리였지만, 그냥은 결코 묵과할 수 없다는 도운의 의지였다.

“그래서 네놈에게도 자비를 베풀어 달라는 말이냐?”

사내들은 도운의 면전에 모욕적인 욕지거리를 거침없이 뱉으며 조롱했다.

짐승이었다.

도운은 따귀라도 한 대 갈겨 주고, 심장이 사람의 것인지 확인하고 싶은 충동을 몇천 원의 동전으로 반쯤 채워진 바리때에 담았지만, 억지 춘향이처럼 사내들을 상대해야 하는 자신이 스스로 생각해도 기가 찰 노릇이었다.

“처음부터 당신들에게 자비를 바라진 않았소, 물론 지금도 마찬가지요. 하지만 억울하지 않게 이유나 알자는 것이오. 그래야 당신들의 말에 순응해도 할 것이 아니겠소?”

도운은 당황하거나 감정을 드러내지도 않았다.

어떤 이유인지 알 수는 없지만, 번화한 읍내 한복판 길거리에서 사내들과의 시비를 더는 지속하고 싶지 않았다.

“신도님들, 이놈하고 입씨름을 할 것이 아니라, 스님들이 기다리는 대승전으로 어서 끌고 갑시다.”

나이 듬직한 사내 하나가 일행들을 부추기며 나서자, 도운은 해녀들의 손에 잡혀 횟감이 되기 위해 민물에 담가진 낙지처럼, 모든 것을 포기하여 버렸다.

사내들은 연화사에 모여 초파일 행사를 준비하던 신도들이었다.

그들의 의도는 분명했다.

시비를 계속할 이유가 없었다.

구걸 행위가 바람이를 위한 자비행이라 하여도 신도들과 맞서 소란을 피운다는 것은, 상상할 수 없는 일이었다.

"시방법계 제불보살님들께 자비를 구할 뿐입니다."

도운은 순응할 뜻을 밝히고 용서를 빌었지만, 사내들은 가슴이 없는 동물들이었다.

정중히 사과하며 허리를 굽히는 도운의 옆구리를, 옆에 있던 사내가 구둣발로 걷어찼다.

스스로 방어를 포기한 사람을 걷어차는 것은 비겁하고 부끄러운 폭력이었다.

비겁한 구둣발에 채인 순간, 숨을 끊는 짧은 신음이 도운의 입에서 나직이 흘러나왔다.

등에 업힌 바람이 다칠까 봐 쓰러지지 않으려고 애를 썼지만 허사였다.

희미해지는 의식을 붙잡을 수가 없었다.

두어 발 앞으로 비틀거리며 쓰러지는 도운의 눈에 자비로운 연화사 큰스님의 미소가 스쳐 가고, 관세음보살님의 미소가 허공으로 다가섰다.

바리때 속의 동전들이 와르르 쏟아지고, 놀란 바람이가 자지러지는 울음보를 터트렸지만, 하늘과 땅은 방관자로 지켜만 보고 있었다.

요란한 쇳소리를 길거리에 질펀하게 반죽하며 한꺼번에 아스팔트 위에 쏟아진 동전들은 가까이 혹은 조금 멀리 굴러가 누렇고 흰 빛을 반짝이었다.

사내들은 흩어진 동전들을 밟지 않으려고, 발꿈치를 세우며 비켜 가는 행인들 사이로, 승리를 확인하려는 듯 앞으로 쓰러져 꿈틀거리는 도운을 사정없이 짓밟으며 우쭐거렸다.

"차에 싣고 빨리 가자."

서두르는 리더의 손짓을 따라, 길옆에 세워 둔 승용차 뒷좌석에 도운을 밀어 넣고 빠른 속력으로 연화사를 향해 가는 사내들은 기다리던 사냥감을 잡은 사냥꾼들처럼 매우 만족한 표정들이었다.

사내들이 떠나 버린 거리엔 서로 눈치만 보면서 머뭇거리던 행인들이 몇 푼 안 되는 동전을 줍기 위해 우르르 달려들었고, 지나가다 급브레이크를 밟고 멈춰선 차들의 신경질적인 경적 소리만 요란스럽게 울리고 있었다.

* * *　　　* * *

연화사는 사람들의 홍수였다.

이어진 법당의 전각들은 더욱 화려했고, 요사채마다 널찍한 방 안에는 전국에서 모여든 신도들로 가득 찼다.

공양간에서는 많은 보살들이 초파일에 사용할 음식들을 마련하느라 분주히 움직이고 있었고, 절의 살림살이를 맡아보는 원주실에서는 내일의 축제 준비를 지휘하면서, 각지에서 공양 온 신도들의 연등 접수에 정신없이 움직이고 있었다.

기다란 댓돌과 고무신들이 즐비한 대승전 뒤뜰에는, 천년 묵은 송진 향이 물씬거리는 대들보 처마 밑까지 건너지른 서까래 빛바랜 지붕 위의 기와들이 올가미 덫에 걸린 노루처럼 붙잡혀 온 도운을 바라보고 있었다.

도운을 가운데 두고, 수천 미터 지하 깊숙한 탄광의 갱도 끝 막장에서 폭발하려는 다이너마이트처럼 술렁이는 눈총들이 따갑게 부딪치고 있었다.

"두고 봐야 절 집안의 망신이다."

"당장 요절을 내 버려라."

"빨리 내쫓아 버리지 뭘 하나?"

대승전 뒤뜰에 모여 선 신도들 가운데, 누군가의 입에서 터져 나온 저주는 한껏 부풀어 금방이라도 터질 것 같은 풍선처럼, 팽팽하게 당겨진 분위기를 깼다.

"경찰에 넘겨라."

"다시는 그 짓을 못 하도록 다리를 분질러 버려라."

곤죽이 된 승려들과 신도들의 독설은 도운의 가슴을 바늘처럼 찔러 왔다.

겁에 질려 줄곧 울음 줄을 뜯고 있는 바람이를 달래고 있는 도운은 바람이의 생계에 대하여, 다른 현명한 방법을 찾지 못한 자신이 마음 아플 뿐, 아무것도 모르고 비난하는 신도들을 원망하지는 않았다.

스스로 양심에 부끄러움이 없다면, 진실을 외면하고 고통의 멍에를 씌워 준 상대를 미워할 필요는 없었다.

신도들은 욕지거리를 계속할 뿐, 절이라는 울타리 안에서 승복을 입고 있는 도운에게 손찌검은 하지 못했다.

아니, 할 수가 없었다.

도감을 비롯한 절의 관리직을 맡고 있는 몇몇 젊은 승려들이 모여 들었다.

재판이 시작되었다.

아득한 옛날 석가모니부처님은 죄지은 자에게 자비라는 구원의 손을 내밀었을 뿐, 사람의 죄를 심판하지 않았다.

그러나 그들은 신과 사람의 자격으로 사람의 죄를 따져 들었다.

사람의 허물은 사람이 감싸 주어야 한다고 생각하는 도운에게 그들의 행위는 부질없는 어리석음이었다.

도감인 원종이 중심이 된 재판관들은 힘깨나 쓸 것 같은 행자와 읍에서 도운을 끌고 온 젊은 신도들을 도운의 곁에 세워 놓고, 무언의 위협을 가하면서 논죄를 시작했다.

번지르르 기름기가 흐르는 원종의 턱이 방아를 찧었다.

"시비할 시간이 없다. 물론 네놈도 이 상황이 기분 좋을 리는 없겠지."

밑도 끝도 없는 원종의 물음에 도운은 대답하지 않았다.

일고의 가치도 없는 심문이라는 듯, 묵살하는 도운에게 원종의 표정은 퍽이나 자존심이 상한다는 투였다.

불쾌한 원종의 심사가 목소리에서 역력히 묻어 나왔다.

"피차 서로를 위해 빠른 종결을 지었으면 하는데 어떠냐?"

도운은 무리 지어 늘어선 낯선 눈빛들이 무서운 듯, 두려운 낯빛으로 칭얼거리는 바람이를 묵묵히 다독거리며, 호령하는 원종의 얼굴을 바라보았다.

세월이 가도 변하지 않을 것은 변하지 않았다.

온갖 것에 뒤섞여 부패한 사람의 더러움이 거기 있었다.

권모술수에 능한 혀와 승려라는 직분에 어울리지 않는 사치가 그것을 증명하고 있었다.

예전과 하나도 변한 게 없었다.

비록 하찮은 직책이긴 하지만 신성하고 엄격한 산중의 승방에서, 지금껏 출세를 거듭하여, 도감이라는 자리에 앉은 원종이 신통하기만 하였다.

기억하고 싶지 않는 과거의 악연이 되살아 왔다.

오장육부를 꺼내 빌어먹을 인심이었다.

원망하고 싶지는 않았다.

벌써 몇 해 전의 일이던가?

연화사 승방에서 큰스님을 모시고 함께 공부할 때, 도운이 미망(迷妄)에 빠져 미쳤다고 소문을 퍼뜨린 교활한 원종의 혀끝에서 난도질 당해야 할 자신이 조금은 난감했지만, 어쩔 수 없는 운명이라고 생각했다.

그때의 원종이 도감이라는 직위로 자신을 심판하고 있는 오늘이, 다 겁생을 두고 쌓여 온 피할 수 없는 숙명처럼 느껴졌다.

밉든 곱든 한때나마 한솥밥에 살을 붙이며 공부하던 원종이 지금의 현실을 의심하지 않기를 바라지는 않았지만, 이처럼 모진 고통을 가할 줄은 몰랐다.

사람의 자식이 사람의 자식을 못 믿는다면, 그건 사람의 가장 큰 슬픔이며 고통이라고 생각했다.

한순간 사람이 무서웠다.

모든 사람은 가면이라는 또 다른 얼굴을 가지고 있는 것만 같았다.

사람에 대한 자신의 실망에 오히려 가슴이 아팠다.

타인의 아픔을 마치 고양이가 죽어 가는 쥐의 고통을 즐기듯, 그렇게 즐기는 것이 세상의 인심이라 하여도, 자신이 그것에 실망할 필요는 없다고 생각했다.

원종의 얼굴을 바라보았다.

얼굴 가득 도감이라는 위세가 마당을 이루고 있었다.

"무엇을 종결하자는 것인지 알 수는 없지만, 스님이 내게 필요한 종결이 있다면, 그 종결을 위하여 힘써 보겠으니 말해 보시오."

표정 하나 없는 도운의 목소리가 호수의 달빛처럼, 대승전 뒤뜰을 싸안았다.

원종은 비웃었다.

도운의 존재를 통째로 뭉개 버리려는 표정이었다.

"짜식, 주둥인 살아서 문자 쓰고 있네."

도운은 대답하지 않았다.

원종의 콧방귀까지 신경 쓸 필요는 없었다.

두 귀가 꽉 막힌 그들에게 진실을 말한다는 것은, 또 하나의 시빗 거리만 더해 줄 뿐 공연한 헛수고였다.

무엇보다도 수많은 신도를 앞에서, 승려들끼리 다투는 추악한 모습을 자신이 보여 주고 싶지는 않았다.

사랑과 미움, 기쁨과 슬픔, 돈과 권력, 세상 모든 것들로부터 영혼의 완전한 자유를 위하여 끊임없이 꿈틀거리는 욕망의 갈등을 잠재우기 위해서는 모든 것에 대한 욕구를 참는 수밖엔 없었기에 무엇이든 참는 데 숙달된 도운이었지만, 죄 아닌 죄를 심판받기 위해 동물원의 원숭이처럼 사람들의 앞에 내세워진 자신이 견딜 수 없는 무게로 짓눌렸다.

"아무렇거나 지금의 나는 스님이 원하는 그 종결을 빨리 내렸으면 할 뿐이오."

원종은 손가락을 들어 도운의 품에 있는 바람이를 가리켰다.

바람이가 도운 너의 자식이 아니냐는 그런 뜻이었다.

예상했던 일이었지만 기가 막혔다.

바람이가 누구의 자식이든, 정작 키우는 자신은 아무렇지도 않은데 사람들은 왜 자꾸만 괴롭히는지 쉽게 이해되지 않았다.

"아니오."

자신도 모르게 목울대를 넘어오는 아니라는 한마디를 꿀꺽 다시 삼켜 버렸다.

인생은 고해의 바다라 우리가 낚싯대를 던져 건져 올릴 것은 고통과 번뇌뿐이기에, 제각기 살아가는 사람들을 향하여 자신을 해명하고 타인에게 진실을 이야기한다는 것이 얼마나 피곤하고 어리석은 짓인지 잘 알고 있었다.

어차피 벗어날 수 없는 굴레라면, 숙명이라는 자신의 업으로 긍정하는 것이 편할 것 같았다.

현실과 타협하지 말라고, 협상의 테이블에서 떠나라고, 심장의 맥박은 쿵쿵 북치는 소리를 질렀다.

원종의 말을 인정하는 것이 자신과 바람이는 물론 동료 승려들, 그리고 세상 사람들을 위해서 좋은 일이라고 믿었다.

결단코 지금 타협하려는 이 현실의 테이블이 비겁한 자리가 아니라고 스스로를 위로했다.

도운은 지친 울음을 응얼거리며, 잠이 들려는 바람이의 얼굴에 흐르는 눈물을 옷깃으로 닦아 주며 말했다.

"스님은 내게서 어떤 대답을 듣기를 원하시오? 원하시는 대답을 드릴 테니 말해 보시오."

"그 아이와의 관계를, 이를테면 너의 양심 너의 진실을 말해 주면

된다. 그뿐이다."

"그래요. 그렇다면 문제는 간단하군요. 나에겐 특별히 감추어진 양심이나 진실이라는 것은 없소. 보시다시피 지금 나의 모습이 전부요. 이 밖에 더는 아무것도 없는 놈이오."

본래 어떤 사물이나 현상 그 자체에 진실과 거짓이 존재하는 것이 아니라고 도운은 믿었다.

그 사물이나 현상을 보고, 이해하는 사람의 관점에 따른 긍정과 부정일 뿐이기에, 진실이라는 그 낱말 자체마저 본질을 오도하고 있을 뿐, 사물이나 현상이 갖고 있는 본질을 대변할 수 없는 허언이라고 생각했다.

그러나 원종 네가 원하는 대로 판단하라는 말은 곧 자신에 대한 포기였다.

도운의 목소리는 떨리거나 높고 낮음도 없이, 대승전 뒤뜰을 채웠다.

비단으로 지은 화려한 승복을 입고 맨 윗자리에 오만하게 앉아서 시큰둥한 목소리로 반말을 지껄이며 도운을 심판하려던 원종은 자신이 요구한 죄인의 진술에, 자신의 영혼이 심판을 당하는 꼴이었다.

원종은 불쾌한 감정을 도운에게 모두 쏟아부었다.

"무엇이 어찌 됐건, 분명한 사실은 너는 그 어린아이의 아버지라는 것이다. 마땅히 출가한 비구라면 청정함이 으뜸인데, 가장 경계해야 할 불음계를 어기고, 여자를 가까이 탐하여 자식까지 낳은 놈이 무슨 염치로 잿빛 염의를 입고 시방법계 보살들의 공양을 받는단 말이냐?"

원종의 입은 따발총이었다.

빡빡 깎은 머리털만큼이나 많은 말들을 순식간에 쏟아 냈다.

"불법승 삼보의 위엄과 신망을 한꺼번에 유린한 너는 승복을 있고 있을 자격이 없다. 지금 당장 그 옷을 벗어라."

심판은 내려졌다.

파문이었다.

승려로서 생명을 끊기는 무서운 형벌이었다.

연화사의 살림살이를 맡고 있는 도감이라는 직책은 특별한 것은 아니지만 원종의 말이 대중들의 결정을 집행하는 것이라면, 그것은 곧 법이었다.

도운은 품 안에서 응얼거리며 잠이 들고 있는 바람이를 바라볼 뿐 말이 없었다.

미미하게 쪼개지는 오만 가지 생각들이 바람이의 얼굴에서 핵분열을 일으키며 소요하고 있었다.

무엇보다도 원종에 대한 실망이 컸다.

마음 심(心) 자로 돌아가 보면 별것도 아닌 일을 가지고, 폭행, 납치, 감금이라는 범죄의 수단으로 자신의 뜻을 관철시키려는 원종이 가엾었다.

도운이 허허 웃으며 원종에게 한마디 던졌다.

"내가 아이를 둔 것이 죄라면…… 내가 짝을 만나 아이를 두었다 해서 성불할 수 없다면…… 스님은 어디서 왔으며, 짝을 만나 가정을 이루며 사는 세상의 중생들은 어찌해야 합니까? 과연 스님은 어떻게 성불할 것이며, 저 산 밖의 중생들은 또 어떻게 성불해야 합니까? 그 방도를 한번 일러 보시오?"

농 반 진담 반으로 던지는 도운의 물음은 원종을 향한 직격탄이었다.

모여선 사람들 속에서 "옳거니!" 하는 짧은 탄성들이 터져 나왔다.

원종의 얼굴이 벌겋게 상기되었다.

사람들은 금방이라도 무슨 일이 터질 것 같은 분위기에 압도되어 숨을 죽였다.

이 우주에서 가장 고귀한 것이, 새 생명을 잉태하는 암컷의 자궁이고 모든 생명은 그 자궁 속에서 완성되는 것인데, 유독 사람인 여자의 자궁만이 불결하고 음란하다는 근거가 무엇이며, 그리고 그 자궁 속에서 나온 생명이 부도덕한 것이라면, 그 자궁 속 음란의 산물로 태어난 원종이 무슨 재주로 성불을 하겠느냐는 도운의 말은 원종의 잘못을 지적함과 동시에 그런 원종에 대한 조롱이었다.

비록 묵시적인 동의를 해 주었지만, 아무런 권한도 없는 자연인 원종이 자신의 종교적 신성을 보호한다는 미명하에, 개인의 자유를 속박하고 사람을 폭행, 납치, 감금하는 것 자체가 부처의 가르침에 역행하는 것으로 반종교적이고, 반사회적인 범죄라고 도운은 말해 주었다.

"내가 승복을 입거나 벗거나, 그것이 뭐 그리 중하고 어렵겠습니까? 그러나 그건 스님이 간섭하고 강요할 문제가 아니오. 베풀어 준 충고는 고맙지만 너무 노하지는 마시오. 모든 것은 나의 인과로 열릴 테니까."

도운의 말에 원종은 발끈하며 소리쳤다.

앉아 있던 마루에서 씩씩거리며 일어선 원종이 자신이 내린 심판을 집행하라고 소리쳤다.

마루 아래 늘어서 있던 행자들과 청년 신도들이 능숙한 솜씨로 잡은 짐승의 가죽을 벗기는 사냥꾼들처럼, 도운의 낡은 승복을 벗기려고 달려들었다.

"웬 소란들이야?"

갑작스러운 큰스님의 호통에 도운을 향해 죽일 듯이 달려들던 사람들이 황급히 자리를 물러섰다.

언제나 검정 고무신을 꿰차고, 팔순의 나이에 들어선 자신의 손때에 닳아 반들거리는 늙고 검은 오죽(烏竹)의 지팡이를 두어 번 땅에 두들기며, 헛기침을 하는 큰스님의 모습에 승려와 신도들은 꿇어앉았다.

대승전 뒤뜰의 모든 것들이 호흡을 멎은 듯 숨을 죽였다.

도운은 고개를 숙였다.

울컥, 뜨거운 피가 가슴속을 휘돌았다.

조용히 다가서서 도운의 품 안에서 이제 막 잠이 든 바람이를 물끄러미 내려다보던 큰스님은 봄바람에 흔들리는 꽃잎처럼 나직이 고개를 끄덕이며, 조금 전 원종이 앉았던 마루 위에 좌정하였다.

"청정한 부처의 자비도량에서 대체 이게 웬 소란이냐?"

조용한 큰스님의 음성이 은은한 반야의 독경처럼 울려 퍼졌다.

뜰아래 내려선 원종의 입을 통하여, 도운의 죄상이 낱낱이 열거되었다.

원종은 파문시켜야 한다고, 대중들의 중론이라고 주장하며 도운의 품 안에서 잠이 든 바람이를 증거로 채택했다.

마치 성모산에 은거 암약하던 빨치산들의 인민재판처럼, 승려들과 신도들은 원종의 말에 찬성의 표를 던졌다.

반동분자인 도운은 입이 백 개라도 할 말이 없었다.

"큰스님, 그건 사실이 아닙니다. 오해입니다."

사람들은 소리 나는 방향으로 고개를 돌렸다.

뜻밖에도 명옥이가 대승전 뒤뜰로 들어서는 대문 기둥 곁에 서서 다소곳이 합장을 하며 허리를 굽히고 있었다.

해문에 있어야 할 명옥이가 연꽃이 수놓인 한복으로 곱게 단장하고 거기 서 있었다.

한 손에 염주를 굴리며 눈을 감고 있던 큰스님은 잔주름으로 무거운 눈꺼풀을 껌벅이었다.

사뿐사뿐 치마 끝을 끌면서, 다가온 명옥이는 안타까운 시선으로 도운을 바라보며 말했다.

"스님, 왜 진실을 밝히지 않고 이런 수모를 당하고 계십니까?"

도운은 둥그스름한 얼굴에 유난히도 검은 명옥이의 눈동자 속에 비친 자신의 모습을 보며, 안타까운 한숨을 지었다.

바람이를 업고 죽은 민정이의 뒤처리를 위해 해문에 갔을 때, 몇 사람을 거쳐서 만난 명옥이가 민정이의 모든 것을 확인하여 준 유일한 사람이었다.

"그만두시오. 말을 더해 무얼 하겠소."

명옥이는 자신의 친구이기 이전에 한 여인의 불행을 감추어 주기 위하여, 끝까지 고통과 수모를 감수하고 있는 도운이 어느 스님들보다 존경스러웠다.

그럴수록 명옥이는 가슴이 아팠다.

도운이 친구인 민정이를 위하여, 말하지 않는 진실을 큰스님 앞에서 자신이 밝혀 지금 도운이 겪고 있는 고통과 수모를 말끔히 씻어 주고 싶었다.

명옥이는 법당의 부처님 앞에 간구하듯, 큰스님을 우러르며 이미 오래전 성모산의 숲이 돼 버린 민정이를 이야기하려 했다.

"안 돼! 하지 마시오."

도운은 짧지만 단호하게 말했다.

명옥이의 마음 씀씀이는 더없이 고마웠다.

그러나 이 순간의 고통을 벗어나기 위하여, 사랑만으로 충분히 행복했던 각운과 민정이의 존재를 이해할 수 없는 사람들의 앞에 드러내, 또 다른 웃음거리로 만들고 싶지는 않았다.

무엇보다도 굳이 말하지 않아도, 큰스님만은 자신의 떳떳함을 알고 있을 것이라고 믿고 있었기에, 명옥이의 증언은 필요하지 않았다.

제지하는 도운을 바라보는 명옥이의 눈망울은 금방이라도 한 바가지 눈물이라도 쏟아 낼 것만 같았다.

도운은 눈시울을 붉히는 명옥이의 작은 어깨를 다독거리며 말했다.

"놀라게 해서 미안하오. 바람이를 잠시만 안아 주시겠소?"

지쳐 잠이 든 바람이를 명옥이에게 맡긴 도운은 눈물이 가득한 그녀의 눈을 보며 중얼거리듯 말했다.

"말하지 않아도 아침 해는 뜨고 달은 둥그러지는 것을, 그 허망한 말로써 무엇을 이야기하고 무엇을 찾을 것이오."

도운은 처음부터 눈을 감고 염주 알만 소리 없이 굴리고 있는 큰스님 앞에 무릎을 꿇고 앉았다.

오월의 바람이 긴 침묵으로 대승전 뒤뜰을 메웠다.

산비둘기 한 마리가 처마 끝에서 퍼덕이며 날아올랐다.

다람쥐는 서까래 뒤에 숨어 숨을 죽였다.

아귀다툼의 사바세계를 씻어 내리는 햇살처럼, 숨소리마저 움직일 것 같지 않던 큰스님의 음성이 허공에서 들렸다.

"너희들 가운데 부처 앞에 죄짓지 않은 자 있거든 나서 보아라."

"……."

아무도 나서는 사람이 없었다.

"없느냐? 없으면 중생을 위하여 티끌만 한 자비라도 보시한 자 있거든 나서 보아라. 내가 그의 종노릇을 하리라."

모두가 듣지 못하고 말하지 못하는 벙어리가 되었다.

숨통에서 바람이 새 나가는 소리가 조금만 크게 들려도 큰일이 날 것 같은 얼굴들이었다.

살얼음의 강을 건너는 것처럼, 사람들은 콩닥콩닥 가슴을 절구질했다.

"쯧쯧쯧, 바늘귀도 없는 것들……"

여전히 눈을 감고 혼잣말처럼 중얼거리는 큰스님의 말에, 부끄러운 듯 군중 속을 날던 노랑나비는 철쭉 꽃잎에 몸을 감추었다.

"도운은 들어라. 너는 저 보살에게 쇠귀에 경을 읽지 말라고 했는데, 그 쇠귀를 위해서 지금 내가 할 일은 무엇인지 알고는 있느냐?"

큰스님은 이미 도운의 모든 것을 알고 있었다.

"예."

도운은 분명하게 대답했다.

짧은 순간 참으로 힘든 대답이었지만, 한편으론 천 길 벼랑에서 손을 놓아 버린 듯 마음이 홀가분했다.

"네가 알면 됐다."

큰스님은 조용히 고개를 끄덕이며 뜰로 내려섰다.

검정 고무신이 초여름의 햇살에 반짝였다.

연극은 끝나고 무대 위 휘장은 내려졌다.

관객들이 박수를 치고 퇴장하는 순서만 남았다.

한동안 대승전 뒤뜰을 메운 사람들을 말없이 바라보던 큰스님은 못내 쓸쓸한 걸음을 옮기며 말했다.

"쯧쯧쯧, 머리털을 깎은 것들이나 머리털을 기른 것들이나, 모두

쓸데없는 머리에만 눈이 달린 어리석은 것들……. 어느 세월을 불러 마음의 눈을 뜰거나!"

끝끝내 중생일 수밖에 없는 사람의 가슴을 향한 큰스님의 회초리는 매서웠다.

나타난 현상의 뒤에 나타날 수밖에 없는 본질을 망각하고, 눈에 보이는 대로 말하고 행동하는 사람의 어리석음을 아파하는 자비로움이었다.

사람들은 슬금슬금 꽁무니를 사리며 대승전 뒤뜰을 빠져나갔다.

어수선한 뒤뜰에 도운과 명옥이 둘이만 서 있었다.

도운은 떨어진 승복 속 호주머니에서 빛바랜 승려증을 꺼내 들었다.

거기에는 승려임을 확인시켜 주는 작은 글씨들이 아른거렸다.

신병교육대의 훈련보다 무던히도 길고 힘겨웠던 행자 생활을 마치고, 가사장삼을 두르던 대웅전 부처님이 지켜보는 앞에서 왼손의 팔뚝에 무명의 심지를 꽂고 살을 태우며 다짐하던 맹세가 손끝에 만져졌다.

도운은 승려증을 명옥이에게 내밀었다.

"나의 승려증이오. 내가 떠나거든 원종스님에게 전해 주시오."

명옥의 눈빛이 어두워졌다.

도운은 받기를 거부하며 주춤거리는 명옥이의 손에 자신의 승려증을 쥐어 주었다.

"나를 위한다면 가져가시오. 이미 오래전에 승적에서 제적되어 필요도 없는 것이오. 그리고 내일부턴 내가 승복을 입는 일은 없을 것이라고 전해 주시오."

도운이 승적이 제거된 것을 알면서도 승복을 입고 사는 것은, 그렇게 길들여진 습관이었다.

누가 어디에서 무엇으로 존재하든, 그 마음이 승려이면 그가 곧 승려이고, 그가 머무는 곳이 절이며 그가 입는 것이 승복이라고 생각하는 도운에게, 잿빛 승복은 특별한 것이 아닌 일상적인 의복이었을 뿐이었다.

명옥은 안타까운 눈물을 글썽이며 승려증을 받아들었다.

그때까지 무슨 일이 있었는지, 세상모르고 지친 잠에 들었던 바람이가 깨어 칭얼거렸다.

떨어진 승복과 걸망으로 포대기 대신 둘둘 말다시피 한 바람이를 품에 안고 떠나려던 도운은 단풍잎처럼 작은 손을 입으로 빨아대며 칭얼거리는 바람이의 얼굴에서, 여태 아무것도 먹이지 못한 자신을 발견했다.

기가 막혔다. 성모산 토굴로 돌아간들 바람이에게 필요한 우유 한 모금이 없었다.

그것을 마련하기 위하여 구걸한 돈을 읍내 아스팔트 위에 쏟아 버렸으니, 당장에 암담한 일이었다.

"바람아, 울지 마라."

겉으론 바람이를 달랬지만, 도운의 속마음은 바람이와 함께 실컷 소리치며 울어 버리고 싶었다.

관습과 인습의 굴레뿐인 사바의 언덕을 뜨거운 눈물로 수몰시켜버리고 싶었지만, 사람들의 앞에서 나약함을 보이기 싫어 꾹 참았다.

마음 같으면 아이를 안고 온 젊은 여신도들에게 젖동냥이라도 해서 배고픈 바람이를 달래고 싶었다.

그러나 도운은 심봉사가 아니었고, 신도들도 귀덕어미가 아니었다.

마당 한 귀퉁이 담 밑에서 졸졸거리는 샘물 한 바가지를 배고픈 바람이에게 젖 대신 먹였다.

도운은 정신없이 맹물을 삼키는 바람이의 입에 왈칵 자신의 손가락을 깨물어 피라도 쏟아 주고 싶었다.

보다 못해 젖을 구하는 명옥이의 목소리가 들렸다.

"누구 아기 가진 보살님들, 젖 좀 주세요."

"아이들 먹다 남은 우유라도 없으세요."

떨리는 명옥이의 목소리만 처마 끝 풍경소리로 흩어졌다.

바람이의 얼굴에 굵은 도운의 눈물방울이 떨어졌다.

도운은 한 손으로 얼굴에 샘물을 뿌리며 얼른 눈물을 감추어 버렸다.

아직은 새댁 같은 젊은 보살이, 자신의 등에 업힌 아이가 물고 있는 우유병을 건네 왔다.

갑자기 맛있게 먹고 있던 우유병을 빼앗긴 아이는 싫다는 듯 목청껏 울어댔다.

대승전 서까래 기둥들이 금방이라도 흔들리며 무너질 것 같은 울음이었다.

바람이보다 그 아이가 더 배고픈 것 같았다.

차마 우유병의 젖꼭지를 바람이의 입에 댈 수가 없었다.

우유병을 우는 아이의 입에 돌려주면서, 바람이도 기운차게 울어 봤음 좋겠다고 생각했다.

"큰스님, 사는 것이 무엇입니까?"

"허, 이놈 갑자기 별걸 다 묻는군. 그래 알고 싶으냐?"

"예."

"삶이란 굴레 속의 굴레요, 굴레 밖의 굴레니라."

"그 굴레를 벗어날 수는 없는지요?"

"선(善)도 행하지 말고, 악(惡)도 행하지 마라."

"어렵군요."

"그럼 살아 보거라."

아스라이 험준한 성모산 봉우리 하늘 끝으로 밀려가는 구름 한 점이 지난날 큰스님이 일러 준 뜻을 일깨우며 넘어가고 있었다.

도운은 산문(山門)을 향하여 발길을 돌렸다.

걸어가는 도운의 발길이 천 근의 사슬에 얽매인 것처럼 지척거렸다.

다시는 승려로서 밟아 볼 수 없는 땅, 한때나마 자신의 영혼을 포근히 감싸 주며 생의 자유와 기쁨을 깨닫게 했었던 자비로운 승방이 이별이라는 현실 속에서 소중하게 느껴졌다.

더 오래도록 그 정겨운 것들을 기억하고 싶었다.

도운의 뇌리에는 아침 안개처럼 정겨운 나날들이 스쳐 갔다.

가슴뼈 한 곳에서 울려오는 울음 속에, 지난날 삶이라는 고해의 바다에서 고뇌라는 거센 풍랑에 침몰하려는 자신에게 구원의 배를 띄워 준 스승 큰스님의 한없는 미소가 보였다.

꽃가지를 오르내리는 꾀꼬리의 울음이, 큰스님의 음성으로 들리는 것 같았다.

청춘을 향불로 사르던 승방에 남겨진 흔적들은 외로움에 떨고 있었다.

해묵어 늘어진 소나무들을 건너뛰며 숨바꼭질하는 햇살이 희미한 망막으로 비쳐 들었다.

구름을 따라서 하염없이 날아가고 싶었다.

계곡을 따라 흘러내리는 옥 같은 맑은 물에 피곤한 신발을 담가 놓고, 잠시라도 편안히 쉬고 싶었다.

정처 없는 나그네처럼 한가한 새들을 벗 삼아 함께 노래라도 부르고 싶었다.

"참, 딱도 해라."

"애가 배가 많이 고플 텐데……."

"가엾어서 어떡하니?"

황급히 핸드백을 열고, 지갑을 털어 우유 값에 보태라며, 얼마간의 돈을 도운의 호주머니에 넣어 주면서, 눈물을 글썽이는 명옥이와 몇몇 신도들의 동정 어린 말이 더없이 외로웠다.

돌아서서 명옥에게 위로의 말을 전해 주고, 그들의 진심 어린 염려에, 손이라도 흔들어 주고 싶었지만, 그렇게 하면 자신이 더 못 견딜 것만 같았다.

등 뒤의 모든 것들을 가슴속 갈비뼈 마디마디에 새기면서, 싸늘히 박제된 미라처럼 도장을 찍듯 걸음을 옮겼다.

조금은 먼 계곡 산등성이 숲 속에서, 소슬거리는 뻐꾸기가 뻐꾹뻐꾹 귀에 익은 염불을 외고 있었다.

자비하신 관세음보살님께 머리 숙여 절합니다.
그 원력이 위대하사 상호 또한 거룩하시고
고액 속에 모든 중생 일천팔로 거두시며
일천 눈의 광명으로 온 세상을 살피시니
하염없는 그 마음속에 자비심이 넘칩니다.
받아 지닌 저희 몸은 큰 광명의 깃발이니
세상 티끌 씻어 내고 괴로움의 바다 어서 건너

무상의 보리 방편 문을 영원히 얻게 하소서.

어쩌다 새벽 예불 끝에 졸리는 꿈마저 번뇌라며 끊으려고 새벽의 조각달을 싸리비로 쓸었던 길 위에는 수많은 이야기들이 살고 있었다.

연꽃잎에 이슬 같은 추억들이 하늘에 그려진 몇 송이 흰 구름에 묻어나기도 했다.

이미 떠나간 그 새벽 여운 종소리는 어느 산골짜기 나뭇잎에서 쉬고 있을까?

잿빛 승복에 흐르던 달빛은 어느 하늘에서 별을 그리며 기도하고 있을까?

바람처럼 구름처럼 겉도는 나그네들이 속세의 정을 끊고, 산 메아리로 살아가는 승방에 살며시 감은 부처님의 눈웃음은……. 마음속에 달려드는 생각들은 모두가 그리움이었다.

성모산 지저귀는 산새소리가 또르르 불당 앞 이끼 낀 돌탑을 안고 염불소리를 줍는 승방의 산문을 나설 땐, 영마루를 물들이는 노을처럼 마음이 아렸다.

나는 별이 되어 노래를 부를 테니, 너는 꽃이 되어 웃으라는 어미의 가슴이라도 주려는 듯, 도운은 길 옆 풀숲에 핀 하얀 민들레 한 송이를 꺾어 고사리 같은 바람이의 손에 쥐어 주었다.

푸른 골짜기를 거슬러 온 산들바람이 바람이의 볼을 타고 미끄러졌다.

꽃송이를 열심히 만지작거리며 가끔은 흔들어 보이기도 하면서, 생글거리는 바람이의 미소 너머로 검은 머리를 끊어내고, 가슴을 안고 가 버린 그 가슴이 보였다.

한때 발뒤꿈치를 들고 서던 아픈 가슴들이, 구부러진 산길 돌부리로 삐죽이 얼굴을 내밀어 왔다.

가슴을 가진 사람이 되고 싶어서, 숱한 날들을 기도하다 성모산의 숲이 돼 버린 그 목소리가 산 메아리로 살아와 검은 고무신 코끝에 매달리는 것만 같았다.

모든 것이 그리워지는 가슴에 붉어지는 눈시울을 감추며, 수많은 신도들과 관광객들의 홍수 속에서 산문을 나서던 도운은 누군가 급하게 부르는 소리에 걸음을 멈추었다.

어린 사미승이 인파를 헤치며 뛰어왔다.

"스님, 큰스님께서 찾으십니다."

"나를……?"

"예, 꼭 뵙고 가시랍니다."

도운은 사미승을 따라 신자들의 기도소리가 은은하게 들려오는 대웅전을 지나, 난향과 아름드리 노송들이 세월을 안고 있는 숲 속으로, 층층이 이어진 백여덟 개의 돌계단을 걸어 올라 조사전 뜰로 들어섰다.

붉은 꽃잎으로 만발한 영산홍이 천년의 돌탑 곁에서, 아름다운 자신의 생을 찬미하듯, 눈부시게 피어나 벌과 나비를 손짓하며 부르고 있었다.

산새들의 지저귐을 자장가로 들으며, 성모산의 한 자락을 한가히 걸어온 봉우리를 베개 삼아 졸고 있는 조사전은 모든 고뇌가 끊기고 백팔번뇌가 사라진 노승의 평화로운 모습이었다.

병풍 속의 난초들이 금방이라도 향기를 뿜어낼 것 같은 방 안에는, 큰스님과 곱상한 젊은 보살이 앉아 있었다.

"너는 물러가 아무도 이곳에 들어오지 말라 일러라."

큰스님의 하명을 받고, 사미승이 물러간 자리에 도운은 무릎을 꿇고 앉았다.

"이놈아, 애를 죽일 작정이냐? 애비 노릇을 하려거든 제대로 해야지, 이런 아둔한 놈을 보았나."

묵묵한 미소로 꿇어앉은 도운을 바라보던 큰스님은 장난꾸러기 손자를 어르는 할아버지의 표정으로 나무랐지만, 목소리는 도운을 신뢰한다는 믿음이었다.

큰스님은 곁에 앉아 있는 젊은 보살을 돌아보며, 바람이에게 젖을 주라고 일렀다.

그녀는 바람이의 주린 배를 채우기 위해, 큰스님의 부름을 받고 온 신도였다.

큰스님의 마음 씀씀이는 언제나 그랬다.

항상 아픈 이들의 고통을 이런 식으로 어루만져 주었다.

한량없는 자비심이었다.

밥주발 뚜껑을 엎어 놓은 듯, 다소곳이 드러난 그녀의 젖꼭지를 바람이는 염치없이 물어댔다.

"오고 가는 뜬구름을 탓하지 말고, 자성의 심지에 부지런히 불빛을 밝히어라."

"명심하겠습니다."

큰스님은 배부른 바람이를 업고 하직의 인사를 드리는 도운에게, 얼마간의 돈과 함께 한평생 당신의 손가락에서 반들반들 낡아 버린 금반지를 빼어 주며 말했다.

"내가 가진 것이라곤 이것밖엔 없구나. 가지고 가서 아이의 우유라도 떨어뜨리지 마라."

도운은 깜짝 놀랐다.

큰스님의 뼈와 살이며 영혼인 반지를 도운은 차마 받을 수가 없었다.

60여 년 전 큰스님은 집안의 만류를 뿌리치고 입산하여 버렸다.

눈물로 만류하던 어머니는 소식이 없는 아들이 성불하기를 소원하며, 자신의 반지를 유언으로 남겼다.

어머니로부터 유언을 당부받은 누님은 철도 공무원인 남편을 따라 전국 각지로 동생을 찾아 헤맸지만, 십수 년의 세월이 헛일이었다.

이젠 죽었는지 살았는지, 생사마저 모르고 지내던 어느 날 자기 집 문전에 탁발을 나온 스님께 쌀 한 되를 시주하다가 애타게 그리던 동생을 만났다.

그 탁발승이 큰스님이었다.

누님으로부터 사연과 함께 반지를 전해 받은 큰스님은 그 반지를 채찍 삼아 더욱 부지런히 정진을 거듭하여, 팔순의 지금에 이르렀다.

큰스님은 받을 수 없다며 극구 사양하는 도운의 손에 반지를 꼭 쥐어 주며 말했다.

"이놈아, 너는 나더러 이 반지를 남겨서, 나 죽은 후에 어리석은 중생들이 하찮은 사리와 금을 찾기에 혈안이 되기를 바라느냐?"

도운은 콧등이 시큰거렸다.

큰스님은 잔잔한 미소로 도운을 타일렀다.

"네가 알고 있듯이 이 반지가 무지렁이 나를 삶이라는 강에서 건네준 훌륭한 배였던 것은 사실이지만, 오래전에 강을 건너온 내겐 아무런 의미가 없으니, 가져가서 저 아이의 피와 살이 되도록 하여라."

살자고 살아도 자갈뿐인 대추나무 밭뙈기에서 설컹설컹 괭이질 소리로 만나 살았던 큰스님과 헤어져 바람뿐인 속세로 떠나려는 도운은 몹시도 마음이 아팠다.

"애달프다 할 것 없다. 어차피 그렇게 지어진 인연이니까."

조사전 돌계단을 밟으며, 승방을 떠나가는 도운의 등 뒤에서 큰스님의 음성이 조용한 산울림으로 메아리치고 있었다.

"이제 너는 세상을 이해하려는 논쟁에서 벗어나, 세상을 살아가는 방법을 좋든 싫든 깊이 인식하지 않으면 안 될 것이다. 그것이 곧 중생들을 위하고 세상을 구하는 일이니, 항상 매사의 모든 일에 감사하고 늘 있는 그 마음, 평상심이 도(道)라는 것을 명심하여라."

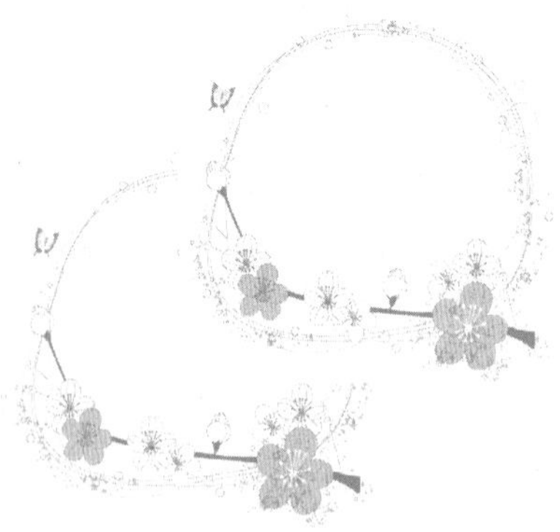

제6부
숙세의 운명

연화사를 나온 도운은 며칠 뒤 산중 생활을 청산하고 읍내에 작은 방 한 칸을 얻어 놓고 닥치는 대로 일거리를 찾아다녔지만, 등에 업은 바람이가 언제나 무거운 짐이었다.

바람이를 업고 얻게 되는 일거리란 겨우 아낙네들이나 할 수 있는 허드렛일이 고작이었지만, 그것마저도 손이 서툴러 줄곧 잽싼 여자들의 차지가 되었고 어쩌다 일거리를 맡아도 그 대가는 동정으로 쥐어 주는 몇 푼이 전부였다.

승방을 떠나올 때, 큰스님이 준 얼마간의 돈과 금반지는 몇 푼의 벌이마저 없는 겨울을 나면서 바람이의 우유 값으로 모두 날려 버렸다.

밀린 방세를 차마 독촉하지 못하고, 스스로 나가 주기만을 바라는 집주인의 눈총에 못 이겨서, 꽁꽁 언 햇살이 따뜻하게 풀어진 봄날 순자강 양지쪽 언덕배기에 인근의 대나무를 베어다 잇고, 비닐과 갈

대로 지붕을 인 움막으로 잠자리를 옮겼다.

굴욕이라 해도 좋고, 야합이라 해도 상관없는 일이었다.

지금은 바람이가 도운이 일하는 동안 공사장이나 논밭 한쪽에서 혼자 놀 수 있어 다행이지만, 지난 삼 년을 어떻게 살아왔는지 생각하면 끔찍한 일이었다.

양심이라는 카드를 가지고 세상과 타협하려고 무진 애를 썼지만, 산에서 길들여진 도운에게 세상은 만만치가 않았다.

바람이 혼자서도 산을 오를 수 있는 예닐곱 살의 나이가 될 때까지는 어떻게든 살아야만 했다.

도운은 세상과 타협할 수 없다면, 차라리 광대가 되기로 했다.

밤이면 춥지 말라고 낡은 이불깃을 잡아 바람이를 감싸 주었고, 낮이면 인근 도시로 나가 사람들이 던져 주는 동전을 줍기 위해 거리로 나섰다.

동네 개처럼 초상집이나 잔칫집을 만나 푸짐한 술과 밥으로 주린 배를 채우며 포식하는 날이면, 어린아이 소꿉장난 같은 세상이 우스웠다.

그럴 때마다 한마당 풍물놀이 같은 세상살이에 춤추는 각설이가 되었다.

그러나 구리쇠의 황금빛 냄새뿐인 사람과 사람의 틈바구니에서 사람이 될 수 없는 현실을 발견할 때면, 아득한 꿈이 있고 평온이 있는 숲, 아름다운 성모산이 그립기만 하였다.

별들이 졸고 있는 깊은 밤, 고요히 눈 감으면 꿈은 아름다운데 잠을 깬 현실은 언제나 고달픈 나그네의 끝없는 방랑의 연속이었다.

견딜 수 없는 나날들이었지만 너도 없고 나도 없는 그 안온한 성모산은 언제나 마음속에 있었고, 말없는 개여울의 바위처럼, 지는 꽃잎 사이로 아낌없이 시드는 봄처럼, 도운은 바람이를 위해 자신의 모든 것을 주었다.

그것은 슬픔도 기쁨도 아니었고, 사랑도 그 어떤 집착도 아니었다.

맑거나 흐리거나 언제나 변함없이 유유히 흘러가는 강물이었다.

도운이 마리아를 만난 것은, 겨울이 가고 봄을 만난 대지가 해묵은 기지개를 켜며 아름다운 꽃들을 피워 내고 있는 어느 날이었다.

바람이를 데리고 거리의 동전을 줍던 도운은 교통사고로 위기에 처한 아이들과 수녀를 구해 주었는데, 그녀가 마리아였다.

그날도 바람이와 함께 거리에서 동전을 줍던 도운은 갑자기 인도로 달려드는 관광버스를 보았다.

자신과 바람이가 위험하다고 느낀 순간, 두어 명의 유치원 아이들의 손을 잡고 달려드는 죽음의 관광버스 앞에서 당황하고 있는 마리아를 보았다.

도운은 바람이를 내던지듯 한쪽으로 밀쳐놓고, 마리아와 아이들을 향하여 몸을 날렸다.

미친 듯이 달려드는 관광버스가 괴물처럼 보이고, 차 안에서 술 취해 광란의 춤을 추는 여인들이 보이고, 졸고 있는 것 같은 운전사가 보이고, 무덤 속의 죽은 살점들이 살아서 호곡할 소름 끼치는 브레이크 소리가 들리는 순간, 수녀와 아이들이 지르는 비명이 귀청을 찢는 것 같았다.

모든 것들이 순간에 벌어진 일이었지만, 도운은 꽤 긴 시간처럼 여러 장면이 겹쳐지면서 눈앞에 스쳐 갔다.

금은방이라고 써 붙인 가게를 들이받고 창자를 뒤틀린 버스는 캑

캑 피를 토하며 아수라장이었다.

마리아와 아이들을 밀쳐내고 나동그라진 도운은 공포와 두려움에 소스라치고 있는 마리아와 아이들을 확인한 뒤, 다급히 버스에 가려 보이지 않는 바람이를 찾았다.

"바람아! 바람아! …… 바람아!"

차바퀴와 보도블럭 사이에 끼어 짓이겨지고 바스러진 한쪽 다리의 통증을 간신히 버티며, 혼신의 힘을 다하여 바람이를 찾았다.

도운은 울며 찾아온 바람이의 손을 꼭 붙들고, 병원으로 긴급 호송되었다.

얼마나 많은 시간이 흘렀는지 알 수 없지만, 도운은 심한 통증에 눈을 떴다.

다시 눈을 뜬 도운의 시야엔 아무것도 보이지 않았다.

격심한 통증만 있을 뿐, 그 외의 다른 감각이라곤 아무것도 없는 한쪽 다리가 딱딱한 깁스로 만져졌다.

뜻 모를 어두운 그림자가 링거 주사액을 따라 살 속으로 파고들었다.

참담한 일이었지만, 도운은 실눈 속으로 비치는 바람이와 마리아의 모습에서 악마 같은 사고에서 모두가 무사하다는 것을 알 수 있었고, 그것으로 위안을 삼았다.

마치 자애로운 엄마의 품에서 자장가를 들으며 잠이 드는 아이처럼, 마리아의 품에 안겨 잠이 든 바람이는 세상에서 가장 행복한 꿈을 꾸고 있는 것 같았다.

깁스된 다리가 고통스러웠지만, 바람이의 꿈을 방해하고 싶지는 않았다.

조용히 자는 척 눈을 감아 버렸다.

어떻게 될 것인가?

어떻게 살아야 하는가?

눈 감은 머릿속으로 앞으로 살아야 할 걱정들이 스멀스멀 밀려왔다.

깁스되고 느껴지는 통증과 감각으로 보아, 틀림없이 한쪽 다리가 온전하지가 않을 것 같은데, 성치 않은 몸으로 바람이와 함께 이 험한 세상을 살아갈 것을 생각하니 눈앞이 캄캄했다.

버럭 고함이라도 질러대고 싶었다.

혼자 몸이라면 어떻게든 살아지겠지만, 바람이와 함께할 미래는 예측할 수 없는 불안만 안겨 주었다.

담당의사와 간호원이 순회검진을 위해 들어올 때까지, 도운은 깊은 생각 속에서 헤어 나오지 못하고 있었다.

도운은 대충 자신의 상태를 살핀 뒤, 병상을 지키고 있는 수녀에게 환자가 깨어나면 알려 달라는 말을 남기고, 병실을 나가려는 의사를 불렀다.

"그렇다면 갈 것 없소."

갑작스러운 도운의 목소리에 잠든 바람이를 안고 있던 마리아가 놀라면서 말했다.

"어머! 깨나셨군요."

의사는 도운의 행위가 이해되지 않는다는 표정을 지으며 말했다.

"언제 깨어나셨소?"

도운은 바람이와 마리아에게 시선을 돌리며 말했다.

"꽤 된 것 같소. 우선 목이 마른데 물 한 컵 주시겠습니까?"

도운은 간호원이 따라 준 보리차를 마시며 의사의 설명을 들었다.

나이가 듬직한 의사는 병증에 대한 질문을 몇 마디 던지며, 다른 부위의 이상은 없는지 확인하였다.

"나는 나 자신이 유일한 보호자요."

의사는 환자가 낙심할까 봐 둘러치고 메어치며, 진단 결과를 회피했지만, 그건 어떤 가능성이 없다는 뜻이라는 걸, 도운은 알 수 있었다.

스스로 생각해도 정상적인 회복은 불가능할 것 같았다.

그러나 의사는 도운의 의도를 알아차린 듯, 말꼬리를 돌려 다른 말만 했다.

"아주 훌륭한 일을 하셨더군요. 요즘 같은 세상에 선생님 같은 용기를 내기가 어디 쉬운 일입니까. 진심으로 존경합니다. 제 힘이 닿는 데까지 성심껏 치료하여 드릴 테니, 편안한 마음으로 안정하십시오."

도운은 병실을 나서는 의사의 말이 우스웠다.

지극히 당연한 일을 가지고 당연하지 않은 것이라며, 듣기 민망할 지경으로 감동하고 찬사를 보내는 사람들이 희한해 보였다.

세상이 조롱하고 멸시하던 거지가 내일 아침 신문에 용감하고 의로운 사람으로 대서특필될 것이라는 어처구니없는 말을 들을 땐, 통증만 아니라면 배꼽을 잡고 웃어 주고 싶었다.

"저는 선생님께서 구해 주신 김마리아입니다. 은혜에 감사드립니다."

도운은 처음부터 자신의 병상을 지키고 있는 마리아가 자신에게 구조된 사람이라는 것을 알고 있었지만, 새삼 자신을 소개하는 앳된 얼굴이 이름만치나 온화하고 예쁘다고 생각했다.

도운은 은혜 백골난망이라며 거듭 감사하는 마리아에게 타이르듯 말했다.

"사람은 모두 자기에게 주어진 생을 살고, 자신이 살지 않으면 안 될 생을 살아가는 것뿐, 오늘 있었던 일은 결코 고마운 것도 아니고 미안해할 일은 더욱 아닙니다. 그것보다 아까 어린애들이 두어 명 있었던 걸로 아는데⋯⋯."

"경황이 없어서 선생님께 말씀드리지 못했는데, 덕분에 모두 무사합니다. 어떻게 이 생명의 은혜를 갚아야 할지 정말 고맙습니다."

마리아가 얼굴 가득 홍조를 띠며 말했다.

"댁에 연락을 드려야 할 텐데⋯⋯. 가족들이 무척이나 근심하시겠어요. 알려 주시면 제가 연락을 드리겠습니다."

"⋯⋯."

가족, 집. 그런 단어는 잊고 살아온 지 오래되었다.

도운은 바람이와 함께 살면서도 가족이라는 따뜻한 정이나 언어는 한 번도 써 보지 못했지만, 그 어떤 부모보다도 더 지극히 바람이를 사랑했다.

얼핏 간밤의 꿈같은 아련함이 스치고 지나갔다.

"조금 전 의사에게 말했듯이, 저는 가족이 아무도 없습니다. 수녀님이 안고 있는 아이와 제가 전부입니다."

도운과 바람이 어디에 살며 어떻게 사는지, 대충 이야기를 듣고 난 마리아는 몹시 안타까운 표정이었다.

모든 굴레의 멍에를 벗어나 종점 없는 철새처럼 살아가는 자신을 마리아가 이해한다는 것은 무리라고 도운은 생각했다.

그날부터 마리아는 도운과 바람이의 손발이 되었다.

처음에는 멋쩍고 서먹하기도 했었지만, 움직이지 못하는 자신의 대소변까지 손수 받아내 주는 마리아가 도운은 고맙기만 하였다.

바람이와도 친해진 마리아는 엄마처럼 보살펴 주었다.

입는 옷마다 땟국이 흐르던 바람이는 마리아가 사다 준 새 옷과 새신을 신고, 귀여운 재롱을 부리며 우울한 병실을 활기로 채웠다.

봄이 가고 여름의 뙤약볕에 수박 참외가 익어 갔지만, 마리아의 헌신적인 간호도 보람 없이, 도운은 불구인 절름발이가 되고 말았다.

가능한 한 특유의 엷은 미소만을 띄우며, 몇 마디의 말 이외엔 일체 침묵해 온 도운은 절름거리는 자신을 바라보며 심한 죄책감에 사로잡힌 마리아를 위해 그녀가 모르는 곳으로 떠나기로 작정했다.

도운은 마리아에게 그동안 충분히 고마웠다는 인사와 함께 필요 이상으로 수녀님의 마음속 짐이 되고 싶지 않다는 편지 한 통을 남겨 두고, 재활치료를 받으면서 알게 된 노인의 알선으로 순자강 뱃사공이 되었다.

사람들이 도시로 떠나면서, 배를 타는 사람들이 줄어들긴 하였지만, 사십여 호쯤 되는 마을 전용 나룻배를 관리하고, 시도 때도 없이 강을 건너는 사람들을 건네주어야 하는 사공의 일이 결코 쉬운 일은 아니었다.

그러나 불구가 되어 정상적인 일을 할 수 없는 도운에게는 부족하지만 바람이를 안정적으로 키울 수 있고, 영원한 생명의 소리, 강바람 물소리와 함께 어울려 지낼 수 있다는 사실이 무엇에도 비할 수 없는 즐거움이었다.

마을에서 주는 새경과 논마지기의 땅은 바람이와 생활하기에 풍족하지는 않았지만, 동네에서 내준 땅에 농사를 짓고, 가끔 마을 사람들의 허드렛일을 거들어 주며 받는 품삯을 합하면 궁핍한 지경은 아니었다.

무엇보다도 강 언덕 오두막집에 살아도, 날마다 들려오는 강물소리는 산에서 듣던 그 평온한 숲 속의 속삭임처럼 좋았다.

도운은 산에서 그랬던 것처럼, 흐르는 강물에 자신의 모든 것을 주면서 친구가 되었다.

강물은 도운을 위하여 성모산 아득한 숲 속에 이는 바람소리와 아름다운 꽃들의 이야기를 날마다 나루터에 전해 주었고, 도운은 그런 강물에게 늘 감사하며 살았다.

"쯧쯧, 보아하니 인물도 훤하고 배운 사람 같은데, 어쩌다 홀아비가 되었소?"

"애 어멈은……?"

"그래, 재혼할 생각은 영 없소?"

날마다 나룻배에 바람이를 태우고 배질을 하는 도운에게 지나가는 사람들이 이것저것 물어보아도, 도운은 미소만 지을 뿐 대답하지 않았다.

언제나 알 수 없는 곳에서 왔다가, 다시 모르는 그곳으로 흘러가는 강물처럼 말없이 미소만 짓는 도운을 마을 사람들은 부처님 가운데 토막 같은 사람이라고 말했다.

한때는 옆에 있는 사람들이 답답하리만치 일체 말이 없는 도운에 관하여 그렇고 그런 소문이 마을을 휩쓸었지만 그건 그럴 수도 있다는 동정이었고, 바람이는 보란 듯이 건강하게 자라 주었다.

가끔은 선무당의 징소리처럼 들쑤셔 오는 다리의 통증에 쩔쩔매기도 했지만, 늘 강변 모래밭에 앉아 초롱초롱한 목소리와 미루나무처럼 쑥쑥 자라는 바람이에게 말과 글을 가르치며, 아련한 세월을 조용한 강물과 더불어 살았다.

＊ ＊ ＊　　＊ ＊ ＊

"여름의 날씨 변덕이라더니, 또 비가 오려나……."

잿빛 구름 속에서 불어오는 습한 바람이 바늘 같은 통증으로 절룩거리는 한쪽 다리의 신경통을 건드렸다.

처음에는 온몸이 휘뚝거리고 참을 수 없는 고통이었지만 차츰 만성이 되다 보니 몸의 일부처럼 느끼며 살아도, 유별나게 들쑤시는 아픔에는 익숙하지 못했다.

이따금 많은 사람들이 강을 건너는 장날이나 산골마을 잔칫날에는 온몸이 소금에 절여진 파지가 되고, 밤이면 잠자리가 끈끈한 땀으로 젖곤 하였다.

힘겨운 일이었지만, 사공이라는 일자리는 바람이와 자신이 살아가는 유일한 수단이었기에 결코 놓을 수가 없었다.

도운은 살 속의 뼈마디로 떼굴떼굴 굴러오는 신경통을 삭이기 위해, 물질하던 나룻배의 삿대를 놓고 뱃전에 기대앉아 허리춤에서 꺼낸 싸구려 진통제를 입안 가득 털어 넣고, 검게 그을린 몰골로 강물에 떠내려가고 있는 자신의 얼굴을 쓸쓸히 바라보았다.

하지만 그것은 고통스러운 육신을 미워하거나, 원망해서도 아니었다. 버릇이었다.

끝도 시작도 없이 흘러가는 강물은 지나간 날들의 아픈 상처를 감싸 주고, 슬픈 눈물을 씻어 주고, 사랑과 미움 속에서 끝없이 몸살 지는 욕망의 숨길을 어루만져 주는 아득한 손길이었다.

가끔 지나가는 사람들이 젊은 청춘을 가지고 왜 이런 고생스러운 사공 노릇을 하느냐고 물으면, 강물이 부처님이기 때문이라고 대답했고, 그럴 때면 사람들은 모르겠다는 표정을 지으며 떠나갔지만, 강물은 살아 있는 자신의 가슴이기에 도운이 선택한 사공은 팔자소관도 아니었으며, 신의 형벌도 아니었다.

신경통이 난장을 치고 있는 한쪽 발을 강물에 담그고, 기대앉은 나룻배가 움직이는 대로 묵묵히 따라 흔들거리던 도운은 후덥지근한 무더위와 독한 약기운에 지친 얼굴 가득 밀려오는 졸음을 몇 번인가 하품을 퍼질러 쫓으며, 저만치 강변에서 소꿉장난에 열중하고 있는 바람이를 바라보았다.

친구도 없이 언제나 혼자인 것이 측은하기도 했지만, 커 갈수록 민정이의 모습을 꼭 닮은 바람이를 도운은 끔찍이도 사랑했다.

허수아비가 지고 간 그 아릿한 세월, 버림받은 미운 오리새끼처럼, 갖은 천대와 멸시를 받아 가며 한 줌의 밥숟갈을 얻기 위하여 남의 집을 기웃거리면서도 별 탈 없이 건강한 네 살배기로 자라 준 것이 여간 대견스러운 게 아니었다.

기대보다 훨씬 더 빠르게 성장해 주는 바람이가 고마웠다.

"뱀이 있다! 뱀 봐?"

이름도 없는 싹으로 움터 비바람에 시달리면서도, 한 송이 꽃으로 피는 민들레처럼, 그렇게 아슬아슬하게 살아온 바람이와 자신의 그림자를 무심히 더듬어 가던 도운은 바람이의 목소리에 아찔한 현기증을 느꼈다.

놀랄 틈도 없었다. 오금이 저리고 숨이 막혔다.

가끔 뱀을 볼 때마다 무서운 것이니 접근하지 말라고 일러 주었어도 뱀의 무서움을 모르고 똬리를 틀고 있는 검은 독사를 향하여, 손가락으로 가리키고 있는 어린 바람이에게 얼른 도망치라고 외칠 틈도 없이, 독사는 고사리 같은 바람이의 손가락을 물고 늘어졌다. 순식간의 일이었다.

자지러지는 바람이의 비명소리가 폭음처럼 고막을 찢어 왔다.

절름거리는 다리가 천 근의 무게로 질질 끌리며 지척거렸다.

건강한 사람이 뛰면, 몇 발자국 몇 초도 안 되는 거리가 세상 끝이나 되는 듯 멀기만 하였다.

자꾸만 허공에서 맴도는 다리가 한없이 원망스러웠다.

돌부리에 넘어지면서 달려간 도운은 소꿉장난하던 바람이의 손가락 살 속 깊숙이 가시 같은 이빨을 박고 있는 독사의 목을 힘껏 비틀어 쥐고 돌멩이에 짓이기면서도, 자신이 지금 무슨 짓을 하고 있는지 의식하지 못했다.

핏발 선 도운의 눈빛만 알 수 없는 두려움에 떨리고 있었다.

뱀의 허물이 찢겨지고 징그러운 피와 살점들이 사방으로 튀었다.

땀받이 속옷 한끝을 입에 물고, 재봉 선을 뜯어내 바람이의 손목을 동여맨 뒤, 연약한 심장으로 꾸역꾸역 다가가는 독기를 막기 위해, 검게 변해 가는 바람이의 손가락 살점을 자신의 송곳이로 도려내려던 도운은 흠칫 놀라며 주춤거렸다.

"어떻게 키워 온 아이인데……."

뒤섞인 생각에 망설이었다.

안타까운 생각의 끝머리에서 끈끈한 비지땀이 콧잔등을 타고 내렸다. 차마 못 할 짓이었다.

우르릉거리며 우는 먼 하늘에서 떨어지는 대추 같은 빗방울들이 요란한 괴성을 지르며, 운명처럼 강물을 가로질러 왔다.

짧은 순간 울음 섞인 한숨을 쏟아 내던 도운은 힘껏 바람이의 손가락 살점을 물어뜯었다.

질끈 감은 그의 입에서 튕겨 나온 바람이의 살점과 핏방울들이 소나기에 씻겨 내렸다.

고통스러운 바람이의 비명이 천둥처럼 들려왔지만, 도운은 아무것도 보지 못하고 듣지 못하는 벙어리처럼, 검붉은 피를 쏟아내는 바람이의 손가락을 입에 물고 혈관을 타고 가는 독기를 빨아내면서, 정신없이 배를 저었다.

여간 어려운 일이 아니었다.

그러나 어느 것 하나도 그만둘 수 없는 일이었다.

쉴 새 없이 흐르는 바람이의 피가 도운의 입 언저리와 옷소매를 타고 나룻배에 묻어 내렸다.

십 리쯤 가다가 작은 마을들이 듬성듬성 앉아 있는 순자강 도로에서, 지나가는 완행버스를 기다리기엔 너무 급한 시간들이었다.

도운은 가끔 지나가는 차들을 향하여 미친 듯이 손을 흔들었지만, 그때마다 차들은 강변도로를 질주하며 달아나 버렸다.

고통스러운 바람이의 비명을 잔인하게 깔아뭉개며 질주하는 차들이 원망스러웠다.

눈물이 솟구쳤다.

영 죽고 못 살 것만 같았다.

절망에 눈앞이 아득했다.

"끼-이-익-."

세상에 태어나 한 번도 기쁘게 들어 본 적이 없는 자동차 브레이크를 밟는 소리가 먼 고향 어머니의 반가운 음성처럼 들려왔다.

은색 승용차가 빗속을 급하게 미끄러지면서, 허둥대는 도운의 앞에 멈춰 섰다.

사고 날 뻔했다면서 불쾌하고 짜증스러운 얼굴을 내민 운전사가 무어라고 욕할 틈도 없이, 도운은 차창에 매달리며 애원했다.

"아이가 죽어 갑니다. 도와주십시오. 제발……."

아이를 살려 달라는 도운의 목소리는 차라리 고함이었다.

"오! 맙소사, 이게 누구예요? 스님, 도운 스님!"

머뭇거리는 운전사를 급하게 밀치고, 수녀 한 사람이 황급히 뛰어나오면서 소리쳤다.

마리아 수녀였다.

뜻하지 않은 만남이 놀라운 듯 마리아의 목소리는 떨리고 있었다.

"스님, 우리 바람이가 어떻게 됐다고요?"

눈물과 빗물에 뒤섞인 도운은 까맣게 잊어버린 자신의 법명을 부르며, 가까이 다가서는 마리아를 믿을 수 없다는 듯, 멀거니 바라보았다.

자신과 바람이를 번갈아 바라보면서, 놀라고 있는 마리아는 무엇 하나 변하지 않은 예전의 모습 그대로였다.

도운은 자신과 바람이를 기억하여 주는 마리아를 모르는 척 외면하고 싶었지만, 그러기에는 바람이의 생명이 위급했다.

짧은 순간이지만, 당황하는 빛이 도운의 얼굴을 스쳤다.

다시는 마리아의 앞에 서지 않으려고, 세상 사람들이 알고 있는 도운이라는 법호까지 버리고 살았음에도, 이렇게 만나야 하는 것은 숙세부터 지어 온 어쩔 수 없는 운명이라고 생각했다.

"도와주십시오. 바람이가 독사에게 물렸습니다."

하얀 베일을 소낙비에 고스란히 적시며, 자신도 믿을 수 없는 만남에 어리둥절하던 마리아는 바람이가 독사에 물렸다며 도와 달라는 도운의 말에 낯빛이 사색이 되었다.

절망적인 신음을 토하며 놀라는 마리아를 운전기사는 의아한 눈빛으로 바라보고 있었다.

"오! 주님, 이를 어쩐담, 가엾어라……."

너무 놀라 말문이 막힌 듯, 주님을 연발하며 도운의 품에서 먹빛으로 자지러지는 바람이를 보면서, 다급히 서둘렀다.

도운은 마리아와 나이가 같음 직한 또래의 수녀 한 사람이 동정의 눈빛을 보내며 비켜 준 뒷좌석에 마리아와 함께 앉았다.

"기사 아저씨, 빨리 좀 가 주세요."

마리아의 재촉에 승용차는 구불구불 휘어진 순자강을 따라, 곡예를 하듯 쏜살같이 달렸지만, 도운은 굼벵이가 움직이는 것보다 느리게만 느껴졌다.

도운은 혈관을 타고 자꾸만 퍼지는 독을 조금이라도 더 지연시키기 위해, 마리아가 안고 있는 바람이의 손가락에서 연신 피를 빨아냈다.

깨끗한 차 안을 더럽히지 않으려고, 입안 가득히 고이는 바람이의 피를 자신의 낡은 호주머니 속에 뱉어 넣는 도운에게 마리아가 건네준 손수건은 겨우 한모금의 피를 받아낸 뒤, 더는 쓸모없는 것이 되어 버렸다.

"제기랄, 재수가 없으려니……."

갑자기 핸들을 잡고 가던 운전사가 투덜거리면서 차를 세웠다.

도운은 왜 그러냐고 묻지는 못했지만, 답답하고 애간장이 녹아내렸다.

짜증스러운 소나기를 탓하기에는, 너무 진한 불쾌감이 운전사의 얼굴에 선연했다.

“백차입니다.”

운전사는 “백차”라는 말을 아무렇게나 던져 놓고, 알 수 없는 가래 침을 핸들 옆 차창 밖으로 뱉었다.

빨간불을 번쩍거리고, 요란한 사이렌을 울리며 다가온 순찰차가 승용차의 조금 앞에서 멈춰 섰다.

도운은 불안하고 초조한 가슴속 심장이 함께 멎는 것만 같았다.

“시간이 많이 걸릴 테지요?”

급하게 묻는 마리아와는 달리 앞에 앉은 운전사는 백차의 사이렌 소리에 익숙한 듯, 별다른 기색이 없었다.

“빤한 이야기 아닙니까?”

운전사는 자동차 면허증을 챙기며 중얼거렸다.

“기사 아저씬 여기 가만 계셔요. 제가 나가서 사정하여 볼게요.”

“글쎄요. 씨알이나 먹힐지 모르겠군요.”

“그네들도 사람인데 보면 알겠지요.”

“글쎄요……”

저만치 걸어오는 경찰은 매우 노한 표정이었다.

당장 운전사의 멱살이라도 낚아챌 것만 같았다.

“통사정을 해 보는 수밖에 달리 뾰족한 수가 있겠어요.”

마리아는 못 믿겠다는 듯, 여전히 시큰둥한 대답을 던지는 운전사 의 말을 귓등으로 흘리며, 다가선 경찰에게 승용차의 내부를 보여 주 면서 말했다.

“어린아이가 독사에 물렸는데, 보시다시피 사경이에요.”

벌을 받아야 한다면 아이를 먼저 병원에 입원시켜 놓고 받을 테니, 급히 가게 하여 달라고 말했다.

"아, 그래요. 본의 아니게 죄송합니다. 빨리 서둘러야겠군요. 그러나 이대로는 더 위험합니다. 우리가 앞에서 선도할 테니 따라오십시오."

의외로 결론은 쉬웠다.

다행스러운 일이었다.

백색의 순찰차가 사이렌을 울리며 도로를 질주하자, 차들이 질겁하면서 길을 비켜 주었다.

때 아닌 백차의 에스코트를 받은 승용차는 신이 난 듯 있는 힘껏 달렸지만, 바람이가 죽어 가고 있다고, 어쩌면 병원에 도착하기도 전에 바람이가 죽을지도 모른다는 불길한 생각에 오장육부를 까맣게 태우는 도운은 시간이 안타까웠다.

간덩이가 모래알처럼 바스락거리고 목구멍이 말라붙는 느낌이었다.

시간이라는 지극히 공평한 존재만을 믿어 온 도운은 그 시간이라는 존재가 왜 자신과 바람이에게만 불공평하게 다가오는지, 그냥 숙명이라고 체념하기에는 너무나 가슴 아픈 시간들이 바람이의 핏방울을 핥아먹고 있는 것 같았다.

언뜻 바라던 것이 눈앞에 아른거렸다.

환상인가? 미심쩍은 마음이었지만, 장대같이 쏟아지는 소낙비 속으로 보이는 것은, 분명한 읍내의 풍경이었다.

앞서 가는 백차를 따라 읍내에서 제일 크다는 병원 앞에서 승용차는 멈추었다.

지옥에서 부처님을 만나도 이보다 반가울 것 같지 않았다.

도운은 울음을 그치고, 가냘픈 숨만 헐떡거리는 바람이를 안고, 병원으로 뛰어들었다.

"아이가 독사에 물려 죽어 갑니다. 의사선생님을 불러 주세요."

슬리퍼를 끌며 잰걸음으로 다가온 간호사의 지시대로 응급실 침대에 바람이를 뉘어 놓고, 다급히 의사를 찾는 도운의 목소리는 차라리 절규에 가까웠다.

바람이가 독사에 물렸다는 도운의 말에 간호사는 준비를 서두르며 말했다.

"됐어요. 이젠 가서 입원 수속을 해 오세요."

바람이의 체온을 재고, 맥박을 체크하고 있는 간호원의 말에 도운은 파랗게 질려 버렸다.

입원 수속이 뜻하는 것, 그것은 곧 돈이고, 돈이 없으면 그땐 어떻게 된다는 것을 도운은 잘 알고 있었다. 끔찍한 일이었다.

인정에 매달리며 자비를 구할 따름이었다.

"지금 가진 돈이 없는데 안 되겠습니까?"

스스로 생각해도 강변 오두막집에 가서 구들장을 파 본들 땡전 한 푼도 없으면서, 지금 가진 게 없다고 잠시만 기다려 주면 가져다주겠다고 말하는 꼴이 되어 버린 자신이 너무 뻔뻔스러워 입을 다물고, 간호원의 자비로운 처분만을 바랐다.

"죄송합니다. 저희 병원에서는 안 됩니다. 다른 병원으로 가 보세요."

도운의 기대처럼 간호원은 자비의 신이 아니었다.

차디찬 시선으로 자신의 몰골을 훑어보면서, 칼날을 밟는 것 같은 한마디를 뱉어 놓고 응급실을 나서는 간호원의 앞에, 도운은 무릎을 꿇고 애원했다.

바람이만 살려 준다면, 무엇이든 다 하겠다고 울면서 애원했다.

제대로 굽혀지지도 않는 절름발이 아픈 것은 문제가 아니었다.

어떻게든 바람이만 살 수 있다면, 무슨 일이든지 다 할 수 있을 것 같았다.

"이런 빌어먹을 년, 뭐 이 따위가 있어! 야, 넌 저 죽어 가는 어린애가 보이지도 않냐? 당장 가서 원장 나오라고 해!"

차마 눈 뜨고 볼 수 없는 광경이라는 듯, 마리아의 일행과 함께 바람이를 걱정하면서 따라온 경찰관이 호통을 쳤다

"그러실 필요 없어요. 미안해요. 모든 치료비는 제가 지금 드릴 테니, 빨리 가서 원장선생님이나 모셔 오세요. 부탁합니다."

마리아는 도운이 아무것도 가진 게 없음을 편안하게 생각하는 스님인 줄 알면서도, 그 생각을 미처 하지 못한 자신이 원망스러웠다.

재수에 옴이라도 붙었다는 듯, 두툼한 입술에 치켜뜬 실눈으로 일행을 쏘아보면서 마지못해 의사를 부르러 가는 간호사의 뒷모습은 써늘한 한기가 덩어리로 만들어진 사람 같았다.

마리아는 서러운 한숨을 내쉬며 말했다.

"아무리 직업이라지만 정말 밀랍 같은 사람이군요."

상식이 이해될 수 없는 현실에 대한 원망이었다.

간호사가 나간 응급실 문을 절망적인 표정으로 바라보고 있는 도운은 몇 년의 세월을 기다리는 듯 초조하기만 하였다.

땅딸막한 키에 유난히도 번들거리는 대머리에 금테안경을 쓰고, 뒤뚱거리며 간호사를 따라온 원장이 바람이의 검진을 하고 있는 동안에도 형언할 수 없는 무서운 긴장이 도운의 심장을 두들겼다.

어차피 죽기 위하여 사는 것이 인생이라지만, 겨우 다섯 살인 어린 생명을 앗아 가려는 신이 두려웠고 원망스러웠다.

혈관의 피가 말라붙는 소리로 신음을 토하며 고개를 떨어뜨린 도운의 곁에서, 마리아는 자애로운 목소리로 사바세계의 슬픔을 신에게

고했다.

자신과는 아무런 상관도 없는 어린 생명을 구하기 위한 마리아의 기도가 끝없이 이어지는 가운데 원장은 커다란 주사바늘을 바람이의 팔뚝과 엉덩이에 꽂아댔다.

도운은 침착하려고 애를 썼지만, 아찔한 현기증에 휘청거렸다.

방해된다며 밖으로 나가 달라는 간호사의 요청에, 도운과 마리아는 응급실 밖으로 나왔다.

병원 유리창을 두들기며, 퍼붓는 장대비가 바람이의 몸부림처럼 보였다.

바람이와 자신이 겪고 있는 지금의 쓰라린 고통을 모르는 채, 성모 산 숲 속 꽃으로 피었을 각운과 민정이가 원망스러웠다.

사랑을 위하여 떠나간 두 사람을 이해하지 못하는 것은 아니었지만, 바람이와 자신이 너무 힘들고 아팠다.

죽은 영혼에 귀가 있다면, 바람이의 신음 소리를 들어 보라고 말해 주고 싶었다.

유리창에 부딪힌 빗물처럼, 도운의 눈물이 얼굴을 적시며 흘러내렸다.

"스님, 그만 슬퍼하세요. 스님께서 흘리신 눈물이 결코 헛되지는 않을 겁니다."

서울 종로의 남부럽지 않는 부유한 가정에서 태어나, 정 깊은 형제 자매와 함께 대학을 마치고 수녀가 된 이후에도 언제나 행복한 기쁨 만을 생각하고 느끼며 살아온 마리아는 막연하게 이야기나 소설책으 로만 만날 수 있었던 슬픔과 고통을 삶의 현장에서 직접 만나고 있는 자신이 죄인처럼 느껴졌다.

　조용히 흔들리고 있는 도운의 곁에서 마리아는 기도를 했다.

　바람이와 도운을 위해 기도하는 마리아의 목소리는 사람들의 가슴으로 파고들었다.

　바람이를 치료한 원장이 사무실에서 찾는다는 전갈을 받고 두 사람은 달려갔다.

　별로 크지는 않았지만 고급스러운 집기류로 잘 정돈되어, 시골 읍내의 병원으론 조금도 손색이 없는 사무실이었다.

　가뜩이나 작은 체구를 큼지막한 소파에 깊숙이 묻어 놓고 간호사가 내민 서류를 받아 든 원장은 두 사람을 쳐다보며, 바람이의 검진 결과를 대수롭지 않다는 듯 안심하라면서 몇 마디의 말로 간단하게 결론지어 버렸다.

　"조금만 늦었어도 큰일 날 뻔했는데, 초기에 응급조치가 잘되었고, 아이가 보기와는 달리 선천적으로 매우 강한 체질을 갖고 있더군요."

　한 열흘 입원시킨 뒤 집에서 잘 보살펴 주면 건강할 거라는 원장의 말에, 도운과 마리아는 서로를 마주 보며 이제껏 놀란 가슴들을 쓸어내렸다.

　어둠의 저편에서 기나긴 터널을 지나온 것 같았다.

　입원 서류를 검토하던 원장은 두툼한 금테 안경 속으로 두 사람을 번갈아 쳐다보며 말했다.

　"그 참 이상하군요. 주소는 순자강 나루터, 아이의 이름은 바람, 보호자의 성함은 도운…… 성도 없고 주소도 막연하니, 중요한 아이의 인적 사항이 아무것도 없네요."

　도운은 마리아가 입원 수속을 하면서, 임의로 작성한 서류를 들고 있는 원장에게 말했다.

"제가 아이의 보호자인데, 보시다시피 저는 거지입니다. 오늘 우연히 길을 가던 수녀님의 도움을 받아 독사에 물려 죽어 가는 아이를 살리게 되었습니다. 그 서류는 수녀님이 입원수속을 하면서 임시로 작성한 것입니다. 제가 다시 적겠습니다."

도운은 마리아에게 조금이라도 오해가 없도록 의사에게 말했지만 통증 하나가 바늘처럼 찔러 왔다.

바람이가 태어나던 해, 도운은 바람이를 죽은 각운과 민정이의 호적에 올리려고 두 사람의 본적지를 찾아가 가족들을 만나는 등 백방으로 노력했지만, 혼인 신고가 되어 있지 않았고 무엇보다도 이미 당사자들이 존재하지 않아 출생 신고를 할 수가 없었다.

자신이 바람이를 키우고 바람이가 살아가는 데도 여러 가지 불편한 일들이 많아 바람이를 자신의 아들로 호적에 올리려고도 했지만, 이마저도 자격 미달로 법률로 금지되어 있었다.

바람이에게 세상이 요구하는 주민등록번호를 만들어 주려면, 도운이 어느 여자와 결혼하여 상대의 허락을 얻어 두 사람의 혼인 관계로 출산한 아들로 등재하거나 입양으로 처리하는 방법이 있고, 그렇지 않으면 바람이를 고아원에 보내거나 제3자에게 입양을 보내는 것뿐 달리 방법이 없었다.

무엇이 바람이를 위해 옳은 것인지 여러 가지 방안을 가지고 몇 번인가 심각하게 고민해 보았지만, 결혼은 아무 여자나 붙들고 할 수도 없는 일이거니와 팔자에도 없는 일이고 그렇다고 고아원이나 제3자에게 입양을 보낼 수는 없었다.

바람이의 인생을 결정하는 중요한 문제이기에 선뜻 어떤 결정을 할 수가 없었다.

성급한 결정을 내리고 후회하느니 취학 전까지 시간을 두고 묘책을 찾아보다가 그래도 여의치 않으면 훗날 바람이가 성장하여 스스로 선택을 하게 할 생각으로 지금껏 살아왔다.

도운은 바람이의 인적 사항이 반드시 필요하다며 정확한 기재를 요구하는 의사에게, 출생 신고가 되어 있지 않아 세상에 존재하면서도 법률적으로는 존재하지 않는 바람이의 존재와 자신의 관계를 의사에게 설명할 방법이 없었다.

한동안 망설이던 도운이 중얼거리듯 말했다.

"아직 출생 신고를 하지 못했습니다."

바람이의 출생 신고가 되어 있지 않다는 도운의 말에, 의사는 난감한 표정을 지으며 말했다.

"아이의 출생 신고가 안 됐다고요? 이러면 안 되는데……. 그럼 이 아이가 친자인 건 확실합니까?"

사경을 헤매는 아이를 치료한 의사로서 당연히 확인해야 할 사항이지만, 친자 여부를 물어 오는 원장의 말에 도운은 애써 마음속에 감추지 못한 지난날들이 속살들을 한꺼번에 드러내며 꿈틀꿈틀 살아오는 것 같았다.

눈을 감아도 보이고, 귀를 막아도 들리는 소리였다.

견딜 수 없는 아픔이었다.

사실 바람이가 민정이의 아들이든 자신의 아들이든, 그것은 중요한 문제가 아니었다.

모든 생명은 자유로울 권리가 있으며, 바람이에게도 그 자유를 누리며 살게 하고 싶은 도운에게 출생 신고는 세속적인 관습과 인습일 뿐, 별 의미가 없었다.

마치 외양간에 갇히고 고삐에 매여 양육되다 도살장으로 끌려가는 소처럼, 사람은 관습과 인습이라는 그물에 사로잡혀 살아가고 있는 어리석은 동물이었다.

"곤란한데……. 참, 난감한 일이군요."

원장은 만약의 사태에 대비하여, 도운과 마리아에게 몇 가지 더 확인하고 다짐을 받은 뒤, 바람이가 누워 있는 입원실을 가르쳐 주고 주의 사항들을 일러 주면서 다른 환자들을 보기 위해 자리를 떴다.

도운은 마리아를 따라 원장실을 나섰다.

바람이의 병실은 기역자로 꺾인 복도를 지나 맨 끝에 있었다.

손바닥만 한 입원실에 누워 실낱같은 숨을 쉬며 잠들어 있는 바람이의 살 속으로 커다란 링거 주사액이 방울방울 떨어지고 있었고, 함께 왔던 헬렌 수녀가 그 곁에 앉아서 안타까운 시선으로 지키고 있었다.

이제 여고를 갓 졸업했음 직한 앳된 간호사가 바람이의 상태를 체크하면서, 입원실로 들어서는 도운과 마리아에게 조용히 하라고 작은 오른손 검지를 입에 대고 나지막이 말했다.

"아기가 잠들었으니, 조용히 해 주세요."

"상태는 어떻습니까?"

"계속 좋아지고 있어요. 깨어나면 괜찮을 겁니다."

"지금 몸의 열은 어때요?"

마음을 조이며 걱정하는 마리아의 염려에 간호사는 바람이의 겨드랑 사이에 끼워 놓은 체온계를 보이며, 정상의 기준치로 떨어지고 있다고 알려 주었다.

마리아는 병실을 나가려는 간호사의 손을 두 손으로 감싸며, 바람이의 간호를 잘 부탁한다고 말했다.

"스님, 바람이는 괜찮아요. 이젠 안심하세요."

마리아는 바람이의 잠든 모습을 안타까이 바라보고 있는 도운을 위로하면서, 바람이에게 방해가 된다며 잠시 밖으로 나가기를 권했다.

도운은 모든 것이 정상적인 제 위치를 찾아 가고 있었고, 자신이 바람이 곁에 있는 것이 오히려 방해만 될 뿐 별 소용이 없는 일이라 생각하고 마리아를 따라 밖으로 나왔다.

도운과 마리아 수녀 그리고 헬렌 수녀 세 사람은 매캐한 소독약 냄새뿐인 복도를 지나 현관에 있는 의자에 앉았다.

도운은 끝까지 걱정해 주는 마리아와 헬렌 수녀가 고맙기만 하였다.

그녀들이 아니었으면 어떻게 되었을지, 생각만 해도 끔찍한 일이었다.

마리아와 헬렌 수녀에게 감사의 인사를 드렸다.

"두 분 수녀님이야말로 자비의 화신으로 이 땅에 오신 자비의 보살님이십니다."

정중한 도운의 인사를 그녀들은 극구 사양했다.

"주님의 뜻은 무한한 사랑을 의미합니다. 물이 바다를 덮음같이 주님의 사랑이 이 땅 위에 덮이기를 바라는 저희들의 작은 노력을 가지고 넓고 크신 그분 앞에 부끄러운 찬사는 하지 마세요."

도운의 인사를 사양하는 헬렌 수녀의 신앙은 유창한 언변으로도 충분히 짐작할 수 있었다.

헬렌 수녀는 차분한 어조로 자신들은 신 앞에서 의롭다고 말할 자격도 없는 죄인이며 그 죄를 사함받기도 전에 신에게 돌아갈 영광을 받음은 또 하나의 죄를 더할 뿐이라고 말했다.

감사의 인사를 끝까지 사양하는 마리아와 헬렌 수녀에게 도운은 그녀들이 믿는 신에게 감사드린다고 말해 주었다.

그녀들이 믿는 주님도 서로가 이해하며 나누는 사랑을 마다하지 않을 것이며, 서로가 바라는 마음의 욕심을 비우고 서로를 위하여 도우며 사는 세상, 그것이 극락정토요 천국이며 너와 내가 서로 만나 조금도 어그러짐이 없이, 어울리면 어울리는 대로 살아가는 것이, 아름다운 사랑이고 자비라고 생각했다.

세 사람은 누가 먼저랄 것도 없이 함께 웃었다.

"맙소사! 스님 무릎에 피 좀 봐."

마리아의 비명에 헬렌 수녀까지 덩달아 목소리의 톤을 높였다.

"많이 다치신 모양이야?"

그녀들의 호들갑에 도운은 자신의 무릎을 내려다보았다.

강변에서 뱀에 물린 바람이에게 달려가다 넘어진 상처였다.

"강에서 서두르다 넘어졌는데, 그때 상처가 난 것 같습니다."

도운은 그녀들의 앞에서 일어서서 힘써 땅을 디디며 괜찮다고 했지만, 까맣게 잊고 있던 상처가 그제야 욱신거리며 아팠다.

도운은 그녀들의 권유로 응급실로 가서, 상처에 약을 바르고 붕대를 감았다.

"정말 걷는 데 지장이 없겠어요?"

넘어지면서 짓뭉개진 무릎의 상처를 응급실에서 간호사가 치료하는 걸 본 마리아는 바람이와 함께 입원하여 안정을 취하라며 말했다.

"걱정도 팔자요. 걷는 데 지장이 없는 것이 아니라, 지장이 없이 걸을 테니, 걱정하지 마십시오."

도운은 입원비를 신세 지지 않으려고 일부러 괜찮은 척하는 거라면서 불안한 표정으로 시종 자신의 모습을 조심스럽게 지켜보고 있는 마리아의 얼굴에서 민정이를 생각하고는 피식 웃고 말았다.

민정이가 성모산에 들어와 처음 맞는 가을이었다.

산채를 뜯고 약초를 캐 장날이면 파는 것이 그들의 유일한 생활 수단이었기에 도운과 각운은 거의 매일 성모산 숲을 오르내렸는데, 가끔은 민정이도 함께 따라나섰다.

그날도 이리저리 울창한 숲을 헤치며 제철을 맞은 송이버섯과 귀한 약재들을 망태기에 가득 채워 집으로 돌아오는 길이었다.

멋들어진 가곡을 흥얼거리며, 조금 앞서 가던 민정이는 갑자기 환호성을 지르며 뛰어갔다.

"우와! 다래다, 다래 좀 봐, 온통 다래야, 다래 잔치야."

춤추듯 손뼉을 치며 좋아하는 민정이의 뒷모습을 보면서, 어리둥절하던 도운은 각운과 함께 그녀에게로 달려갔다.

"대체 얼마나 다래가 많기에 보살이 저리도 좋아하실까?"

"글쎄요. 저번처럼 엉뚱한 걸 잘못 보고 그러지나 않는지 모르겠습니다."

못 믿겠다는 각운의 말은 당연했다.

산중의 생활이 처음이어서, 이따금씩 많은 것을 혼동하며 실수를 연발하던 민정이었기에, 도운과 각운은 뛰어가면서도 반신반의했다.

그러나 막상 민정이가 있는 곳으로 가 보니, 그녀의 탄성 그대로였다.

"히야! 이게 정말 전부 다래인가? 믿어지지가 않는 걸."

"맞아, 분명한 다래야. 나도 이렇게 넓은 다래 밭을 보기는 처음이오."

마치 성모산 산신령이 몰래 가꾸어 놓은 다래농장 같았다.

"우리 민정이도 제법인걸!"

"흥, 무시하지 마세요. 나도 이젠 다래가 파랗게 익는다는 것쯤은 알고 있으니까요”

민정이는 고운 치아 사이로 도운과 각운을 향하여 혀를 내밀며 한껏 으스댔다.

“보살도 성모산의 축복을 받는 걸 보니, 이제는 산사람이 다 되었는걸.”

도운은 차츰 산이 되어 가는 민정이를 축복해 주었다.

세 사람은 다래를 따기 시작했다.

땅에 떨어지는 것은 민정이가 줍고, 도운과 각운은 나무에 올라 덩굴을 붙들고, 신나는 다래 잔치를 벌였다.

덩굴과 덩굴을 붙들고, 이 가지 저 가지를 옮겨 가며, 다래를 따던 각운이 도운을 불렀다.

“스님, 저게 뭐지요?”

각운이 가리킨 곳에는, 한 마리의 노루 새끼가 마치 그물에 들어올려진 물고기처럼, 다래 덩굴 사이에 끼어 낑낑거리고 있었다.

노루 곁으로 다가간 그들은 노루를 보고 한바탕 웃음을 터트렸다.

성모산 노루 가족이 아들, 손자, 며느리 다 데리고 신나는 가을 야유회를 즐기다가, 민정이의 탄성에 깜짝 놀라 도망치다 덩굴에 끼어 다리가 부러지면서, 다래 덩굴에 걸려 버린 것이었다.

“어머나, 나 때문에 그랬다고요? 아유 불쌍해라. 아가 노루야, 미안하다. 이 주책없는 보살이 소릴 지르는 바람에 그랬다니 용서해라.”

고통과 공포에 지친 노루의 목덜미를 쓰다듬어 주며, 사과하는 민정이의 표정은 진지했다.

“스님, 이대로 두고 가면 안 되잖아요? 어떻게 손을 써 주셔야죠.”

도운은 민정이의 말이 아니더라도, 심한 부상을 당한 생명을 두고 갈 수는 없었다.

짐승인 노루나 사람인 자신들이나, 생명은 다 같이 소중한 것이기에, 도운은 안고 가서 부러진 다리를 치료하여 주어야겠다고 생각했다.

"아이, 좋아라. 하지만 요 귀여운 녀석이 우리랑 함께 살려고 할까요?"

"상처를 잘 치료해 주면 한 식구가 될 수도 있겠지요."

세 사람은 노루를 살리기 위해 집으로 가는 길을 서둘렀다.

민정이는 다리가 부러진 새끼 노루를 가엾어하며 노루를 안고 오는 내내 도운의 곁에서 떠나지 않았는데, 오늘 자신의 곁에서 안타까운 시선을 보내고 있는 마리아가 딱 그날의 민정이었다.

"스님, 저와 함께 잠시 가실 곳이 있는데 가 주시겠습니까?"

두고두고 생각해도 아름다운 날들의 기억 속에서, 피식 웃고 있는 도운에게 마리아가 말했다.

"바람이가 어떨지……."

"바람이는 걱정하지 마세요. 저대로 푹 자는 것이 좋을 것이고, 저희 헬렌 수녀님이 잘 보살펴 주실 거예요."

"무엇 때문에 어디를 가실 건지, 미리 좀 알면 안 되겠습니까?"

"그건 안 돼요. 그냥 가 주셔야 해요."

망설이던 헬렌 수녀가 말했다.

"무슨 일이 있으면 곧 연락을 드릴 테니 잠시 다녀오세요."

"그럴 리야 있겠습니까마는 왠지 두 분께 폐를 끼치는 것 같아서……."

마리아는 망설이는 도운의 옷소매를 잡아끌며 재촉했다.

도운은 마리아가 이끄는 대로 따라나섰다.

소낙비가 그친 하늘에는 불덩이 같던 여름 해가 식어 가고 있었다.

청소하듯 거센 소낙비가 깨끗이 씻어 내린 거리에, 유난히도 선명히 드러나는 마리아를 바라보며, 천천히 걸어가는 도운은 절름거리는 다리의 으깨진 상처가 아픈 듯, 이따금씩 기우뚱거리며 얼굴을 찡그렸다.

모든 것이 싱싱한 활력으로 되살아나는 것 같았다.

도운은 어디로 가는지, 한 걸음 앞서 걷는 마리아에게 헛수고인 줄 알면서도 가는 곳을 다시 물어보았다.

"아무리 보아도 이건 성당으로 가는 길은 아니고……. 대체 날 어디로 유괴하는 겁니까?"

마리아는 도운을 돌아보며 말했다.

"피곤하세요?"

도운은 자신을 바라보는 마리아의 미소가 푸른 가로수만치나 싱그럽다고 생각했다.

"예, 조금……. 하지만 수녀님에게 유괴당하니, 걸을 만한 기분입니다."

마리아는 도운의 어깨를 부축하며 말했다.

"그건 왜 그렇지요?"

"몰라서 묻는 겁니까? 수녀님이 나 같은 귀신을 유괴해서 끌고 가면 어디로 가시겠습니까? 틀림없이 착한 사람이 되라고 천당으로 갈 텐데, 돈을 주고도 못 간다는 그 천당을 유괴당해 가게 되니, 이거야말로 기분 좋은 일이 아니겠습니까?"

"음……. 그건 맞습니다만 스님은 참 재미있는 분이에요. 뭐랄까, 승방의 돌연변이……."

도운은 이미 승방을 떠나고, 승복도 벗어 버린 자신에게 마리아가 부르는 스님이라는 칭호가 먼 타인들의 얘기처럼 들렸다.

"뭔가 잘못 아신 것 같은데, 난 스님이 아닙니다."

"어머나! 그래요. 하지만 제 눈에는 훌륭하신 스님으로 보이는데요."

"그건 수녀님의 마음이 너무 착하신 나머지 가짜를 가짜로 보지 못하기 때문이겠지요."

"잠시 후에 유괴당하는 곳이 천당이 아니라는 것을 아시면, 방금 하신 말씀 후회하실 텐데 괜찮으시겠어요?"

"후회하지 않을 자신이 있으니까, 미리 몸으로 때우자는 말이오."

"이를테면 뇌물이라는 말씀이군요."

"뇌물을 아신다니 수녀님도 천당엘 가기는 벌써 틀린 것 같군요."

"그럼 잘됐군요. 난 지옥으로 가는 것이 소원이니까요."

"이거야말로 뇌물을 잘못 썼군요."

"벌써 후회를 하시는 겁니까?"

"안 써도 될 뇌물을 쓴 것을 후회하는 겁니다. 나 역시 지옥에 가기를 원하는 사람이니까요."

마리아는 도운의 모든 것이 궁금했다.

그 마음의 깊이까지 모두 알고 싶었다.

도운은 그런 마리아의 심중을 알고 있다는 듯, 지옥으로 가려는 이유가 무어냐는 마리아의 물음에, 지옥에서 만나면 그때 알 것이라고 말했다.

"지옥에 갈 스님의 영혼을 위해서 미리 미사라도 드려 두어야겠군요."

성모산을 넘어오면서, 시원하게 냉각된 바람이 깔깔거리며 거리를 스쳐 가고, 소리 없는 두 사람의 미소는 가로수의 푸른빛으로 퍼져 갔다.

"스님 같은 분이 지옥에 가면, 그럼 천당에는 누가 가지요?"

“심판받은 사람들, 그들이 갑니다.”

지옥으로 가야 할 심판받은 죄인들이, 천국으로 든다는 도운의 말에 마리아는 깜짝 놀랐다.

서로 상반된 종교적 관념의 차이를 넘어서 생각해 보아도 의문투성이였다.

모를 일이었다.

신과 사람을 동시에 모독하는 그런 경멸이 담겨 있을지도 모른다는 막연한 생각이 들기도 했다.

마리아는 자기로서는 감히 상상할 수 없는 상식 밖의 이야기가 더 흥미로웠고 파계승, 파렴치한 인간, 용서받지 못할 죄인이라는 모멸과 질시 속에서 감춰지기만 했던 도운의 내면의 소리를 듣고 있는 것 같은 기분이 들기도 했다.

잠깐, 아주 짧은 순간 마리아는 도운의 눈빛에 가슴 어딘가 한구석이 뚫어지는 느낌이었다.

도운은 말했다.

“신은 우리 인간에게 선악을 주지도 않았으며, 그것을 분별하고 심판할 권리도 부여하지 않았소. 모든 것은 처음부터 끝까지 우리 사람들에 의한 선악이며 심판이기 때문이오.”

도운의 말투는 마리아의 심중을 안다는 투였다.

무슨 뜻인가? 가슴에 무엇이 있기에 털끝만 한 죄책감이나 두려움도 없이 이런 이야기를 하는가?

도운을 부축하며 걷고 있던 마리아는 자신이 어떤 대답을 해야 할지 갈피를 잡을 수가 없었다.

그렇다고 그냥 넘기려니 목에 가시가 걸린 것처럼, 내면의 신경을 건드렸다.

에덴의 동산에 살았던 아담과 이브의 원죄를 이야기하려던 마리아는 입을 다물고 말았다.

가장 착하고 아름다운 선(善), 사람의 가슴에 유형무형으로 존재하는 것들이 세워 놓은 명분 속에서, 가면을 쓰고 온갖 아름다운 언어로 미화된 선의 그림자를 보았다.

그 그림자가 자신일 수도 있다는 생각에 마리아는 그만 질겁하고 말았다.

"그럼 사람들이 이야기하는 선악의 기준은 무엇이죠? 이를테면 선악의 정의는 어디서 시작되며, 무엇이 선이며 악이냐는 말입니다."

도운은 힐끗 마리아의 옆모습을 보았다.

양지를 보고 음지를 알고, 음지를 통하여 양지를 아는 이치를 모르고 굳이 양지만을 이야기하는 마리아가 조금은 둔해 보였다.

"나에게 이익 되어 즐거운 것은 선이며, 나에게 해가 되어 괴로운 것은 악입니다."

느리고 조용하면서도 오만할 정도로 자신에 찬 도운의 말을, 마리아는 곰곰이 새겨 보았다.

무엇을 가리켜 선악이라고 정의할 것인가?

그렇다면 가장 신성하다는 베일을 쓰고 살아온 나의 하루는 선이었는가? 악이었는가?

선이 악이 되고, 악이 선이 되면서, 머릿속이 뒤죽박죽이 되었다.

이해할 수 없는 마리아는 도운에게 "그럼 당신 자신은 선악 가운데 무엇이냐"고 묻고 싶었지만, 머릿속이 더욱 혼란스러울 것 같아 포기하여 버렸다.

"어리석은 중생들이 이야기하는 것처럼, 도운은 미치거나 파계한 못난이가 아니오. 그는 성자(聖者)요. 그가 언제 어디서 무엇으로 존재하든 그는 이미 영원을 아는 성자요."

마리아는 지난날 말없이 병실을 떠나 버린 도운을 찾아 헤매다, 성모산 연화사의 큰스님을 찾아갔을 때, 자신에게 들려준 큰스님의 말이 도운의 표정 속에서 살아오는 것 같았다.

그때 연화사 큰스님이 들려준 도운의 내력은 감동적인 한 편의 드라마였다.

"어쩜 이럴 수가 있을까?"

그때 마리아는 마치 자신이 어느 신화의 전설 속에 빠져드는 느낌이었다.

속세의 바람 앞에 홀로 선 도운의 모습은 생이라는 게 우습다고 경시하는 것도 같았고, 온갖 괴로움을 다 털어 버리고 세상 모든 이치를 꿰뚫어보는 것도 같았다.

끝없는 삶의 길에서, 여울지는 가슴을 홀로 만지는 외로운 성자의 숨소리처럼 다가오는 도운의 말을, 덧셈 곱셈 나눗셈으로 묵묵히 헤아리던 마리아는 "감미"라는 간판이 붙은 음식점 앞에서, 걸음을 멈추고 도운을 쳐다보았다.

"여기가 수녀님이 말한 천당입니까?"

"글쎄요……."

얼핏 보아도 깔끔하고 고급스러운 분위기를 풍기는 "감미"라는 큼지막한 글씨를 보면서, 어리둥절하던 도운은 그제야 마리아의 의도를 알았다.

"거참 세상에서 제일 좋은 천당이군요."

“별난 스님을 모시려니까 할 수가 없네요.”

꽤 넓은 홀은 깨끗하게 잘 정돈되어 있었고, 나른하게 졸고 있는 것 같은 의자들 사이로, 선풍기 바람이 한가히 날고 있었다.

식사를 할 수 있는 방이 있느냐는 마리아의 말에, 홀 곁에 있는 미닫이문을 열어 주며, 힐끔 두 사람을 쳐다보는 종업원의 눈초리는 긴 머리와 더부룩한 수염, 그리고 계절을 모르는 채 아무렇게나 누덕누덕 꿰매고 팔뚝이 잘려 나간 국방색 야전잠바를 걸친 도운과 천사 같은 마리아가 전혀 어울리지 않는다는 표정이었다.

“스님이나 저나 바람이 때문에 식사 때를 놓친 것 같고, 식사하러 가시자고 하면 사양하실 것 같아, 일부러 말씀드리지 않았는데 괜찮지요?”

“이렇게까지 마음을 써 주시니 저야 고맙지요.”

“뭘 드시겠습니까?”

“얻어먹는 놈이 쌀밥 보리밥 가리겠습니까. 그저 주는 대로 먹고 감사할 뿐입니다.”

“산채정식으로 2인분 주세요.”

마리아의 주문을 받은 종업원이 나가고, 닫힌 미닫이가 작은 공간을 만들어 주었지만, 갑자기 벙어리가 되어 버린 것처럼, 도운과 마리아는 말없이 앉아 있었다.

상을 가운데 놓고 마주 앉은 두 사람 사이에 놓여 있는 갈색의 엽차 두 잔이 뱅뱅 도는 선풍기 바람에, 하품이라도 할 것 같은 모습이었다.

어색한 침묵을 깨며, 마리아는 들고 다니는 작은 손가방 속에서 낡은 편지 한통을 꺼내며 말했다.

“이게 뭔지 아시겠지요?”

도운은 마리아의 행동으로 보아 무척이나 소중한 것이라는 것뿐 알 수 없다고 말했다.

“내가 귀신이 아닌 바에야 그게 무엇인지 어찌 알겠습니까?”

마리아는 건성으로 대답하는 도운에게 들고 있던 편지를 내밀며 말했다.

“그동안 바람이가 몰라보게 자랐더군요.”

“세월이 그렇게 키워 주었지요.”

대충 말대답을 하면서 편지의 알맹이를 펼치던 도운은 피식 웃고 말았다.

몇 년 전 자신이 마리아에게 남긴 편지였다.

도운은 편지를 다시 접으면서 마리아를 바라보았다.

마리아의 얼굴이 매우 감상적인 소녀같이 보였다.

“그까짓 일을 아직도 마음에 두고 계십니까?”

대수롭지 않는 일이라고, 흔히 있을 수 있는 당연한 일이라고, 말을 덧붙이려던 도운은 금방이라도 울 것 같은 마리아의 표정에 입을 다물어 버렸다.

“스님에게는 그까짓 일이고 당연한 일인지는 몰라도, 나는 그렇지가 못해요. 얼마나 제 가슴이 아팠는지 아세요? 어쩌면 그렇게도 사람의 마음을 아프게 하세요?”

도운은 다른 사람 같으면 벌써 잊었어도 백 번은 더 잊었을 일을, 아직도 잊지 못하고 괴로워하는 마리아가 순진하다고 생각했다.

자신이 아프고 괴로웠던 것보다 마음의 짐으로 생각하고 있는 마리아가 훨씬 더 아프고 괴로웠을 거라고 짐작은 하지만 어쩔 수 없었던 일들을, 마치 자신의 운명처럼 생각하는 마리아가 바보처럼 보였다.

마리아는 그때나 지금이나 불구가 된 도운의 다리만 생각하면 괴로웠다.

마리아 자신과 어린아이들을 구하고, 평생 불구가 되었음에도 절망하지 않고 살아가는 도운이 존경스러웠다.

만약 오늘 만나지 못했다면, 평생을 찾아 헤맸을 거라고 마리아는 말했다.

"아마도 수녀님의 기도가 하늘에 있다는 주님의 귀에 이제야 들린 모양이지요."

"그래요. 지금껏 내내 그 생각을 하면서, 주님께 감사드리고 있어요."

마리아는 그날 이후 하루도 도운의 은혜를 잊어 본 날이 없었으며, 오늘도 순자강 서쪽 성출산에 도운과 비슷한 사람이 살고 있다는 소문을 듣고 확인하고 오는 길이었다고 말했다.

"그런데 등잔 밑이 어둡다고, 수없이 지나던 그 길, 그 강에서 살고 계신 줄을 누가 알았겠어요."

마리아의 이야기를 들으며 도운은 웃고 있었지만, 자신을 향한 마리아의 고통을 충분히 이해할 수 있었다.

지금 이렇게 또 웃음으로써, 마리아의 고통을 덜어 줄 수 있으리라고 믿었다.

도운은 마리아에게 편지를 돌려주며 말했다.

"이젠 소원대로 만났으니, 이 편지부터 태워 버리시지요?"

"스님이 또다시 숨어 버리지 않겠다고 약속하면 태울게요."

도운은 마리아의 말에 선뜻 대답할 수 없었다.

마리아의 말이 거부할 수 없는 운명처럼 들려왔다.

“저에게 은혜를 갚고 속죄할 수 있는 기회를 주십시오.”

간절히 소원하는 마리아의 말에, 도운은 대답하지 않고 미소만 지었다.

전신의 뼈마디가 견딜 수 없는 통증으로 오돌거려도 마리아를 원망하거나 자신의 행위를 한 번도 후회한 적이 없었다.

다만 그날 그 사고를 잊었을 뿐이었다.

그런 자신과는 달리 아직도 죄의식에서 헤어나지 못하고 있는 마리아가 볼수록 안타까웠다.

이제 막 재롱을 피우는 귀염둥이처럼, 어쩜 저리도 순진할까 싶기도 했다.

눈만 조금 치켜떠도 금세 울어 버릴 것 같은 마리아의 맑은 눈동자에 천국이 있다고 도운은 생각했다.

“그게 그렇게 마음에 걸립니까?”

“걸리는 정도가 아니고 숨도 못 쉬게 찌르는 가시예요.”

“그럼 빼 버리십시오.”

“빼 주어야 할 사람이 빼 주지 않는데 어떻게 해요.”

“나는 수녀님께 가시를 드린 적이 없는데…… 수녀님 스스로 안고 있는 가시덤불을 제가 어찌하겠습니까? 세월이 가면 삭아서 빠지겠지요.”

“아니요. 세월이 갈수록 단단하게 굳어지고 커지는 가시예요.”

“거참, 불행한 일이군요.”

“스님께선 중생의 불행을 언제까지 보고만 계시렵니까?”

마리아가 고집하는 것이 보은의 마음이라고 이해는 하지만, 스스로 마음속에 결초보은이라는 굴레를 만들어 괴로워하는 것이 안타까웠다.

"자꾸만 과거의 인연을 이야기하는데, 마리아 수녀님의 과거는 어디에 있습니까? 그리고 그 과거를 지금 내게 보여 줄 수 있습니까?"

"……."

마리아는 자신의 마음을 거부하는 도운을 안타까운 시선으로 바라만 볼 뿐이었다.

"그 마음을 모른다고 말하진 않겠습니다. 부탁입니다. 다 버리십시오. 마음에 걸리는 모든 것을 다 버리고 나면, 수녀님의 마음속에 박혀 아프게 하고 있다는 그 가시도 사라질 것이오."

도운은 스스로 만들어 놓은 사슬에 묶인 마리아를 위하여 자신이 어떻게 해야 하는가를 생각하면서 설득하려고 했지만, 신통한 방법이 없었다.

"처음부터 제 이름 석자마저 감춘 것은, 그런 일로 수녀님께 짐이 되고 싶지 않아 그랬던 것입니다. 누군가 나의 도움을 받은 사람이 있었다면 그것은 인연이며, 내가 그 일로 불구자가 되었음에도 후회하지 않는 것은 당연히 해야 할 일이었고, 이 또한 인연 속에 지어진 일이었기 때문이오."

"죄송하지만 그 모든 것이 인연 속에 지어진 일들이라면, 이 또한 인연이 아닙니까?"

그것이 인연이면 이것도 인연이라며 거부하는 마리아의 말에 도운은 답답했다.

차라리 마리아가 원하는 대로 해 줄까 하고 생각도 했지만, 그건 마리아에게 또 하나의 굴레를 씌우는 짓이라고 생각하니 허락할 수가 없었다.

　마리아가 자신에게 해 주겠다는 결초보은이 어떤 것인지 알 수는 없지만, 적당히 하는 척하다가 그만두거나 도중에 지쳐 손을 털고 물러나면 다행이겠으나, 마리아의 성격으론 그러지는 않을 것 같고 그렇다고 평생을 자신의 앞에서 속죄의 양으로 살아가는 마리아를 바라보며 살 자신이 더욱 못 견디게 아플 것 같았다.

　"저는 필요 이상으로 수녀님의 마음속 짐이 되고 싶지 않습니다. 진심으로 저를 위하는 마음이라면, 죄책감이라는 수녀님의 마음에서 저를 놔 주십시오."

　"왜 자꾸만 저를 피하려고 하십니까? 저는 그것이 더 슬퍼요."

　"아니오. 부처님 말씀에 주는 것은 받는 것이라고 했는데, 나는 지난날 수녀님과 아이들을 구하고, 수녀님은 오늘 우리 바람이를 구해 주었으니, 이것으로 수녀님이 나에게 하고자 하는 보은은 끝난 것입니다."

　슬픔과 안타까운 시선으로 자신을 바라보고 있는 마리아의 모습에, 도운은 억장이 무너져 내리는 듯 가슴이 아려 왔다.

　마리아가 절름발이가 된 자신 때문에 죄책감을 갖지 말고 수녀라는 자신의 길을 부지런히 가는 것이 더 큰 사랑이며 은혜의 갚음이라는 것을 깨달아 주기를 바란다고 말했다.

　"산이 노래 부르고, 산이 슬퍼하는 것을 들어 본 적이 있습니까? 숲이 즐거우면 산이 즐겁고, 숲이 슬퍼하면 산 또한 슬퍼하는 소리를 나는 지금도 듣고 있습니다."

　아름다운 눈으로 흘리는 아름다운 눈물을 헛되이 뿌리지 말고, 언제나 다 주고 다 사랑하는 산이 되고 강이 되어 달라고 말했다.

제7부
마지막 옷을 벗으며

“**바**-람-아-!”

천천히 남쪽으로 흘러가는 야트막한 물 가장자리에서, 물장구치며 놀고 있는 바람이를 부르는 긴 목소리가 강물을 건너왔다.

“야! 마리아다. 마-리-아-!”

마리아의 방문에 신이 난 바람이는 두 손을 흔들며 소리쳤다.

뱃전에 기대앉아 짤막한 대나무로 만든 낚싯대를 드리워 놓고 배가 흔들리는 대로 자울자울 졸고 있던 도운은 돌연한 마리아의 방문에 애써 싫은 표정은 하지 않았지만, 기쁜 내색은 아니었다.

여름의 한나절을 식히려는 강바람에 베일과 치마를 살랑이며, 무엇인가 한 아름 잔뜩 안고 강 건너 언덕배기를 내려오는 마리아를 본 바람이는 한껏 기뻐하며, 빨리 배를 저어 가자고 도운을 졸라댔다.

도운은 바람이와 함께 마리아를 마중하기 위해 나룻배를 저어 가면서, 줄곧 무언가 확인할 수는 없었지만, 막연히 알 수 없는 미지의 고리에 얽혀드는 것 같은 기분이었다.

결코 두려운 건 아니었지만, 물새의 날개가 굳어 버리고 강물이 멈추어 서는 쓸쓸함이 나룻배를 기다리고 있는 것 같았다.

언제나 청순하면서도 귀티가 나고, 그런가 하면 은은하고 한없는 자애로움을 내뿜고 있는 마리아는 싱그러운 미소를 띠며 서 있었다.

"안녕하세요. 스님, 바람이도 안녕."

바람이를 안고 양 볼에 입 맞추며, 반가워하는 마리아를 태우고, 말없이 삿대를 첨벙이며, 배를 저어 가는 도운은 지나간 어제의 일들에 미련을 갖거나, 내일이라는 미래에 대하여 특별한 기대도 갖고 있지 않았다.

새벽 강이 잠에서 깨면 하루가 평온한 강물이기를 바라며 살아왔다.

그러나 오늘은 그 하루의 평온이 마리아의 출현으로 깨져 버렸다.

뱃전에 앉아 어린아이처럼 생글생글한 미소를 띠우며 웃는 마리아의 볼이, 잘 익은 복숭아처럼 강물에 비쳤다.

"매우 낭만적인 직업을 가지셨군요."

"그렇게 보이십니까?"

"가끔 지나가면서 보면, 마치 옛 그림에서 보는 신선들의 모습 같았어요."

"그렇게 보였다면 다행이군요."

"제가 왜 왔는지 궁금하지 않으세요?"

"글쎄, 궁금한 게 있어야 말이지요."

"그래도 한번 물어봐 주세요."

"그게 순서입니까?"

“그럼요.”

“웬일이십니까?”

“바람이 보고 싶어서요.”

도운은 바람이 보고 싶어서 왔다는 마리아의 말이 우스웠다.

“여자들은 맘에 없는 거짓말을 곧잘 한다던데, 수녀님도 여자입니까?”

“그럼요.”

곱게 포장된 선물꾸러미를 한 아름 안고서, 마냥 즐거워하는 바람이의 해맑은 모습이 강물에 출렁거렸다.

도운이 강가에 서 있는 미루나무에 나룻배를 비끄러매는 동안, 치마폭에서 촐랑거리는 바람이를 따라 강변에서 조금 외떨어진 산기슭에 덩그러니 앉아 있는 오두막집에 들어선 마리아는 대충 어렵게 살겠거니 짐작은 하고 왔지만, 생각보다 훨씬 더 어려운 생계를 꾸려가는 모습에 놀라고 마음이 아팠다.

낡고 구부러진 기둥과 서까래, 신문과 시멘트 종이로 도배한 벽, 그을음에 검게 변한 부뚜막, 새까만 가마솥과 낡은 양은솥, 마당의 잡초들까지. 모든 것들이 살기 위해서 조용히 속으로만 앓으며 울고 있는 것 같았다.

“오, 주여……”

가느다란 신음이 마리아의 조그마한 입술을 들썩이며 흘러내렸다.

마리아의 눈에 비친 오두막집은 전체가 아픔이고 눈물이었다.

가난한 자에게 복이 있다고 말한 예수를 생각했다.

어쩌면 하나님이 잃어버리고 찾지 않는 땅이라고 생각했다.

마리아는 이 오두막집에도 주님의 은총이 가득하도록 보살펴 달라고 기도했다.

아니, 하나님이 잃어버리고 찾지 않는 오두막집을 자신이 낙원으로 만들어야겠다고 생각했다.

"사는 게 이렇습니다. 실망하셨죠?"

배를 매어 놓고 뒤따라온 도운의 말은, 마치 마리아가 무엇을 생각하고 있는지 훤히 안다는 투였다.

마리아는 도운을 똑바로 쳐다보았다.

얼마나 남모르게 아픈 가슴을 닳도록 매만지며 살았을까?

서러운 생각에 가슴이 무너져 내렸다.

고막을 찢으면서 쉴 새 없이 무너져 내리는 감정에 가슴속 살점이 문드러지는 것 같았지만, 마리아는 내색하지 않았다.

슬퍼할 도운보다 더욱 슬퍼질 자신을 주체하지 못할까 두려워 꾹 참았다.

"글쎄요. 굳이 이렇게 살아야 할 이유가 무엇인지……. 그리고 이렇게 살아서 얻은 것은 또 무엇인지 모르겠어요."

푸념 섞인 마리아의 힐난에 도운은 웃었다.

눈가에 패인 주름 몇 개를 만들면서, 빙그레 웃는 웃음은 푸념 같은 마리아의 한숨이 재미있다는 표정이었다.

"강은 시비가 없어요. 시비가 없으니 평온이 있고……. 나와 바람이가 살기에는 아주 좋은 곳입니다."

도운은 지극히 당연한 것처럼 말했지만, 마리아는 그 말에 동의할 수가 없었다.

그건 말도 안 되는 억지이며, 궁핍함을 감추려는 변명이라고 생각했다.

"이것이 평온이라고요? 이런 가난을 원한다고요? 이건 억지예요,

억지……."

도운은 오막살이를 보고 실망한 마리아가 그렇게 말하는 것은, 그 녀가 산이 부르고, 강물이 전하는 이야기를 모르기 때문이라고 생각했다.

어린 바람이를 데리고 세상을 살아가는 데 특별한 수단이 없는 도운에게 이 나루는 바람이와 자신이 세파에 시달리지 않으며 함께 살아갈 수 있는 시시비비가 끊어진 평온한 공간이었다.

한낮의 햇살을 퍼질러 오는 매미소리가 짙푸른 자두나무 그늘을 머리 위에 드리워 주었고, 강바람은 도운과 마리아의 옷섶을 흔들었다.

마리아는 곁에 앉은 도운의 모습이 초라하게 보였다.

금방이라도 강바람이 야윈 도운을 쓸고 가 버릴 것만 같았다.

"마리아, 이거 먹어."

강물을 물장구친 어린 숭어처럼, 흙 묻은 얼굴로 살금살금 다가와 불쑥 내미는 바람이의 고사리 같은 손에는, 잘 익은 개구리참외 한 개가 달콤한 향기를 뿜어내고 있었다.

"어머! 이게 뭐야?"

"에이, 바보다. 참외도 몰라?"

"그래, 바람이가 이 참외를 날 주는 거야?"

"응."

마리아는 고개를 끄덕이는 바람이의 머리를 쓰다듬어 주었다.

향기로운 참외처럼 티 없이 자란 바람이가 귀여웠다.

"바람이가 먹어. 난 괜찮아."

"싫어, 난 만날 먹는걸, 안 먹을래."

"우리 바람이가 수녀님께 선물하는 모양인데 드시지요. 생각보단

맛이 괜찮을 겁니다."

도운이 바람이를 거들어 주었다.

"그러니 바람아?"

마리아의 물음에 풀꽃 같은 웃음을 띠우며 고개를 끄덕이던 바람이는 집 앞 맑은 개울에서 깨끗이 씻어 왔다고 자랑스럽게 말했다.

"어머, 정말이네. 바람이는 착하구나. 잘 먹을게."

마리아는 바람이의 칭찬에 인색하지 않았다.

성당에서 운영하는 유치원 아이들보다 훨씬 더 밝고 명랑하고, 건강한 재치가 번득이고, 영리하기는 하여도 애어른 같은 도시의 아이들처럼 영악하지 않고, 언제나 싱싱한 햇과일 같은 향기로움을 가지고 있는 바람이가 앙증스러웠다.

또래의 친구도 없고, 텔레비전도 없는 오막살이 외딴집에서, 바람이가 구김살 없이 자랄 수 있었던 것은, 도운의 헌신적인 사랑 때문이라고 마리아는 생각했다.

"바람이랑 함께 나누어 먹자."

"싫어, 난 만날 먹는걸. 저기 많이 있지롱."

맛있는 참외가 많이 있다고 자랑하면서, 아직 덜 자라 퍼덕거리며 날려는 몸짓을 하고 있는 어린 물새를 따라 오두막집 작은 마당을 뛰어가는 바람이의 뒷모습이, 한 폭의 그림처럼 아름답고 평화롭게 보였다.

"참외밭이 근처에 있나 보죠."

"저기 엎드리면 코 닿는 곳이죠."

바람이의 간식 밭이라며, 도운이 가리킨 뜰 앞에 있는 조그만 밭에는 수박과 참외 그리고 토마토가 나란히 햇볕에 익어 가고 있었고,

그 옆에는 작은 개울물이 졸졸거리며, 강으로 흘러가고 있었다.

"사공ㅡ."

강을 건너려는 누군가 배를 부르는 소리가 멀리서 들려왔다.

강을 건널 사람이 있는 모양이라며, 강으로 나가는 도운의 뒷모습을 바라보면서 마리아는 가슴을 진정시켜야만 했다.

시뻘건 불티를 쏟는 땡볕에 새까맣게 타들어 가는 것처럼 절룩거리는 도운의 모습과 질질 끄는 발자국 소리는, 자신의 발가락이 돌부리에 으깨어지는 아픔이었다.

짧은 순간이었지만, 마리아는 하마터면 자신도 모르게 비명을 지를 뻔하였다.

깜짝 놀라 비명을 지르려는 자신의 입을 들고 있던 참외로 틀어막았다.

두 눈을 질끈 감고 두 귀를 막아 버리고 싶은 충동에 마리아는 꽉 깨문 참외를 속죄의 살점인 양, 잘근잘근 씹으며 주님을 찾았다.

영혼으로 만든 심지를 태우며, 어둠을 밝히는 한 자루 촛불이고 싶다고 기도했다.

아무것도 원하지 않는다고, 아무것도 구하지 않는다고, 영원한 시간을 망각으로 묻고 강으로 흘러가는 개여울처럼, 날마다 주기만 하는 사랑으로 절룩거리는 도운의 다리를 대신하지 못한다면, 하늘 아래 홀로 버려진 죄인의 탈을 벗지 못할 것이며 자신의 인생은 아무런 가치도 없고 의미도 없는 삶이라고 마리아는 생각했다.

회한과 보은 그리고 죄의 상념에 빠져 고민하던 마리아가 자신의 앞에 서서, 이상하다는 듯 고개를 갸웃거리고 있는 바람이를 발견한 것은, 한참이 지나서였다.

"바람아."

어색함을 감추려는 마리아의 심중을 안다는 듯이, 시무룩하게 앉아 있는 바람이의 표정은 슬퍼하면 안 된다고 말하는 것 같았다.

왜 그러느냐고, 무슨 말인가를 하려던 마리아는 눅눅히 젖은 자신의 목소리가 부끄러워 입을 다물고 바람이를 꼭 끌어안아 주었다.

두 번에 걸친 병원 생활에서 정이 들기는 마리아나 바람이나 서로가 마찬가지였지만, 어느 이름 없는 마구간에서 태어난 아기 예수처럼 기구한 운명을 타고난 바람이가 가여웠다.

마리아는 휘둥그레진 눈으로 마른 땀을 부비고 있는 바람이를 개울로 데려가 깨끗이 목욕시킨 뒤, 마루에 그대로 있는 선물꾸러미를 풀어 사 가지고 온 새 옷으로 갈아입혀 주었다.

면으로 된 빨간 티셔츠 위에 조끼를 걸치고, 짧은 청바지를 입은 바람이는 멋쟁이 카우보이였다.

새 옷에 신바람이 난 바람이는 신기한 표정으로 조끼의 가슴에 달린 주먹만 한 노란별을 들여다보며 좋아하다, 도운에게 자랑하려는 듯 나루터를 향하여 뛰어갔다.

마리아는 벗어 놓은 바람이의 빨랫감을 챙겨 들고, 뜰 앞을 흐르는 개울로 나갔다.

시원한 숲 속을 가로지르며 잇대어 널브러진 바위틈 사이로 졸졸거리며 흘러내리는 작은 폭포는 무더운 여름 한낮을 유혹하고 있었다.

이런 곳에 사는 사람들은, 늙지도 않고 병들지도 않을 것 같았다.

도운과 바람이가 건강한 까닭은 푸른 산과 맑은 물 때문인 것 같았다.

흐르는 물에 씻기고, 세월에 바라진 하얀 돌 위를 감돌아 흐르는 맑은 물에 멱이라도 감고 싶은 충동이 물빛에 아른거렸다.

깨끗이 빨래한 바람이의 옷가지를 햇볕이 잘 드는 나뭇가지에 널어놓고, 마음을 유혹하는 맑은 물에 몸을 씻었다.

야트막한 바위틈에서 물보라를 그리며 떨어지는 맑은 물에 온몸을 씻을 땐, 현대적 시설을 갖춘 성당의 목욕탕이 초라해 보이고 속세의 우울한 마음이 말끔히 씻기는 것 같았다.

마리아가 개울에서 혼란스러운 감정들을 추스르고 나뭇가지에 널어 물기를 뺀 바람이의 옷가지를 들고서 오두막으로 돌아오니, 강에서 돌아온 도운이 늦은 점심상을 차려내고 있었다.

감나무가 그늘을 드리운 마루에 놓인 상 위엔, 아침에 지어 작은 대바구니에 담아 둔 식은 밥과 식은 된장국, 겉절이 김치와 알맞게 칼질된 오이와 깨끗이 손질된 상추가 놓여 있었고, 무언지 알 수 없는 흰 액체가 한 컵씩 각각의 앞에 놓여 있었다.

도운은 우유냐고 묻는 마리아에게, 바람이의 우유를 해결하기 위하여 오래전부터 젖을 짤 수 있는 염소를 몇 마리 키우고 있다고 말했다.

마리아는 무심히 지나쳐 온 강변에서, 풀을 뜯고 있던 한 무리 염소 떼를 떠올리며 기도를 시작했다.

도운이 교통사고로 입원하고 있을 때부터 식사 시간에 앞서 언제나 어김없이 지켜져 온 마리아의 기도는 도운이나 바람이에게도 생소한 것은 아니었다.

지극히 당연하고 자연스러운 식사 시간의 행사였다.

개구쟁이 바람이도 마리아와 함께하는 식사 시간만큼은 깨끗이 씻은 손을 가슴 앞에 얌전히 모으고 깜찍한 표정으로 눈을 감았다.

도운은 자신과는 아무런 상관도 없고 흥미도 없는 무의미한 행사

였지만 살며시 눈을 감고 속삭이듯 간절히 기도문을 외우는 마리아
의 음성과 진지한 표정이 좋았다.

무어라고 딱 꼬집을 수는 없어도, 마리아의 음성은 지친 하루의 삶
을 위로하는 고운 저녁노을처럼 포근하고 편안했다.

그것은 언제나 일상의 생활을 기도 속에서 사는 마리아의 신앙에
대한 예우임과 동시에 엄숙하면서도 자비롭고, 간결하면서도 은혜로
운 그녀의 기도에 참여하는 것이기도 했다.

"주님의 자비로운 은혜가 가난한 오두막집에 가득하게 하소서, 선
량한 도운 스님과 어여쁜 바람이가 어떠한 악의 시험에도 들지 않게
하여 주시옵고 언제나 주의 사랑스러운 보살핌으로 이들을 지켜 주
소서."

마리아는 간절히 기도했다.

비록 짧은 기도문이었지만, 가냘픈 손끝을 모아 자신이 믿는 신에
게 간절히 구하는 마리아의 음성은 땅 위의 모든 것들을 감동시키고,
하늘에 있다는 그녀의 신이 충분히 듣고 감동하였을 거라고 도운은
생각했다.

마지막 "아멘"이라고 말하는 마리아의 음성이, 시원한 강바람처럼
들려왔다.

도운과 바람이는 마리아의 기도가 구체적으로 무슨 뜻인지 알지
못하고 마리아처럼 줄줄 외우지도 못했지만, 아멘이라는 소리는 기도
의 끝을 알리는 소리였고 동시에 즐거운 식사를 하라는 신호라는 것
을 익히 알고 있었다.

사실 이 시간마다 어김없이 지켜져 온 마리아의 기도는 주님의 찬
미인지 몰라도 도운과 바람이에게는 자신들을 위하여 열심히 기도해

주는 마리아를 위한 기도였고 찬미였다.

특별히 차린 것 없는 초라한 메뉴였지만, 병원생활 이후 처음으로 셋이서 함께 식사를 한다는 사실 하나만으로도 충분히 즐거웠다.

식사를 마치고 이야기하는 오후의 강나루도 즐거운 기분만큼 한가했다.

무성한 갈대숲 어디선가 부르는 꾀꼬리의 노래에 장단이라도 맞추려는 듯, 물새들은 끼룩거리며 물장구를 치고 서너 마리의 백로들은 모래밭에 서서 한가롭게 듣고 있었다.

하늘과 땅이 연출하는 아름다운 공연이었다.

가끔 강을 건너려는 사람들을 건네주며, 나룻배를 지키고 있는 도운에게 틈을 보아 자신이 찾아온 뜻을 말하려던 마리아는 아무 말도 꺼내지 못하고 망설이고만 있었다.

마리아는 당시 무보험으로 사고를 내고 파산해 버린 관광버스의 차주를 대신하여, 목숨을 건 선행을 하고서도 행방을 감춰 버린 도운을 위해 성당의 신도들이 모금하고, 도운이 구해 준 아이들의 부모들이 기탁한 돈에, 국책은행 이사로 있는 아버지가 거금을 보태 유망한 주식으로 묻어 두었는데, 작년에 그 회사가 상장되어 거금이 되었으며, 그 돈이면 도운과 바람이가 평생 아무 걱정 없이 좋은 집에서 편안히 살 수 있으니 이 고통스러운 생활을 청산하라고 말해주고 싶었지만, 당돌하다는 생각이 앞서 아무 말도 하지 못했다.

나름대로 할 말이 많았지만, 꼭 해야 한다고 마음먹으면 당돌하다는 생각이 앞섰고 조금 용기가 생겨 기껏 한다는 이야기는 바람이와 도운 그리고 자신의 일상적인 이야기였다.

도운 당신의 삶이 편안하도록 돕고 싶다고, 당신이 세상을 위하여 헌신했듯이 당신을 위하여 무엇인가 일하고 싶다고 말을 하고 싶은데, 자신의 의지와는 달리 전혀 엉뚱한 말이 나와 훼방을 놔 버렸다.

언제나 도운을 바라보면 이해할 수 없는 평온이 눈 속에 있었고, 온 세상이 그 눈 속에서, 조용히 아주 조용히 흘러가고 있었다.

삶에 지친 체념인지 삶의 초탈인지, 마리아로서는 도무지 알 수 없는 평온이었다.

마리아는 도운의 앞에서 자꾸만 움츠러드는 가슴이 답답했지만, 여전히 물먹은 스펀지였다.

가끔 지게를 지고 혹은 바구니를 머리에 이고, 드물게 강변을 지나가는 마을 사람들은 도운을 찾아온 수녀를 보고 놀라는 표정들이었다.

강변에서 소를 모는 아이들도 일 년 열두 달을 지내 봐야 별다른 이야깃거리가 없는 강변 마을에 굉장한 뉴스가 생겼다는 듯이, 멀찍이 서서 호기심 가득한 눈으로 바라보았다.

"스님과 바람이를 위하여 작은 힘이 되어드리고 싶어요."

떠나기 위하여 배를 타고 강을 건너가면서, 간신히 목을 짜며 넘어온 마리아의 목소리가 강물에 뒤섞이며 흘러갔다.

도운은 아무 소리도 듣지 못하는 벙어리처럼 대답하지 않았다.

배질하는 소리만 첨벙거렸다.

마리아는 용기가 없어 도운의 등 뒤에서 간신히 꺼낸 말이, 도운이 들을 시간도 없이 강물에 흘러갔나 싶어 은근히 걱정스러웠다.

"압니다."

조용히 강 가운데를 지나가고 있는 나룻배에 앉아서, 헤어짐이 아쉬워 언제 또 올 거냐고 되묻는 바람이의 머리를 쓰다듬고 있는 마리아의 귓전에 무슨 뜻인지 긍정도 부정도 아닌 도운의 말이, 흘러가는 강물처럼 막연하게 들렸다.

도운은 오래전에 잠들어 버린 목소리를 깨우듯, 천천히 삿대로 배를 밀어 나가며 말했다.

"얻어먹을 힘만 있어도 남을 도울 수 있는 것이 사람이오."

마리아는 도운의 말뜻을 이해할 수가 없었다.

그냥 가슴 찡한 느낌뿐이었다.

"옳은 말이에요."

"그렇지요. 당연히 옳은 말이지요. 그럼 자비가 무엇인지 아십니까?"

그것은 사랑이며, 불교의 근본정신이라고 마리아는 알고 있었지만, 도운의 물음에는 대답하지 않았다.

아니, 대답을 할 수가 없었다.

다만 왜 갑자기 그러한 것들을 자신에게 묻는지, 도운의 의도를 어림하기 바빴다.

"내가 처음 입산한 그해 가을 해질녘이었습니다. 그날 걸망 하나 짊어지고 구름처럼 떠도는 어느 노승에게 참된 자비가 무엇이냐고 물었지요. 그랬더니 뜻밖에도 참된 자비란 무자비라는 거요."

지금도 그때 그 말을 남기고, 그 산 계곡 단풍나무 우거진 오솔길로 사라져 간 노스님이 두 눈에 선하다며, 도운은 중얼거렸다.

자비가, 자비가 아니며, 자비 아님이 자비라는 말인가?

자비 없는 세상은 어떤 세상일까?

마리아는 도운의 말을 곰곰이 되새겨 보았지만, 자신으로서는 알아들을 수 없는 메시지였고 동문서답이었다.

마리아는 불교에 대하여 좀 더 관심을 가질 걸 하고 후회했다.

"무슨 뜻인지 전혀 감을 잡지 못하겠어요. 알아들을 수 있는 쉬운 말로 해 주세요.”

마치 투정하듯 웃으면서 말하는 마리아를 도운은 미소로 바라보았다.

언제 보아도 순진한 어린 병아리같이, 가녀린 목에 우윳빛 살결을 가진 마리아는 그 어떤 티끌도 거부하는 꽃잎이었다.

도운은 도움을 받았으니, 도움을 주겠다는 마리아의 마음 씀씀이를 이해하지 못하는 건 아니었다.

그러나 그것이 제아무리 좋은 마음으로 행하는 지고지순한 행일지라도 그 행이 마음에 드러나고 걸리는 순간, 그것은 한낱 집착이고 가식이며 고통이라는 것을, 마리아가 깨달아 주기를 바랐다.

“언제나 변함없이 유유히 흐르는 이 강물이 의미가 아닐까 합니다.”

도운은 무심 무념으로 흐르면서, 농부가 달라면 농부에게 주고, 온갖 목마른 새들과 짐승들이 찾아와 물을 달라면 물을 마시게 하고, 그 안에 헤아릴 수 없이 수많은 물고기들을 품고 살아가면서도 생색 한마디 내지 않고, 말없이 흘러가는 강물을 이야기하면서 머무름이 없는 “무주상보시복덕(無住相布施福德)”을 노래 불렀다.

보살은 마땅히 온갖 법에 머무는 바 없이 보시를 행할지니
이른바 형상에 머물지 말고 보시할 것이며,
소리와 냄새 맛과 느낌은 물론 그 어떤 법에도
머무는 바 없이 보시를 해야 하느니라.
보살은 마땅히 이와 같이 보시를 하여
객관의 현상에 머물지 말아야 하느니라.
무슨 까닭인가 하면
만일 보살이 관념에 머물지 않고 보시하면

그 복덕은 가히 생각으로 헤아릴 수 없기 때문이니라.

　도운은 나루터를 쉬어 가는 완행버스를 타고, 실망과 안타까움을 안고, 말없이 돌아가는 마리아에게 무릇 사람과 사람의 사이에서, 도움을 주었으니 도움을 받아야겠다는 마음도, 도움을 받았으니 도움을 주어야겠다는 마음도 모두가 굴레일 뿐, 결코 자유로운 것은 아니라고 말했다.
　그것은 선악이 없는 강물이 부르는 노래이며 무엇을 먹을까, 무엇을 입을까 염려하지 않아도, 저마다 각각의 모습으로 아름답게 피는 꽃들의 이야기였다.

＊ ＊ ＊　　　＊ ＊ ＊

　그날 이후 마리아는 틈나는 대로 나루터를 찾아왔다.
　말귀가 막힌 사람처럼, 꼬박꼬박 바람이의 선물과 생필품들을 사 가지고 오는 마리아를 도운은 침묵으로 맞이했다.
　마리아는 사내 둘뿐인 오두막집에서 빨래와 청소 등 여자의 섬세한 손길이 필요한 곳을 찾아 일을 했고, 남은 시간은 바람이와 함께 지냈다.
　도배를 하고 방 안에는 작은 간이옷장을 새로 들이고, 부엌에는 찬장과 그릇들을 새로 마련해 놓으니, 오두막집은 눈부실 정도로 빛이 났다.
　바람이는 도운이 모래 위에다 그림을 그려 주고, 글씨를 가르쳐 주는 것보다, 마리아가 사다 주는 그림책과 그늘에서 읽어 주는 동화책을 훨씬 더 좋아했다.

오전에 왔다가 오후에 돌아가는 마리아는 될 수 있는 한 도운이 있는 나루터에서 바람이와 함께 그림책을 보고 지내면서, 점심식사만큼은 직접 차려 냈으며 자신이 다시 올 수 있는 날까지 먹을 수 있는 반찬을 충분히 마련해 두었다.

이러한 마리아의 행동이 어색하거나 특별한 것은 아니었다.

오랜 병원 생활에서 환자와 간병인으로 지내면서, 마리아는 물론 도운과 바람이는 이미 서로에게 흉허물이 없는 가족과 같은 존재였다.

다만 도시에서 길들여진 마리아에게 오두막집의 일들이 처음에는 낯설고 서툴렀지만, 차츰 지내면서 손끝이 익숙해졌다.

그것은 아무나 쉽게는 할 수 없는 지극한 관심과 애정과 긍지였다.

그런 마리아의 가슴속에서 피어나는 순수한 사랑을 그녀의 목소리와 표정에서 누구나 쉽게 알 수 있었다.

특히 마리아가 성당에 장기 휴가를 내고 거처를 오두막집으로 옮긴 것은, 바람이에게 쏟는 지극한 모성애였으며, 감동적인 헌신이었다.

마리아가 바람이에게 특별한 사랑을 쏟는 것은 그만한 이유가 있었다.

처음 그림책을 펼쳐 놓고 바람이와 함께 그림과 글씨를 맞추던 마리아는 바람이에게 엄마를 찾아보라고 했다.

"엄마 어디 있니?"

마리아가 엄마라는 언어를 들먹인 것은, 별다른 뜻이 없는 통상적인 사회의 보편화된 상식이었을 뿐이었다.

그러나 바람이는 엄마가 무엇인지, 그 존재와 의미를 전혀 알지 못했다.

“있잖아, 엄마? 엄마가 뭐야?”

마리아는 엄마가 뭐냐는 바람이의 말에 깜짝 놀랐다.

엄마라는 단어와 그림을 곧잘 맞추고 쓰면서도, 엄마의 존재가 무엇인지 모르고, 엄마가 무어냐고 반문하는 바람이의 목소리가 처음에는 의심스러웠을 정도였다.

도무지 믿을 수가 없는 일이었다.

바람이가 은하계 어느 별에서 온 이방인처럼 느껴졌다.

“오, 오! 맙소사!”

그저 놀랄 뿐이었다.

마리아는 물으나 마나일 거라고 반신반의하면서, 바람이에게 아빠가 무어냐고 물어보았다.

역시 마찬가지였다.

바람이는 자신이 알지 못하는 말과 글의 뜻을 묻는 마리아가 밉다고 쫑알댔다.

“아빠? 아빤 또 뭐야? 에이, 자꾸 내가 모르는 것만 물으면 어떻게 해.”

마리아는 할 말이 없었다.

와락 자신도 모르게 슬픈 감정이 솟구치고, 또르르 꽃잎을 구르는 이슬처럼 눈물이 떨어졌다.

가슴에 십자가를 긋고 손을 모으는 마리아의 어깨가 살포시 스치는 바람에 흔들렸다.

바람이는 갑자기 맑은 눈 가득 눈물을 고이며 기도하는 마리아를 보면서, 자신이 무언가 마리아를 슬프게 한 것 같아 얼른 손을 모으고 고개를 숙였다.

“왜……?”

극히 짧은 순간이었지만, 많은 생각들이 엇갈리며 사라졌다.

섣불리 단정할 순 없었지만, 마리아가 알고 있는 도운은 이런 방법으로 바람이를 기피할 사람이 결코 아니었다.

무언가 잘못되었다고 생각했다.

마리아는 어디서부터 무엇이 잘못되었는지 알 수는 없었지만, 엄마와 아빠가 무엇인가를 바람이에게 설명하여 주기로 했다.

그러나 아빠의 존재는 도운으로 대충 설명하였지만, 세상에 없는 엄마의 존재를 어린 바람이에게 설명하려니 무척이나 어렵고 난감한 일이었다.

세월이 가고 어른이 되면 그땐 스스로 알게 되겠지만, 그렇게 되면 바람이가 불행한 자신을 비관할지도 모른다고 생각했다.

신통한 묘책이 없었다.

비참한 바람이의 미래가 두 눈에 보이는 것 같았다.

무서운 일이었다.

어떻게든 어린 바람이에게 소중한 엄마의 존재를 이해시키고, 바람이가 따뜻한 인간애를 느끼며 살아가게 하고 싶었지만, 뾰족한 방법이 없었다.

하나를 더하면 둘이 되는 산수 문제가 아니었다.

어려운 숙제였다.

두 귀를 쫑긋 세우고 자신의 설명을 열심히 듣고 있는 순진한 바람이의 얼굴을 볼수록 말문은 막힌 하수구처럼 체증을 일으켰다.

"그럼 엄만 뭐야? 마리아가 엄마야?"

"응."

마리아는 고심하고 있는 자신의 얼굴을 뚫어지게 쳐다보면서, 빨

리 가르쳐 달라고 조르는 바람이의 말에, 자신도 모르게 대답을 해
버리고 나서 질겁하고 말았다.

"오! 주여……."

짧은 비명을 지르며, 시험에 들지 않게 하여 달라고 기도하던 마리아
는 자신이 주님을 믿듯이, 주님도 자신을 믿어 줄 것이라고 생각했다.

왜 갑자기 그런 생각이 났는지 모르지만, 도운이 불구가 되면서까
지 자신과 아이들을 구한 것이나 죄지은 백성들을 위하여 십자가의
죽임을 당한 예수처럼, 가엾은 바람이를 위하여 자신을 헌신하는 것
은 지극히 당연한 일이라고 믿었다.

바람이의 엄마가 되어 줌으로써 바람이가 그늘 없이 자라나고 정
상적인 인격자가 될 수만 있다면, 그보다 더한 일이라도 기쁘게 감수
할 자신이 있었다.

"우리 바람이 참 똑똑하구나. 그래, 내가 엄마야. 앞으로는 날 엄마
라고 불러야 해, 알았지? 자, 우리 약속하자."

바람이는 마리아의 칭찬과 약속에 새끼손가락을 걸면서 우쭐거렸다.

엄마 아빠가 무엇을 뜻하는지, 구체적으로 알지는 못하지만 세상
에서 제일 훌륭하다는 그 아빠와 엄마가 자신을 끔찍이 사랑해 주는
도운과 마리아라는 사실이 매우 즐겁고 신난다는 표정이었다.

"아니! 수녀님을 보고 엄마라니……?"

도운은 마리아의 설명을 듣고 어이가 없었다.

바람이에게 엄마와 아빠의 존재, 가족의 의미를 일찍이 가르쳐주
지 못한 것이 후회스러웠다.

그동안 바람이와 함께 살아오면서, 아빠라든가 엄마라는 언어를
가르칠 필요성을 전혀 느끼지 못했다.

그럴 기회가 없었다.

그저 내가 사랑하고 키우면 내 자식이거니 생각하며 살아왔다.

사실 도운은 그 어떤 부모도 쉽게는 하지 못할 인내와 고통을 감수하며, 바람이를 사랑했고 정성을 쏟았다.

도운은 무신경한 자신을 일깨워 준 마리아가 고맙기는 하였지만, 알 수 없는 먹구름이 몰려오는 근심까지 떨쳐 버릴 수는 없었다.

몰려올 그 먹구름이 소낙비를 퍼붓든 뇌성을 울리고 벼락을 치든, 자신과 바람이는 문제 될 게 없었지만, 마리아가 걱정이었다.

그러나 끝없이 이어지는 인연 속에서 이미 엎질러진 물은 미지의 세계로 흘러가고 있었다.

아무도 막을 수 없는 물이었다.

며칠 뒤 평상시와는 달리 해질 무렵 찾아온 마리아는 장기 휴가를 내고, 거처를 오두막집 부엌에 딸린 작은 방으로 옮겼다.

나루터에서 돌아와 저녁밥을 먹은 뒤, 마리아의 결심을 알게 된 도운은 안 된다고 당장 돌아가라며 처음으로 마리아에게 화를 내고, 나루터로 나와 버렸다.

뱃전에 앉아 아무리 생각해도, 나름대로 애를 쓰는 마리아의 마음에 상처를 주기 싫어, 좀 더 일찍 냉정하게 대하지 못한 자신이 후회스러웠다.

바람이를 재워 놓고, 초승달이 뜬 나루터를 찾아온 마리아는 도운이 자신을 위해 헌신했듯이, 자신도 도운을 위해 무엇이든 돕고 싶다고 말했다.

"나를 위해 무엇이든 돕고 싶다고요?"

"네."

"지금 이것이 나를 위하는 일이라고 생각하십니까?"

"네, 주님께 맹세합니다."

마리아는 자신의 진심을 의심하지 말라고 말했다.

"뭐라고요? 주님께 맹세한다고요?"

"네."

"그럼, 내 여자가 되어 주시오."

"……."

도운은 마리아가 놀랄 틈도 없이, 다짜고짜 그녀를 나룻배에 뉘어 놓고, 수녀복을 벗겨 냈다.

진정하라고, 안 된다고, 인적이 끊긴 강변 나룻배에서 하늘이 듣고 땅이 들을까 봐, 낮은 목소리로 저항하는 마리아는 헌신하겠다고 스스로 신에게 한 약속을 지킬 것을 강요하며, 자신의 옷을 벗기는 도운의 손을 뿌리치지 못하고, 죄지은 사람처럼 안절부절못하며, 울음 섞인 목소리로 애원할 뿐이었다.

신에게 맹세한 이후 서른다섯이 넘도록 한 번도 남자 앞에 드러낸 적이 없는 알몸을 나룻배 위에 드러내 놓고 흔들리고 있는 마리아의 나신은 초승달보다 훨씬 더 아름다웠다.

여인을 겁탈하는 색한처럼 거침없이 움직이던 도운은 부끄러워 하늘을 볼 수 없다는 듯, 두 손으로 얼굴을 가리고 숨죽이며 울고 있는 마리아를 안고, 자신을 위해 헌신하겠다는 사람이 왜 우느냐고 따지듯 말했다.

"나를 위해 헌신하겠다고 당신의 신에게 맹세를 했으면, 응당 내 뜻에 기쁘게 응해야 할 사람이 왜 우는 거요?"

도운의 눈에 비친 마리아는 한 여인이 원치 않는 사내로부터 몸을 더럽히는 두려움이 아니라, 자신의 순결을 믿고 있는 신의 분노가 두려워 울고 있는 수녀였다.

도운은 그런 마리아의 모습이 안타까웠다.

자신을 보라며 얼굴을 가리고 있는 마리아의 두 손을 거칠게 양옆으로 치웠다.

마리아가 고개를 돌리자. 이번에는 그녀가 고개를 돌리지 못하도록 억센 두 손으로 얼굴을 붙들고, 눈물이 넘치고 있는 그녀의 눈을 똑바로 쳐다보며 말했다.

"지금 수녀님이 나를 위해 기쁘게 순종할 수 없다면, 이제껏 나를 위해 헌신하겠다는 수녀님의 맹세는 누구를 위한 것이었소?"

마리아는 벌거벗은 자신의 몸 위에서 두 눈을 내려다보며, 화난 듯이 다그치며 묻는 도운의 말에 아무런 말도 할 수가 없었다.

"잘 들으시오. 수녀님은 위선자요. 수녀님이 이제까지 나와 우리 바람이를 위해 애를 쓴 것은, 수녀님이 믿는 신으로부터 수녀님 자신을 위로받고 칭찬받기 위한 것일 뿐, 진실로 나와 우리 바람이를 위한 일들이 아니었다는 말이오."

도운은 자신과 바람이는 마리아가 자신의 신으로부터 칭찬받고 천당 가기 위한 도구가 아니라며, 당장 떠나라고 말했다.

진심이 없는 여자는 영혼이 없는 장작개비일 뿐, 자신과 바람이에게는 그런 장작개비는 필요 없다며, 일어나 마리아의 옷을 챙겨 주었다.

옷을 추슬러 입고 뱃전에 앉은 마리아에게, 도운은 선도 생각하지 않고 악도 생각하지 않으며 무념으로 흘러가는 강물처럼, 모든 관념과 생각으로부터 자유로우라고 말했다.

불사선(不思善) 선도 생각하지 마라.

불사악(不思惡) 악도 생각하지 마라.

진수무향(眞水無香) 참된 물은 향기가 없고

진광불휘(眞光不輝) 참된 빛은 반짝이지 않는다.

진실로 도움을 받았으니 도움을 주어야 한다는 과거의 인연이 아닌, 지금 있는 그대로 마음에 한 점 티끌만 한 걸림도 없이 강물처럼 스스로 자유로울 수 없다면, 내일 날이 밝는 대로 떠나라고 도운은 말했다.

얼마 전 사고의 보상금으로 묻어 둔 것이라며, 마리아가 전해 준 주식의 일부를 처분하여 떠나려고 했지만, 마을에서 가을걷이가 끝날 때까지만 뱃일을 봐 달라고 하여 바람이와 함께 이사 갈 곳을 찾고 있으며, 가을걷이가 끝나는 대로 떠날 것이라고 말해 주었다.

다음 날 아침 밥상을 차려낸 마리아는 바람이의 밥숟갈에 반찬을 챙겨 주며, 간밤에 성스러운 성인이 산다는 순자강 나루터에 갔다가 성인을 만나 선악이 없는 강물에 목욕하고 걸림 없는 바람으로 돌아왔더니, 아주 기분이 좋다고 말했다.

마리아의 말은 간밤 도운이 전한 뜻을 충분히 이해했다는 대답이며, 동시에 자신의 신념대로 행동하겠다는 의사 표시였다.

도운은 할 수 없는 일이라고 생각했다.

진실로 마리아가 상처받지 않기를 바랄 뿐이었다.

활짝 웃은 마리아를 따라 바람이도 덩달아 웃었다.

마리아가 수녀복만 입지 않았다면, 영락없이 여느 행복한 가족의 모습이었다.

가끔씩 찾아오던 마리아가 한집에서 날마다 같이 살게 되자 신이 난 건 바람이었다.

도운에게서 느끼지 못한 또 다른 사람의 정을 마리아에게서 느낀 바람이는 마리아를 엄마라고 부르며 따랐다.

지나가던 마을 사람들이 듣거나 말거나, 가끔 몸이 불편한 도운을 대신하여 마리아가 나룻배를 저을 때에도, 항상 엄마라고 부르며 그림자처럼 따라다녔다.

도운은 스스로 강물이 되고 바람이 된 마리아를 어찌할 수 없는 인연이라고 생각하며, 속수무책으로 바라만 볼 뿐이었다.

제일 먼저 강을 건너기 위해 늘 만나는 마을 사람들이 마리아를 향하여 세상이 말세라며 수군거렸다.

오두막집 울을 넘어 거센 파문을 일으키며 퍼져 가는 소문의 물결을 바라보면서 마리아가 침몰되지 않기를 바라는 도운의 소원과는 달리 소문은 강을 건너갔다.

세상 사람들이 찧어대는 온갖 입방아에 강물은 하얀 밑바닥을 보이며 발칵, 뒤집히고 말았다.

안타까운 일이었다.

아득한 옛날부터 서로를 헐뜯으며 사는 재미를 느끼는 인간이라는 동물들이 벌이는 잔치였다.

도운은 그렇게밖엔 살 수 없는 사람의 운명이 슬펐다.

돌아보면, 칭찬도 비방도 모두가 사람이라는 자신을 위한 것일 뿐, 부질없는 것들인데, 말이 많아도 비방을 받고, 말이 없어도 비방을 받고, 세상에서 비방을 받지 않는 사람은 살았거나 죽은 사람이 아니라 아직 태어나지 않은 사람뿐이라고 도운은 생각했다.

"아, 글쎄 바람이가 마리안가 뭔가 하는 그 수녀의 아들일 줄 누가
알았겠어. 하나님도 모르지……."

"거참 살다 보니, 아이 낳는 수녀도 보는구먼. 허허허허."

"그 사공도 옛날에는 성모산 중이었다던데……."

"아니, 그럼 중하고 수녀하고 붙어먹었다는 거여?"

죽 끓듯 한 소문이 강을 건너가자 세상은 우스워 죽겠다는 몸짓을
하였다.

사람은 어리석고 잔인한 동물이었다.

눈 멀고 귀 먹은 채로 입만 살아서, 쉴 새 없이 짖어대는 그 동물들과
시시비비를 논하며 산다는 건, 또 얼마나 고통스럽고 피곤한 일인가?

아무렇거나 자랑할 건더기도 없고 슬퍼할 찌꺼기도 없는 인생살이
에서, 기회만 있으며 아옹다옹 이빨을 갈고, 등 뒤에서 수판을 튕기
며, 손바닥을 뒤집듯이 자랑과 비난을 일삼는 사람들이, 자신에게 닥
치는 불이익과 고통을 생각지도 않고, 엄마 없는 어린 바람이에게 따
뜻한 사랑을 주는 마리아의 가슴속 깊숙한 곳에 감춰진 아름다운 순
결을 찾아낸다는 것은, 봉사가 깜깜한 밤바다에 빠진 바늘을 찾는 것
보다 어려운 일이었다.

그런 그들을 상대해야 하는 마리아의 영혼이 상처받지 않기를 도
운은 간절히 바랐다.

옥수수를 삶아 나루터로 가지고 온 마리아에게 도운은 마음속 근
심을 털어놓았다.

"소문이 무섭지 않으세요?"

"괜찮아요."

노란 옥수수 알갱이를 한 알씩 손가락으로 뜯으며 묻는 도운의 말

을 마리아는 심각하게 받아들이지 않았다.

강이 비바람을 두려워하지 않듯이, 자신은 소문이 두렵지 않다고 말했다.

자신만만한 모습이었다.

"제가 주님의 순결하심을 믿듯이, 주님도 저를 믿어 주실 거예요."

"압니다. 하지만 여긴 하늘이 아니고 땅이라는 게 문제지요."

"그분의 사랑은 넓고 크시기 때문에 항상 저와 함께하여 주실 거예요."

"그건 아무래도 좋소. 그러나 내가 걱정하는 것은, 모든 사람들이 수녀님과 수녀님이 믿는 예수가 아니라는 것이오."

"스님, 소문은 사탄의 선동일 뿐이에요. 너무 심려하지 마세요."

"내 말은 그 선동에 수녀님 자신의 모든 것을 잃어버릴 수도 있다는 겁니다."

"그럴지도 모르죠. 그러나 그보다 더한 것을 잃는다 해도 괜찮아요. 그분은 우리의 죄를 위하여 십자가에 매달리는 고통을 참으셨는데, 바람이를 위한 나의 마음이 죄가 된다면, 저 역시 사람들의 심판을 피하지는 않겠어요."

도운은 그래야 할 가치도 없고 필요도 없는 일에, 자신의 모든 것을 포기하려는 마리아의 가슴에서 어떤 기적을 보는 것 같았다.

"뭔가를 착각하고 계신 모양인데, 내가 수녀님을 인정한다고 해서, 잘못된 수녀님의 관념이나 신까지 인정한다고 생각하진 마시오."

도운은 자신이 마리아를 위하여 무엇을 하든지, 마리아의 운명에 털끝만큼도 도움이 되지 못한다는 것을 잘 알고 있었다.

"예수는 미구에 죽어 썩어 없어질 하찮은 자신의 육체를 어리석은 사람들 앞에서 학대받게 함으로써, 정신적인 기쁨과 쾌락을 만끽하면서 죽어 간 철저한 위선자요. 설마 수녀님께서도 그 예수처럼 죽어 없어질 보잘것없는 자신의 몸뚱이를 세상에 내던져 놓고, 사람들로 하여금 두고두고 죄라는 굴레에 빠지게 하려는 의도는 아니겠지요. 제발 그러지 않기를 바랍니다.”

“오! 어쩜 이럴 수가!”

한순간 휘둥그레진 마리아의 눈에 경악하는 빛이 역력했다.

너무 놀란 나머지 자신도 모르게 손에 든 옥수수를 떨어뜨린 마리아는 빠른 동작으로 무릎을 꿇고 기도했다.

기도문을 외는 마리아의 목소리에서 흥분과 슬픔이 한꺼번에 묻어 났다.

영문을 모르는 바람이도 얼른 손을 모으고 마리아를 따라 눈을 감았다.

한입 베어 문 옥수수 알갱이를 작은 볼 안에다 우물우물 감추면서, 기도하는 바람이의 모습은 심각한 마리아와는 대조적인 풍경이었다.

도운의 눈에는 바람이와 마리아의 모습이 천국과 지옥의 표정이었다.

마리아가 믿는 선지자라는 신이 그녀의 기도 속에서, 이 강을 떠나라고 귀띔이라도 해 주기를 바랐다.

“스님, 주님께 참회하세요. 그리고 용서를 받으세요.”

기도를 마친 마리아는 차분한 목소리로 진지하게 말했다.

도운은 쿡 하고 웃었다.

“상관없습니다. 어차피 그 친구도 날 믿지 않고, 나 또한 그 친구를 믿지 않으니까요.”

언제가 될지 알 수는 없지만, 사람들이 수녀라는 하얀 베일을 벗겨 놓았을 때, 마리아는 무엇을 보고 무엇을 생각할 것인가?

심판이 임했을 때, 마리아가 할 수 있는 선택은 이미 정해져 있었다.

가슴 아픈 그날이 오기 전에, 이 강을 떠나는 것이 현명한 일인데, 마리아는 요지부동이었다.

"바람이는 주님이 제게 주신 선물이에요. 그런데 어떻게 이 소중한 선물을…… 만약 그깟 소문이 두려워 바람이를 슬프게 한다면, 주님은 끝까지 나를 원망하실 거예요. 알았죠? 다시는 그런 말씀 하지 마세요."

도리 없는 일이었다.

마리아는 분노를 미소로 바꾸고, 비난을 사랑으로 실천하겠다는 위대한 신념을 가진 성녀 미소천사이거나 아니면 신의 꼭두각시거나, 둘 가운데 하나라고 도운은 생각했다.

"팔자소관이라더니 할 수 없는 일이오."

"그래요. 제가 편안하듯 스님도 그렇게 마음 편히 생각하세요."

마리아는 어느 강 어느 산이나 바람은 부는 거라며, 편하게 보아 달라고 말했다.

"수녀님이 편안하고 기쁘다면 나 역시 다행이오. 그러나 이 말만은 꼭 드리고 싶군요. 어떠한 경우일지라도 슬퍼하지 말고, 기뻐하거나 서두르지도 마시오. 모든 것을 어렵거나 또는 평탄하고 간단한 것으로도 생각지 말고, 저 강물처럼 담담해 주기를 바랍니다."

도운은 특유의 미소를 지으며 말없이 강물을 바라보았다.

어리석음 속에서 세상이 어두울 뿐, 세상 그 자체가 어두운 것은 아니었기에 슬픔도 아니며 기쁨도 아니고, 사랑도 아니며 동정도 아니었다.

어슴푸레한 인생의 변두리에서, 나뭇가지를 떠난 잎사귀들처럼, 방

황하는 그림자들이 그 무명의 끄나풀에서 해방되어 스스로 밝은 빛
이 되기를 바라는 도운의 마음이었다.

맑은 아침 이슬을 머금은 꽃망울 같은 미소를 띠우며, 툭툭 자리를
털고 일어나 옥수수를 담아 왔던 조그만 바구니를 들고, 또 한 손은
바람이의 손을 잡고 함께 동요를 부르며 즐거이 오두막집으로 돌아
가는 마리아는 바람이보다 키가 크고 나이가 훨씬 많다는 것뿐, 실제
로는 순진하고 철없는 어린 천사같이 보였다.

"저의 하루하루가 결코 순탄하지는 않을 거예요. 그렇지만 언제나
주님이 지켜 주시고 또 스님이 염려하여 주시는 한, 그 누구도 저의
기도를 빼앗지는 못할 거예요. 아니죠. 제가 빼앗기지 않을 테니까,
부디 스님은 안심하세요."

언제인가 연화사 큰스님을 시봉하며 공부할 때, 운수행각을 하던
객승이 어떤 것이 부처님의 마음이냐고, 큰스님께 물은 적이 있었다.

그때 뭉글뭉글 피어나는 향처럼, 잠잠히 젊은 객승을 바라보던 큰
스님은, 때마침 대웅전에서 간절히 기도하는 엄마는 아랑곳하지 않
고, 이제 갓 배운 서툰 걸음으로 놀고 있는 어린아이를 가리키며, 법
당에서 노는 저 아이가 부처님이고, 저 아이의 마음이 부처님의 마음
이라며 미소하던 생각이 떠올랐다.

아직은 오염되지 않은 목련꽃 같은 마리아와 바람이의 미소는 우
주를 밝히는 환한 햇살이었고, 멀리 여울을 흘러내리는 맑은 물소리
는 때 묻지 않은 신들의 노래였다.

도운은 마리아와 바람이의 즐거운 모습을 물끄러미 바라보면서,
큰스님이 부처의 마음을 어린아이에게 비유한 것은 매우 적절한 표
현이었다고 생각했다.

세상의 온갖 물욕과 끝없는 욕망에 사로잡힌 포로가 되어 돌이킬 수 없는 죄를 범하고 있는 어른들이 자신들이 힘주며 살고 있는 지금의 얼굴을 아기의 마음속에 비추어 본다면, 세상이 훨씬 더 아름답고 평화로울 것 같았다.

* * *　　* * *

가을걷이가 끝난 하늘이 천둥번개로 울면서 밤새도록 비를 퍼부었다.

날이 새면서 쏟아붓던 굵은 빗줄기가 멈추긴 했지만, 질긴 울음을 흘리고 있는 아이처럼, 간간이 흩뿌리는 비바람에 텅 빈 다랑이 논에서 구멍 뚫린 밀짚모자를 뒤집어쓴 허수아비가 흔들리며 젖고 있었다.

비에 젖은 나룻배를 저어 한 무리 낯선 사람들을 건네준 도운은 무언가 작심한 얼굴로 부산하게 걸음을 재촉하는 그들의 뒷모습을 보면서 고개를 갸웃거렸다.

마을의 일이라면 누구네 사소한 부부싸움에서부터, 제사는 물론 회갑까지 훤히 알고 있는 도운은 강 언덕을 저마다 납덩이같은 경직된 얼굴로 서둘러 가는 낯선 사람들이 조금은 이상했지만, 나룻배에 앉아서 곧 학교에서 돌아올 아이들을 기다렸다.

늘 반복되는 일과지만, 아이들이 집으로 돌아오는 이 시간만큼은 하루도 거르지 않고 일부러 강에 나와 아이들을 기다려 주었고 나룻배를 저으면서 구수한 이야기를 들려주는 도운을 아이들은 마음씨 좋은 사공아저씨라며 따랐다.

이즈음 학교가 파한 오후에는, 오두막집에 모여 한두 시간씩 어려운 숙제와 모자라는 학과 공부를 지도하고 있는 도운을 아이들은 사공선생님이라고 불렀고, 마리아를 수녀선생님이라고 불렀다.

도운과 마리아는 교육 여건이 열악한 개구쟁이들이 볼 수 있도록, 방 안 가득 각종 동화책과 참고서를 비치하여 두고 아이들이 언제든지 볼 수 있도록 하였다.

자연히 오두막집은 동네 개구쟁이들의 낙원이 되었고, 처음에는 색안경을 끼고 의혹의 눈으로 방관하던 마을 사람들도 소문이 잘못되었음을 알고 도운과 마리아를 예전처럼 존경했으며, 특히 노인들의 말벗까지 해 주는 마리아의 인기는 단연 최고였다.

그러나 도운이 보기에 여전히 인간을 모르고 세상을 모르는 마리아가 걱정스러운 건 마찬가지였다.

도운에게 마리아는 화롯가에 노는 어린아이일 뿐이었다.

고결한 마리아의 성품과 대상 없는 사랑이 생각하기를 싫어하고 그저 들리는 대로 듣고, 보이는 대로 보고 편리한 대로 말하는 이기적인 사람들의 앞에 그대로 노출된다는 것은 저격병의 망원렌즈에 잡힌 표적처럼 불안하고 위험한 일이었다.

"아ー저ー씨ー."

오뉴월 개구리 떼처럼 떠들썩한 노래를 부르며, 학교에서 돌아오는 개구쟁이들이 부르는 소리가 저쪽 강 언덕에서 들려왔다.

도운은 개구쟁이들의 목소리에 손을 흔들어 주면서 강을 건너갔다.

"학교에 다녀왔습니다."

"오, 그래. 어서들 오너라."

고상하지는 않아도 덩굴 밑의 애호박처럼 순수하고, 꼴망태기같이 푸짐한 마음속에서, 강물에 뜨는 무지개를 노래하며, 미래라는 꿈의 날개를 겨드랑이에 달고, 마음껏 날아오르는 해오라기 같은 개구쟁이들의 손을 일일이 잡아 주며, 나룻배에 태우고 출발하려던 도운은 미루나무 사이로 급하게 뛰어오는 신부와 수녀를 발견하고 배를 멈추었다.

허겁지겁 달려오는 그들의 모습에서 언뜻 풍기는 불안한 예감이 뇌리를 파고들었다.

도운은 마리아가 있는 오두막집을 바라보았다.

울타리 숲에 가려 잘 보이지는 않지만, 서성이는 낯선 사람들이 보였다.

어두운 밤 골목길을 돌아오는 나그네처럼 불확실하게 보이는 강 건너 모습들은, 굳이 보지 않아도 알 수 있는 일이었다.

선지자가 자신을 사랑하는 사람을 심판하고 있었다.

도운은 뜻 모를 한숨을 강물에 풀어 놓으며, 조용히 신부와 수녀를 기다렸다.

누가 강물 같은 마리아의 사랑을 알아 줄 것인가?

누가 천사 같은 마리아의 순결을 믿어 줄 것인가?

오직 홀로 이 땅 위에 있는 마리아를 아는 것은, 그녀 자신과 강물뿐이었다.

지금 강 건너에서 무슨 일이 벌어지고 있는지, 까맣게 모르는 채 저희들끼리 깔깔대며 떠들어대는 개구쟁이들의 웃음은, 이 세상에 신은 없다고, 신성한 것도 없다고, 오직 순결한 것은 자신들뿐이라고 말하는 것 같았다.

앞만 보게끔 만들어진 인간의 눈이 홀로 어둡고, 그 어두움에 마음이 잠들었기에 그 깊은 마음의 잠에서 깨어나지 않는 한, 인간은 영원히 어리석은 동물이었다.

누가 자신을 이 무궁한 우주의 한구석에다, 부러진 연필토막처럼 내팽개쳤는지도 모르는 인간이 믿는 신 역시 아무것도 보여 줄 수 없는 무기력한 존재이기에, 이런 웃지 못할 희극이 벌어지는 것이라고 도운은 생각했다.

나룻배에 가까이 다가온 신부와 수녀는 낯익은 얼굴들이었다.

도운은 그 사람들의 모습에서, 과거라는 이름으로 비쳐지고 있는 자신의 기억을 보았다.

"수고하십니다."

도운과 엇비슷한 나이의 신부는 두툼한 안경이 증명하듯, 시력이 신통하지 못했다.

그러나 가까이 있는 사람을 못 알아볼 정도는 아니었다.

"신부님까지 오실 줄은 몰랐는데, 어려운 걸음을 하시었군요."

스스로 생각해도 비난인지 환영인지 모를 말이었지만, 구태여 생색을 내면서까지 반길 이유도 없는 사람들이었다.

특별히 증오할 필요도 없는 사람들이었기에 바보스러울 정도로 감정이 없는 톤으로 도운은 인사를 했다.

신부는 도운의 인사를 건성으로 받으며, 뭔가를 찾는 듯 강 건너를 두리번거리며 말했다.

"오늘 아무 일도 없습니까? 그보다도 마리아 수녀님은 지금 어디 계십니까?"

빠른 톤으로 한꺼번에 물어 오는 신부의 질문에, 도운은 고갯짓으로 강 건너를 가리키며 말했다.

"늦었소. 이미 당신이 믿는 선지자의 심판은 시작되어 버렸소."

강 건너 오두막집을 응시하던 신부는 두렵고 낭패한 얼굴이 되었다.

"오, 주여……. 아니오, 저건 아니오. 서둘러 주시오."

신부의 요청이 아니더라도 배질을 서두르기 위하여 도운은 삿대에 힘을 주었다.

"이미 늦어 버렸소. 다만 한 가지 분명한 것은, 마리아가 한 행위가 당신들의 신이 부여해 준 지상의 임무라면, 그녀를 심판하는 신도들의 행위 역시 그 신으로부터 위임받은 임무라는 것이오. 처음부터 순종하기를 맹세하고 배반할 수도 없다면, 조용히 굴복하는 것이 현명한 일이겠지요."

"뭔가 오해하신 것 같은데, 난 심판하려고 여기에 온 사람이 아닙니다."

"알아요. 처음엔 집행관인 줄로 알았지요. 그러나 조금 전 나의 생각이 잘못되었음을 알았습니다. 하지만 상관없습니다. 어차피 신부님은 당신이 믿는 신 앞에 서서, 오늘의 심판을 증언해야 할 증인이니까."

"그 역할이 나에게 부여된 신의 뜻이라면 마땅히 그래야지요."

"난 신부님이 믿는 신이라는 그 친구를 믿지 않습니다. 물론 그 친구도 나를 믿지 않겠지만, 내겐 상관없는 일들이오. 다만 가능하다면, 당신의 무리들을 거두어 이 강에서 조용히 떠나 주기를 바랍니다. 부탁합니다."

도운이 삿대를 움직일 때마다, 나룻배는 물 위를 미끄러지고 있었다.

"나도 그렇게 되기를 바라고 또 당연히 그렇게 되어야겠지요."

"글쎄요. 어리석은 질문이겠지만 신부님은 사람들이 왜 신을 믿는지 그 이유를 아십니까?"

"그것은 우린 죄인이고 그래서 너무나도 나약한 존재이기 때문이지요."

도운은 모든 사람들이 죄인이라는 말에는 동의할 수 없으며, 그건 종교집단이 어리석은 인간들을 기만하는 밥벌이 수단이라며 말했다.

"사람들이 신을 믿는 이유는 사람들은 근본적으로 자신이라는 너무나 큰 욕심을 가졌기 때문이오."

"그건 신을 모르는 사람들이 흔히 하는 말이지요."

"과연 그럴까요. 그럼 신부님은 그 신을 직접 만난 적이 있습니까?"

"솔직히 말해서 아직은……. 부끄럽습니다."

"아마도 신부님의 기도가 신이 살고 있다는 천국에 이르지를 못했나 보지요. 아니면 신부님의 신이 낮잠을 주무시든가."

"아직 제 기도가 많이 부족한 것 같습니다."

도운은 멀리 강 건너 오두막집에서 뛰어나오는 마리아와 그 뒤를 겁에 질린 목소리로 엄마를 부르며 따라오는 바람이의 울음소리를 들으며 말했다.

"오해는 마시오. 나는 그저 신을 믿는 사람들이, 신의 사랑을 모든 사람들 속에서, 그리고 자신 속에서 찾고 행하기를 원할 뿐이오."

"그거야 당연한 것이지요."

"그렇습니다. 너무나 당연하고 분명한 것이오. 그러나 그 당연한 것을 잃어버리고 행하지 못하였기에, 지금 이런 어리석은 일이 벌어지는 것 아니겠습니까?"

헝클어진 머리에 베일을 움켜쥐고, 강을 향하여 뛰어오는 마리아의 모습에, 두 사람의 대화는 끊기고 말았다.

마리아는 신을 믿는 사람들로부터, 자신들의 신을 모욕하고 자신들을 부끄럽게 만들었다는 죄목으로 단죄되었다.

도운은 찢어진 베일로 얼굴을 감싸고 뛰어오는 마리아의 모습을 보면서, 있는 힘껏 삿대를 움직이며 배를 밀어 갔다.

마음은 급했으나 몸이 마음대로 움직여 주지 않았다.

엄마를 부르며 뒤따라오다 돌부리에 걸려 나동그라진 바람이의 울음소리가 크게 들려도 마리아는 뒤돌아보지 않았다.

나룻배가 강 가운데를 지날 무렵, 강을 향하여 달려온 마리아는 단 일 초의 망설임도 없이, 하늘로 승천하려던 용이 떨어져 바위가 되었다는 슬픈 전설을 간직하고 있는 나루터 용바위에서 소용돌이치는 강물에 몸을 던져 버렸다.

"안 돼! 마리아! 안 돼!"

소용돌이치는 강물 속으로 몸을 던져 버린 마리아를 부르는 도운의 절규가 강을 울렸다.

"수녀님ㅡ!"

"마리아! 오, 주여……!"

"선생님ㅡ!"

질겁한 신부와 수녀가 마리아를 부르고, 개구쟁이 아이들이 선생님을 부르는 소리가 한꺼번에 쏟아지자, 나룻배는 고막이 터진 듯 짧은 순간 정신을 잃고 뒤뚱거렸다.

"동희야, 네가 이 삿대를 잡아라."

비에 젖은 낡은 야전점퍼를 벗어던진 도운은 초등학교 6학년인 동희에게 삿대를 맡기고 강물 속으로 뛰어들었다.

밤새껏 천둥번개로 울면서 쏟아진 빗물이 넘쳐 만들어 놓은 소용돌이치는 급류에 뜬살이처럼 휩쓸려 가는 마리아에게 접근하기가 쉽지 않았다.

천길만길 밀려오는 두려움과 슬픔에 이를 악물고 죽을힘을 다해

물을 가르며 가까스로 신의 제물이 되기를 자청한 마리아의 옷깃을 잡았을 때, 가슴에 두 손을 모은 그녀는 선지자가 심판하면서 찢어버린 베일을 움켜쥐고 숨을 거둔 뒤였다.

도운은 가슴속에서 억장이 무너져 내리고, 심장이 폭발하는 것 같았다.

차가운 강물에 체온이 식어 가는 마리아를 안고, 자신마저 제물로 끌어가 수장시키려는 강물을 간신히 뿌리치며 물 밖으로 나온 도운은, 축축하게 목을 적시는 설움 덩어리로 가슴이 터질 것만 같았다.

도운은 급한 대로 마리아를 강변 모래밭에 뉘어 놓고, 맥과 호흡을 다시 살려내기 위해 배워 둔 온갖 응급 소생술을 다 했지만, 한번 멈춰 버린 마리아의 맥박은 다시 뛰지 않았고 숨소리는 다시 살아오지 않았다.

"으ー 아ー!"

아무리 흔들어도 끝내 깨어나지 않는 마리아의 잠을 깨우기라도 하려는 듯, 그녀를 안고 쓰러진 도운이 마지막 온 힘을 다하여, 마리아의 귓전에 내지른 알 수 없는 외마디 소리가 천둥처럼 강을 울렸다.

지나가다 돕기 위해 달려온 몇몇 마을 사람들과 모여 선 신도들의 웅성거림이 들리고, 당혹한 신부의 목소리가 귓전에서 맴돌았다.

누군가 천벌이라고 말하는 소리가 들렸다.

그들은 자신들의 신이 교회를 배반하고 간음한 계집년을 심판한 것이라며 떠들어댔다.

"악마, 당신들은 악마들이야!"

신부는 신도들을 향해 넋두리처럼 중얼거렸다.

"난 악마가 어떻게 생겼는지 몰랐소. 그런데 오늘 보니 바로 당신들이 악마였소."

도운은 아무 말도 하지 않았다.

신부와 신도들이 무어라 하던 그건 부질없는 너스레였고, 이미 끝나 버린 게임이었다.

도운은 조용히 마리아를 바라보았다.

온통 시끄러운 소음뿐인 하늘과 땅 사이에서, 눈을 감고 있는 마리아는 더는 할 말이 없다고, 사랑한다는 것은 참으로 외롭고 견디기 어려운 고통이었다고 말하는 것 같았다.

"내가 그토록 담담하라고 했는데……."

마리아에게 속삭이듯 말하는 도운은 생과 죽음을 분별할 줄도 모르는 바보 같았다.

도운은 죽음이 뭔지도 모르는 채, 엄마 일어나 집에 가자며 결코 다시는 깨지 않을 마리아의 가슴을 흔들며, 엉엉 우는 바람이의 어깨를 다독거리며 달랬다.

"바람아, 그렇게 큰 소리로 울면 엄마가 잠을 못 자잖아. 우리 바람이는 착하지. 자, 그만 울고……. 엄마가 춥겠다. 그지, 얼른 집에 가자."

도운은 마리아를 안고 일어섰다.

울지 않으려고 훌쩍이며 따라오는 바람이의 울음이, 먼 산굽이를 돌아가는 젊은 어미의 상여소리처럼 들렸다.

사람의 죄를 짊어지고 싸늘하게 식어 가는 마리아의 영혼을 위하여, 차라리 엉엉 울어 버리도록 내버려 둘 걸, 괜히 바람이를 달랬다는 후회를 했다.

도운은 죄 없는 마리아를 심판한 돌멩이들이 어지럽게 널린 방 안에 그녀를 눕혀 놓고, 흙탕물에 더러워진 그녀의 몸을 따뜻하게 끓인

물로 깨끗이 목욕시켰다.

마리아의 몸에 묻는 티끌 하나까지, 깨끗이 씻고 닦아 낸 뒤 평소 그녀가 여벌로 마련해 둔 수녀복을 꺼내 갈아입힐 땐, 무수히 터지는 울음을 참아내기 위하여, 그동안 가슴속 깊숙이 묻어 두었던 염불 가운데 무상게(無常偈)를 꺼내 입술에 물었다.

마리아에게 수녀복을 입히고, 머리를 곱게 빗질하는 동안에도, 쉬지 않고 도운의 입술 끝에서 흘러나오는 염불소리는 무상의 고개를 넘어 반야의 언덕으로 올랐다.

병든 이에게는 의사가 되어주고

길 잃은 이에게는 바른길을 일러주고

어두운 밤에는 밝은 빛이 되며

가난한 이에게는 가진 것을 베풀면서

보살은 그렇게 일체중생을 이롭게 해야 하느니

왜냐하면 그것이 곧 부처님께 공양하는 것이며

중생들을 어여삐 사랑하고 섬기는 것은

곧 부처님을 사랑하고 받드는 것이 되며

중생들을 기쁘게 하는 것은

곧 부처님을 기쁘게 함이니라.

경찰이 찾아오고 사람들이 뭐라고 지껄여대든지, 그것은 부질없는 너스레에 불과했고, 생을 등지고 이미 돌아올 수 없는 세계로 떠나 버린 마리아의 진실과는 거리가 먼 이야기였다.

도운은 말문을 닫아 버리고 강물만 바라보았다.

비보를 듣고 달려온 가족들이 마리아의 시신을 안치한 관을 나룻배에 싣고 강을 건널 때에도, 도운은 벙어리처럼 배만 저었다.

나루터 강변도로에서 기다리고 있던 영구차에 마리아를 떠나보낼 때에도 말없이 손만 흔들어 주었고, 화장터에서 한 줌의 재가 되어 강으로 돌아온 마리아를 가족들로부터 부탁받고 바람이와 함께 배를 저어 강물에 뿌릴 때에도, 안녕이라거나 잘 가라는 말 한마디도 하지 않았다.

"아빠, 엄마는 어디로 간 거야?"

바람이와 함께 한 줌의 재가 된 마리아를 강물에 뿌리고, 배를 저어 돌아가던 도운은 시무룩한 표정으로 뱃전에 앉아 있던 바람이의 물음에, 강물에 떠내려가고 있는 하늘을 보며 말했다.

"저 하늘나라로 갔다."

방금 강물에 뿌린 재가 엄마인 마리아인 줄도 모르고, 엄마가 어디로 갔느냐고 묻는 바람이에게 그 이상 더는 설명해 줄 기력이 없었다.

"야, 엄마는 굉장히 신나겠다. 아빠, 우린 언제 가지?"

하늘나라가 무엇을 의미하는지도 모르고, 부러운 환성을 지르는 바람이의 목소리에, 차마 메울 수 없는 아린 세월들이 강물에 휩쓸리고 있었다.

강물에는 사랑과 미움, 기쁨과 슬픔, 고통과 외로움, 도운이 살아온 모든 것들이 있었다.

아버지가 있고, 살아 있는 화염병으로 살해된 후배가 있고, 자신을 버리고 간 첫사랑 미숙이가 있고, 투신자살한 선배가 있고, 각운이 있고, 민정이가 있고, 마리아가 있고 그리고 자신의 모습까지. 사바세계의 뜬살이들이 강물에 휩쓸리며 흘러가고 있었다.

갑자기 텅 빈 가슴에서 강물이 두고 온 아름다운 산들이 솟아났다.

그것은 나고 죽음이 없는 신선들이 살고 있다는 무태동천(無太洞天), 도운이 두고 온 아름다운 정토였다.

도운은 관습과 인습이라는 속세의 굴레에 묶인 뜬살이 인생을 청산할 때가 되었다고 생각했다.

속세라는 허물뿐인 옷을 벗어 버릴 때가 되었다고 생각한 도운은 오랫동안 마음속에 묻어 두었던 아름다운 정토를 찾아 떠날 준비를 서둘렀다.

다음 날 아침 도운은 그동안 살던 순자강 나루터 오두막집에 뜬살이라는 속세의 마지막 옷을 벗어 놓은 뒤 간단한 것들로 대충 채운 걸망을 둘러메고 바람이를 나룻배에 태웠다.

"아빠, 우리 어디로 가는 거야?"

"글쎄다. 우리 바람이는 어디로 가고 싶니?"

"나…… 음…… 있잖아, 저 구름을 따라가자. 에이 있잖아, 난 엄마가 좋더라."

구름을 타고 하늘나라로 떠나간 엄마를 찾아가자는 바람이의 말에, 문득 올려다본 하늘에는 흰 구름 하나가 아득한 성모산(聖母山) 영마루를 넘어가고 있었다.

끝

박혜범(朴慧梵)

속명(俗名 명엽(明葉)) 호(號) 음풍토운(飮風吐雲)
1955년 전남 곡성읍 동악산(성출산)에서 출생

2003년 평설집(評說集) "원홍장과 심청전"
2009년 "동리산 사문비보(桐裏山 沙門裨補)"
2010년 "천간지비 동악산(天慳地秘 動樂山)"
2010년 "역사천자문(歷史千字文)"
2010년 "오산의 역사"외 소설과 시 등 다수 발표

주소: 전남 곡성군 곡성읍 월평리(신월) 93-1
이메일: tjdah0324@hanmail.net

뜬살이

초 판 인 쇄 | 2011년 2월 28일
초 판 발 행 | 2011년 2월 28일

지 은 이 | 박혜범
펴 낸 이 | 채종준
펴 낸 곳 | 한국학술정보㈜
주   소 | 경기도 파주시 교하읍 문발리 파주출판문화정보산업단지 513-5
전   화 | 031) 908-3181(대표)
팩   스 | 031) 908-3189
홈 페 이 지 | http://ebook.kstudy.com
E - m a i l | 출판사업부 publish@kstudy.com
등   록 | 제일산-115호(2000. 6. 19)

ISBN   978-89-268-1989-0 03810 (Paper Book)
          978-89-268-1990-6 08810 (e-Book)

내일을여는지식 은 시대와 시대의 지식을 이어 갑니다.